Friedrich Gerstäcker

Tahiti: Roman aus der Südsee

Zweiter Band

Friedrich Gerstäcker

Tahiti: Roman aus der Südsee
Zweiter Band

ISBN/EAN: 9783337354695

Hergestellt in Europa, USA, Kanada, Australien, Japan

Cover: Foto ©Andreas Hilbeck / pixelio.de

Weitere Bücher finden Sie auf **www.hansebooks.com**

TAHITI.

Roman aus der Südsee

von

Friedrich Gerstäcker.

1

Zweite unveränderte Auflage.

Zweiter Band.

Der Verfasser behält sich die Uebersetzung dieses Werkes
vor.

Leipzig,

Hermann Costenoble.

1857.

———————————

Inhalt des zweiten Bandes.

———

Capitel 1.

Die Mädchen von Tahiti und die alten Bekannten.

Das Gebet war aus, das laute feierliche Amen schwoll durch die Wipfel der Palmen nach See zu, sich draußen mit der Brandung Rollen zu mischen. Mit dem Amen aber schien es auch, als ob der Zauber gebrochen wäre, der den leichten fröhlichen Sinn der Insulaner bis dahin so merkwürdig und außergewöhnlich fest im Zaum gehalten, und wie denn auch der Eingeborne nie so recht tief den Ernst einer feierlichen Stunde fühlt, sprang er im Nu zurück in sein alltäglich Leben.

»Hierher Maïre, hierher und fort mit uns« klang der fröhliche Laut — »komm hinunter zum Guiavenbach; tief versteckt da in Busch und Laub tanzen wir. Heute sehens die Mitonares nicht, denn großes Essen ist immer wenn sie eine Zeitlang gebetet.«

»Aber die anderen schwatzen« sagte Maïre unschlüssig zur Schwester aufsehend, »und nachher arme Maïre; Vater Au-e hat mir so schon die Hölle versprochen, und er schickte mich g'rad hinein, fänd er mich.«

»Bah — bah — bah« lachte die Andere und schüttelte mit dem Kopf — »da, hier und hier« — auf Mund und Herz zeigend — »das ist fromm, das hat Religion und das ist genug — Alles andere aber ist frei, Maïre; und rasch nun Mädchen, denn wir versäumen den Spaß.« — Und wie ein paar aufgescheuchte Rehe flohen die beiden, von vielen Anderen jetzt gefolgt, erst seitwärts in den Orangenhain, um dann hinter den Gärten weg nicht dem Blick mancher »Kirchgänger« ausgesetzt zu sein, die Aergerniß nehmen und die Fröhlichen verrathen könnten. — Und wie das klang und sang und summte und schwirrte unter den Bäumen und Palmen — fröhliches Leben herrschte in den duftenden Schatten von Orange und Guiava und der Klang der Flöte mischte sich in lachende Mädchenstimmen, die sich neckten und jagten auf dem Plan, die Predigt nachäfften und die Reden des heutigen Tages und dann wieder plötzlich einfielen in die oft sehr graziösen aber noch öfter fast unanständiger Stellungen ihrer Tänze Upepehe, oris und mamua.

Dort drüben der breite, halboffene Platz vor dem lang-ovalen Vogelkäfig ähnlichen Bambusgebäude scheint der Mittelpunkt zu sein des ganzen Viertels; hier wenigstens herrscht das regste ungebundenste Leben, und die dunklen blumendurchflochtenen Locken, ja oft die glatt geschorenen, aber mit bunten Kränzen fast bedeckten Köpfe der eingebornen Mädchen mischen sich bunt und geschäftig durch die bänderflatternden Strohhüte der Seeleute, an deren meisten die breite schwarze Seide mit goldenen Buchstaben den Namen ihres Schiffes trug, und sie als Leute von einem Kriegsschiff bekundete, hätte das nicht schon außerdem der breite weiße Hemdkragen mit dem schmalen blauen Streifen darum gethan.

»Hallo Georg, das ist ein Hauptplatz hier für einen »Geh zu Ufer Tag,« rief da ein alter, wettergebräunter Seemann einem jungen Burschen zu, der Eines der Mädchen mit seinem linken Arm umschlungen und eine halbgeleerte Flasche in der rechten Hand hielt, und das Mädchen lachend zwingen wollte zu trinken — »nütz deine Zeit mein Junge, wer weiß wie bald uns wieder so wohl wird.«

»Wettermädchen das!« rief aber der junge Bursch, »sie ist wie Quecksilber unter den Händen, man kann sie nicht festhalten — wirst Du trinken?«

»Aita, aita!« schrie aber die trotzige Schöne, und wehrte ihn entschlossen ab; »pfui über das Gift, das Ihr in Euch hinein schüttet, bis Ihr wie das Vieh daliegt und die stieren Augen nicht mehr schließen könnt — fort mit dem Zeug!« und ihm die Flasche aus der Hand reißend, schleuderte sie dieselbe, ehe er's hindern konnte, mit keckem Wurf weit ab von sich in ein Dickicht von jungen Brodfruchtbäumen und Bananen.

»Den Teufel, Mädchen!« schrie der Matrose, der von den letzten Worten des braunen Kindes keine Sylbe verstanden hatte und jetzt überrascht seiner Flasche nachwollte, »der Stoff ist theuer hier in Papetee und nicht einmal so leicht zu bekommen.«

»Hahahaha« lachte aber die Dirne und hielt ihn fest — »hol sie wenn Du kannst, hol sie.«

»Halt ihn, halt ihn,« lachten Andere und sprangen hinzu, sich der Beute zu bemächtigen und den auslaufenden Brandy zu retten, aber zu spät, und fluchend hoben sie die leere Flasche gegen das Licht.

»Damn it!« schrie der Eine, der sie erbeutet hatte, und der zuerst die traurige Entdeckung machte — »auch nicht ein Tropfen übrig geblieben!« und als ob er nicht einmal seinen eigenen Augen bei einer so wichtigen Sache traue, hob er die leere Flasche dennoch an die Lippen, den Zug zu prüfen, schleuderte sie dann aber mit einem richtigen Kernfluch so hart er konnte gegen den nächsten Brodfruchtbaum, daß sie in Scherben schmetternd umhersprizte. Das aber sollte ihm übel bekommen.

»Tam you,« schrie da eine alte, wohlbeleibte Insulanerin, die ein brennend rothes Stück Kattun um die Hüften und ein anderes um die Schultern trug und schon lange genug mit Matrosen verkehrt haben mochte, ihren Lieblingsausruf

6

oder Fluch zu verstehen — »tam you, Ihr schmutzigen Weißen — weil Ihr zehnfache Haut unter den Füßen tragt, werft Ihr das Glas umher, daß es wie Dorn und Muschelbruch in unsere Sohlen schneidet — tam you, sag' ich noch einmal, und der Tag sei verflucht, der Euch zuerst an diese Küste brachte!«

Die Alte blieb aber hierbei nicht ununterstützt, denn von allen Seiten kamen die Mädchen herbei, schimpften und schmähten in ihrer Sprache und begannen dabei die gefährlichen Glasscherben, die ihnen schon manche böse Wunde geschnitten, vom Boden aufzusuchen. Vergebens riefen sie die Matrosen zurück und fügten sich endlich, da Bitten wie Drohungen nutzlos blieben, lachend dem Unvermeidlichen, selber der muntern, lebendigen Schaar zu helfen und beizustehn und das Uebel so viel wie möglich zu heben — all die drohenden Spitzen nämlich aufzusuchen oder zu entfernen, und kein Blatt blieb dabei ungewandt, unter dem sich noch hätte die tückische Spitze bergen können.

»Hurrah, meine Jungen! wer von Euch hat sein Prisengeld da im Laub verloren? — halbpart wenn ich's finde,« schrie in diesem Augenblick eine rauhe Stimme zwischen das Lachen und Toben der munteren Schaar hinein, und Einer der Seeleute richtete sich rasch empor, zu sehen wer der Neuangekommene sei, und ob nicht vielleicht ein alter Bekannter und Schiffskamerad hier zwischen ihnen auftauche.

»Hallo Kamerad,« brummte aber der, als er ein völlig fremdes Gesicht vor sich sah, das ihm jedoch trotzdem ganz freundlich entgegennickte, und dessen Eigenthümer sich so bequem und ohne weitere Einladung zu ihnen in's Gras warf, als ob er zu ihrem »Volke« gehörte — »where do you hail from?«[A]

7

Der Sprecher war der Bootsmann der »Jeanne d'Arc,« der draußen in der Bai vor ihrem Anker ritt und dessen Mannschaft heute Feiertag bekommen hatte, der großen Volksversammlung wegen. Er schien sich auch hier gewissermaßen als eine Art Obrigkeit zu betrachten zwischen den übrigen Matrosen, und überdieß rechtfertigte das ganze Aeußere des Neuangekommenen, unseres alten Bekannten Jim des Iren, allerdings eine solche Frage, denn dem alten Matrosen überkam es, ihm gegenüber, fast unwillkürlich, als ob er es mit keinem rechten Seemann zu thun habe, und gleichwohl ließ doch auch wieder das Einzelne seines Anzugs nichts erkennen, was einen solchen Verdacht rechtfertigen mochte. Die blaue Jacke wie die weißleinene Hose hatte den richtigen Schnitt, der mit Wachsleinwand überzogene Strohhut saß ihm hinten auf dem krausen Haar und ein paar breite Streifen schwarzseiden Band fielen ihm nach richtiger Art vorn über das linke Auge nieder und doch lag ein gewisses Etwas in dem ganzen Betragen des Fremden, das den alten Burschen, der sich manch langes, langes Jahr auf der See und aller Länder Schiffe herumgeschlagen, wie eine Art Instinkt überkam, er hätte hier keinen geborenen Seemann vor sich, und der Bursche segele am Ende gar unter falscher Flagge.

Der wirkliche Matrose — nicht der, der die See einmal zeitweilig zu seinem Beruf wählt, ein paar Reisen macht vielleicht, und dann wieder Jahre lang am festen Lande bleibt — hat auch etwas in seinem ganzen Wesen, das unmöglich ist sich anzueignen, wenn es eben nicht natürlich aus dem ganzen System unsers Körpers herauskommt und mit ihm eins bildet. Die Hauptsache hierbei ist der fast schlenkernde und doch auch wieder feste und elastische Gang von der steten Bewegung des Schiffes her, der er natürlich fortwährend begegnen muß, und die ihn dann auch zwingt, die Beine etwas weiter, wenn auch fast unmerklich, aus einander zu setzen, als das auf dem festen Lande nöthig wäre; die Arme hängen dabei, wie durch ihr eigenes Gewicht gezogen, grad am Körper nieder, ohne ihn aber, weder rechts noch links in drei Zoll zu berühren, und die halboffene harte Hand sieht gerade so aus, als ob sie jeden Augenblick an Segel oder Tau zufassen wolle. Der Landmann kann alles Andere nachahmen, dieses Tragen des Körpers wird ihm nie gelingen, und nur eine jahrelange Uebung ist im Stande, ihn zuzurichten, oder, wie die Matrosen sagen, ihn »ship shape« zu machen.

»Nun Sirrah!« rief der Irländer endlich lachend, nachdem er den forschenden Blick des Bootsmanns, wenn auch nicht ohne ein leichtes kaum erkennbares Erröthen, eine ganze Weile ertragen hatte, — »Ihr werdet mich nun wohl kennen wenn Ihr mich wiederseht; — wie gefall ich Euch?«

»Ganz und gar nicht, Kamerad,« sagte der aber trocken, und während er sein Primchen Kautabak im Munde aus einer Backe in die andere wechselte, »ganz und gar nicht, wenn Du die Wahrheit hören willst.«

»Hahaha,« lachte aber der Ire, ohne sich im mindesten darüber beleidigt zu fühlen, »verdamme mich wenn das nicht ehrlich von der Leber weggesprochen ist; leid thut mir's nur bei der Sache, daß ich das nämliche — nicht von Euch auch sagen kann.«

»Dann werd' ich mein Möglichstes thun, das für mich so unglückliche Vorurtheil bei Euch zu zerstören,« antwortete der Seemann ruhig.

»Donnerwetter Ihr seid grob!« rief aber der Ire, der nun einmal entschlossen schien jetzt Nichts übel zu nehmen, obgleich der ganze kräftige Bau seines Körpers wie ein ziemlich entschlossener Zug um den Mund, wohl glauben ließ daß er sonst eben eine wirkliche Beleidigung nicht so

9

leicht einstecken würde, »aber das schadet Nichts, Kamerad, wir werden schon noch näher mit einander bekannt werden und ich bin wie der Wein — ich gewinne durchs Liegen. Und nun Ihr da, Ihr Mädchen,« wandte er sich zu diesen in ihrer eigenen Sprache, »laßt das verdammte Suchen sein und kommt her — morgen wird sichs schon finden was ihr verloren habt — beim Auskehren vielleicht — und wo ist Amiomio heute? hol der Henker die kleine Wetterhexe, sie geht immer fort und kommt niemals wieder.«

»Naha-hio!« riefen da einige der Mädchen, die sich auf den Anruf umgedreht, erstaunt und untereinander aus — »O-fa-na-ga wieder hier? — und wo hat Dich Oro's Zorn so lange umhergetrieben?«

»O-fa-na-ga« spottete ihnen aber der Ire nach, »bei Jäsus, meine Herzchen, Ihr habt den Namen noch immer nicht aussprechen lernen und übersetzt meiner Mutter Sohn auf eine merkwürdige Weise ins Tahitische. Was würde ould father O'Flannagan sagen, wenn sie ihn so zu Tische gerufen hätten — ha, meine namataruas, Ihr beiden unzertrennlichen Sterne, seid Ihr auch hier? und wo ist ipo Anoënoë, mein schlankes Mädchen von Bola-Bola, die tollste in Eurer tollen Schaar?«

»Anoënoë ist fromm geworden« lachte eines der Mädchen, die er namataruas nach einem Zwillingsgestirn jener Zone genannt — »sie lacht nicht mehr und trägt keine Blumen mehr im Haar und hinter den Ohren.«

»Hahahaha« lachte der Ire, »Anoënoë fromm geworden das ist gut, das ist vortrefflich, das ist — hahahaha — das ist beim Teufel zum Todtschießen komisch!«

Der Bootsmann — eine schlanke, kräftige, ja selbst edle Gestalt, mit ächt französischen Zügen, krausem dunkelen Barte und dunkelen Augen, jeder Zoll ein Seemann, der englischen Sprache übrigens vollkommen mächtig, hatte den Begrüßungen des Fremden mit den Mädchen und Frauen des Platzes, die er alle kannte und bei Namen nannte, schweigend und etwas erstaunt mit zugesehen, aber weiter kein Wort hineingeredet und schien nur etwas ungeduldig und mit untergeschlagenen Armen das Ende dieser Erkennungsscene zu erwarten. Er trug, trotz dem warmen Wetter, seine blautuchene dicht mit kleinen blanken Knöpfen besetzte Jacke, mit weißen Strümpfen und sauber gewichsten Schuhen und schneereinen segeltuchenen selbstgemachten weiten Hosen, die nur dicht über den Hüften fest anschlossen und auflagen; das weiße Hemd hielt ein schwarzseidenes Halstuch mit einem Seemannsknoten locker zusammen, und der leichte feine Panama Strohhut saß ihm fest und trotzig mehr nach vorn in der Stirn, als ihn sonst Matrosen gewöhnlich zu tragen pflegen.

Endlich mochte ihm aber die Zeit doch zu lang währen und er unterbrach die weiteren freundschaftlichen Erkundigungen des Fremden mit einem nicht eben da einstimmenden:

»I say stranger! — Ihr scheint früher schon einmal auf Korallenboden geankert zu haben — Euerer Physionomie verdankt Ihr die Vertraulichkeit doch nicht.«

»Der Geschmack ist verschieden, Kamerad!« lachte der Ire dagegen, »und Einer liebt Bier, der Andere Milchsuppe; aber Ihr habt Recht, ich bin hier zu Hause, und wenn ich auch nicht gerade hier wohne, führt mich meine Straße oft genug vorbei — was Wunder da, daß ich Nachbars Töchter kenne.«

»Ei so laßt Euer In-ge-le-se-Schwatzen doch nun endlich einmal!« rief da eines der Mädchen, zwischen die beiden Männer springend und des Iren Arm ergreifend — »Her zu mir O-fa-na-ga — und dreh deine Taschen um, denn Du

hast doch den Boden hier nicht wieder betreten, ohne deiner
Maïre Schmuck und Ringe mitgebracht zu haben; wo ist der
Ring von perú, den Du mir so lange versprochen?«

»Maïre!« rief der Ire erstaunt sie betrachtend — »das ist
Maïre? was zum Wetter ist denn mit Dir vorgegangen
Mädchen, ich kenne Dich ja gar nicht mehr, wo sind deine
Locken?«

»Die hat der Mitonare abgeschnitten,« sagte die Schöne,
halb beschämt, halb unzufrieden.

»Der Mitonare — und was zum Henker hat der Mitonare in
deinen Haaren zu suchen, Sirrah?«

»Sie sollte fromm werden und keine tollen Streiche mehr
treiben,« lachte Ate-Ate, ihr das Kinn emporhebend und
zum Lichte drehend.

»Unsinn!« rief aber das Mädchen, — »das ist blos oben, o-
fa-na-ga — kehr Dich nicht daran — wo ist der Ring? her
damit!«

»Und mir auch — mir auch!« riefen Andere, auf ihn
eindrängend, »mir hat er Ohrgehänge versprochen — und
mir bunte Federn aus dem Osten — und mir Kattun zu
einem neuen Kleid!«

»Zurück Mädchen, zurück!« rief aber der Ire lachend, der
sich nur mit Mühe der auf ihn Einstürmenden erwehren
konnte — »Ihr hattet recht, Kamerad, die Physionomie
thuts bei den Dirnen hier allerdings nicht allein, und sie
reißen Einem — Wettermädchen Ihr, wollt Ihr Ruhe geben
— die Lumpen vom Leibe; würden sich auch verdammt
wenig Gewissen daraus machen, einen armen Teufel von
Matrosen gleich bei seinem ersten Ansprung an Land rein
auszuplündern und nachher allein sitzen zu lassen und
auszulachen. Die braune Haut versteht sich so gut darauf

wie die weiße.«

»Von welchem Schiff seid Ihr, Kamerad?« frug jetzt der Bootsmann, »Ihr segelt wohl unter eigener Flagge?«

Der Ire lächelte leise vor sich hin, schüttelte aber mit dem Kopf und erwiederte schmunzelnd:

»Dießmal habt Ihr vorbeigeschossen, so schmeichelhaft die Anspielung auch sein mochte; alt England für immer, ich möchte keine anderen Farben an meiner Gaffel wehen haben, — selbst nicht die rothe;« setzte er mit einem halb spöttischen, halb verschmitzten Seitenblick auf den Bootsmann hinzu — »Um Euch übrigens zu beruhigen kann ich Euch sagen daß ich Harpunier an Bord des Englischen Wallfischfängers, der Kitty Clover bin, die hier zu ihrer Erholung in Papetee liegt, und auch da wohl noch eine Weile zu ihrer Erholung liegen bleiben wird, wenn ihr die sehr verehrte Französische Regierung nichts in den Weg zu legen für nöthig findet und den Aufenthalt noch länger gestattet.«

Der Bootsmann unterdrückte nur mit Mühe einen Fluch auf die ironische Anspielung daß seine Corvette, die früher den Insulanern imponirt, gegenwärtig, durch die ihr überlegenen Engländer im Schach gehalten, Nichts mehr zu sagen und zu befehlen hatte, aber er besann sich eines Besseren und die Lippen nur zusammenpressend sagte er finster:

»Ihr thätet wohl Euch mit der Französischen Regierung auf gutem Fuß zu halten — die guten Leute in Papetee wissen heute noch gar nicht was für Farben morgen Mode sein könnten.«

»Jedenfalls die schwarze,« schmunzelte der Ire, sich die Hände reibend — »jedenfalls die schwarze. Jetzt bestimmen die Missionaire die Moden und das sind liebe, liebe

13

Menschen; haben uns Matrosen auch so gern, als ob wir ihre Brüder wären — was wir ja doch auch eigentlich sind. Es klingt ordentlich erbaulich »Bruder Jim oder Bruder O'Flannagan.«

»Daß sie uns nicht grün sind kann ich ihnen nicht verdenken,« brummte der Bootsmann, »sie haben alle Ursache dazu, denn unsere beiden Interessen laufen einander gerade schnurstracks entgegen. Also Ihr gehört zu dem schmutzigen Wallfischfänger da draußen — habt Ihr Fische bekommen?«

»Ja Mister.«

»Und welchen Port seid Ihr zuletzt angelaufen?«

»Genirt's Euch, wenn Ihr's nicht wißt?« frug der Ire spöttisch.

»Geht zum Teufel!« brummte der Franzose zwischen den Zähnen durch — ärgerlich sich mit dem Burschen so weit eingelassen zu haben und wandte ihm den Rücken.

»Rrrrrrrrr!« dröhnte in diesem Augenblick ein rascher Wirbel so dicht vor ihren Ohren, daß sich der Bootsmann überrascht danach umsah; lachende Mädchengesichter schauten ihm aber entgegen, wohin er blickte, und Eine von diesen hatte eine richtige fran zösische Trommel umgehängt, und schlug darauf jetzt mit fertiger Hand den Takt ihres Inseltanzes.

»Alle Wetter, Ate-Ate!« rief der vorgebliche Harpunier des Kitty Clover, und suchte das Mädchen zu fassen, das aber rasch zur Seite sprang und ihn mit den Trommelschlägeln abwehrte — »Du bist ja wohl gar gut französisch geworden, Mädchen, und dienst gegen deine früheren Geliebten — ein eigenthümliches Mittel sich an den Treulosen zu rächen!«

14

»Zurück O-fa-na-ga, zurück!« rief aber diese — »ich will die Zahl der Falschen nicht vermehren, und es wäre schon jetzt Wahnsinn gegen sie in den Kampf zu ziehen — sie sind wie die Guiaven im Wald, und drücken alles Andere zu Boden — zurück weißer Mann! — Aber lasse das Schwatzen hier, wir wollen tanzen, und Ihr stört uns nur mit Euerem Zungen klappernden Volk. Da A-da!« wie sie den Bootsmann der Jeanne d'Arc nach seinem nicht auszusprechenden Schiffe nannte — »da stell Dich her, und nun paß auf, wir wollen den Tanz versuchen den Du uns gelehrt und sieh ob wir's können.« Und zurückspringend begann sie mit ziemlicher Genauigkeit Lord Howe's hornpipe, den allbekannten Matrosentanz auf der Trommel zu schlagen, indeß sie die Melodie dazu mit klarer, ja glockenreiner Stimme sang, und die Mädchen flogen herbei zum Tanz. Den Klängen konnten aber auch die Matrosen nicht widerstehen, und gegen sie antanzend stampften sie nach den raschen Takten den Rasen und schwenkten und warfen die Hüte in jubelnder Lust.

Aber die Europäer ermüden bald; so schattig der Brodfruchtbaum auch seine breitfingerigen Blätter und über ihm die Palme ihre Krone streckt — die Luft ist zu heiß für solche Lust, und keuchend warfen sie sich auf den Boden nieder, indeß sie die eingeborenen Mädchen lachend umsprangen und mit Blumen und Bananenschaalen warfen.

Aber lauter und wilder tönt die Trommel, in deren Schlagen Ate-Ate Eine der Eingeborenen abgelößt und zu der sich noch eine zweite gefunden hat; der Takt wechselt, lachende Männer und Mädchenstimmen fallen ein in jubelndem Chor, und die erhitzten Tänzerinnen haben schon Hut und Schultertuch abgestreift der wogenden Brust und brennenden Stirn Luft und Kühlung zu geben. Dicht geschaart drängen die Zuschauer herbei aus der Nachbarschaft, und hochgeschürzte halbnackte Mädchen

15

werfen sich immer aufs Neue hinein in den wilden Reigen. Hei wie sie fliegen herüber und hinüber in toller Lust, mit Armen und Knieen einfallend in den wüthenden Takt, schneller und schneller, mit funkelnden Augen und wogender Brust, wieder und wieder, auf und ab vor der Trommel und dem Jauchzen der bewundernden Schaar, bis sie erschöpft zusammenbrechen, und andere — wildere ihren Platz ausfüllen auf dem zerstampften mißhandelten Rasen.

Bunt sind die Tänzer, bunter aber fast die Zuschauer die sie jetzt umstehn, und die sich, durch den Ton des Instruments gelockt, eingefunden haben. Neben dem noch bis an die Zähne tättowirten alten Indianer, der mit grimmer Lust und leuchtenden Augen schon in seinem Geist die alte Zeit wieder aufleben sieht mit ihren Festen und Tänzen — die schöne fröhliche Zeit, ehe die schwarzgekleideten Männer mit den finstern Gesichtern kamen und ihren sonnigen Boden betraten, steht die würdige Matrone, der jetzt Blume und Blüthe im Haar schon ein Gräuel und dem Herrn mißfällig dünkt, und sieht mit Seufzen und oft und oft zum Himmel geschlagenen Blick, das Entsetzliche wieder vor ihren Augen geschehen, dem folgend ihre Priester Pestilenz und Krieg und die Racheblitze ihres Gottes prophezeiht. Aber sie sieht doch den Tanz, sie steht und zögert, und während sie seufzt und stöhnt, taucht die Erinnerung in ihr auf, an frühere Zeit, wo sie selber im wilden Sprung die Reihen der Mädchen geführt, die Fröhlichste unter den Fröhlichen, bei denselben entsetzlichen Klängen, — wo sie mit fliegender Brust und funkelndem Auge die Tapa von Schultern und Hüfte, die Blumen aus den flatternden Locken riß, den Tänzer damit zu werfen und — Jehovah stehe ihr bei, sie faltet erschrocken die Hände und flieht den Platz, denn unter dem bunten wehenden Kattun zuckt' es und zittert' es ihr in den Knieen und Füßen, und der Teufel

16

war stark, und lockte sie zu dem Entsetzlichen.

Mitten hinein aber zwischen die Reihen und Gruppen der außen Stehenden drängen jetzt wieder lachend und schwatzend und mit den Tänzerinnen scherzend Französische Seeleute und Marinesoldaten, ihren Arm um die nächste geschlungen, und den Takt des Tanzes mit Gesang oder stampfendem Fuß unterstützend, und im Taumel von Lust und Freude treibt sich die sorglose Schaar hier mitten zwischen dem Volk umher, indeß die Mündungen seiner Kanonen schon auf die armen Bambushütten gerichtet liegen und ein Zufall den blutigen Kampf entzünden kann.

Aber was kümmerts die jungen Burschen; der Tag ist noch der ihre, im duftenden Wald, die wilde reizende Mädchenschaar an ihrer Seite, was sorgen sie da um den nächsten. — Und wenn jetzt, in diesem Augenblick die Alarmtrommel tönte? — So unmöglich ist das nicht, denn der Bootsmann horchte einmal schon rasch und erschrocken auf — aber bah, es ist die neue Aufforderung zum Wiederbeginnen der Lust, und toller und rasender als je werfen sich die Unermüdlichen hinein in den Tanz.

Der Bootsmann oder contremaître der Jeanne d'Arc und Jim der Ire hatten sich zurückgezogen vom Tanz und der Franzose stand allein, an den Stamm eines Brodfruchtbaums gelehnt und schaute mit verschränkten Armen dem wilden Spiele zu.

Jim war in seiner Nähe und eben im Begriff auf ihn zuzugehen, aufs Neue ein Gespräch mit ihm anzuknüpfen, als er sich am Arme gezupft fühlte und rasch umschauend einen fremden Matrosen bemerkte, der ihm vorsichtig winkte ihm zu folgen, und dann langsam, und scheinbar absichtslos einem kleinen Guiavendickicht zuschlenderte, das hier den nicht weit von da vorbeiströmenden Bach

17

begrenzte. Jim schaute sich vorsichtig um, ob er von keiner Seite beobachtet würde, blieb wohl noch eine Viertelstunde ruhig und regungslos in seiner Stellung, dem Tanze zuschauend, und folgte dann, die Hände in den Taschen und mit den ihm nächsten Mädchen lachend und scherzend, dem Vorangegangenen. Etwa zwanzig Schritt im Dickicht hörte er einen leisen Pfiff, antwortete ebenso vorsichtig und befand sich wenige Minuten später dem fremden Seemann gegenüber, der ihn ohne weiteres am Arm nahm und noch tiefer in den Wald von Mape und Lichtnußbäumen und Guiaven hineinführte.

»Alle Wetter Kamerad,« sagte endlich Jim stehen bleibend und seinen schweigsamen Führer betrachtend, »was zum Henker schleppt Ihr mich denn hier in den dicksten Busch, wo man sich die Augen in den Zacken ausrennen kann. Was wollt Ihr von mir und wer seid Ihr selber?«

»Wer ich bin, Dick Mulligan« sagte aber der Andere, »kann Dir ziemlich egal sein, wenn nur — «

»Dick Mulligan« wiederholte Jim und so sehr er sich auch Mühe gab seine Bewegung zu verbergen, war es doch leicht zu sehn, wie er über den Namen erschrak, »wen zum Teufel nennt Ihr Dick Mulligan?«

»Pst Dick, nicht so laut,« sagte aber der Andere vorsichtig, »Du brauchst Dich nicht zu geniren, wir Beide kennen einander, denn so hab' ich mich doch Gott straf mich nicht verändert, daß Du nicht unter der, vielleicht ein Bischen braun gewordenen Haut deinen alten Gefährten Jack herausfinden solltest.«

»Jack, bei Allem was da schwimmt!« rief Jim, »aber Mensch wo kommst Du her, und in die Jacke; Matrose an Bord eines französischen Kriegsschiffs« —

»Das wäre eine langweilige Geschichte, Dir das Alles

auseinanderzusetzen, genug daß ich da bin und vielleicht Dir zum Glück,« entgegnete aber der Andere — »Mensch Du hast Dich nicht im Geringsten verändert, siehst noch aus wie vor fünf Jahren und läufst hier so unbekümmert und gottvergnügt mit dem Bart und den Haaren in der Welt herum, als ob Du nicht den Strick um den Hals trügst, und jeden Augenblick gefaßt und vor Gericht geschleppt werden könntest — und wer Dich einmal gesehen, vergißt Dich im ganzen Leben nicht wieder.«

»Laß die alte Geschichte,« knurrte aber der Ire — »kein Mensch hier hat eine Ahnung davon als wir Beide — weshalb das Aufheben!«

»Kein Mensch, so?« — sagte Jack, »und weißt Du, wer auf der Jeanne d'Arc drüben zweiter Lieutenant ist?«

»Wie soll ich's wissen,« erwiederte Jim unruhig, »Du kannst Dir denken daß ich mit den Offizieren irgend einer Majestät so wenig wie möglich in Berührung komme — wer wird's sein?«

»Niemand Anderes als derselbe junge Bursch, der uns damals, in der Pomatu Gruppe unsern schon sicher geglaubten Fang, den kleinen Perlencutter abjagte und Dich dabei erwischte. Du entkamst ihm nachher noch, aber er hat Dich doch beinah acht Tage festgehabt und kennt Dich genau, ich habe ihn wenigstens die Geschichte selber zweimal an Bord erzählen hören und er schwört darauf daß er Dich hängen sehn will, wenn er Dir jemals im Leben wieder begegnet.«

»Unsinn, was kann er mir thun,« brummte aber Jim (denn wir wollen den Namen beibehalten), »wir wurden eben von unserer Beute vertrieben, aber das war doch auch weiter kein Beweis gegen mich.«

»Sie haben die beiden Leichen in dem Pandanusdickicht

gefunden,« sagte Jack leise.

»Den Teufel,« knirschte Jim zwischen den Zähnen durch — »das wäre allerdings fatal — aber er hat keine Zeugen.«

»Mehr wie er braucht,« entgegnete Jack — »drei von den Jungen die uns damals den Spaß verdarben, sind auf der Jeanne d'Arc — und Du kannst Dir denken wie mir zwischen dem Gesindel zu Muthe sein muß — ein Glück daß sie keine Ahnung haben wie nahe wir schon einmal »mit einander in Geschäftsverbindung gestanden haben.«

»Aber wie zum Henker bist Du auf das Französische Kriegsschiff gekommen?« frug Jim nochmals erstaunt und vielleicht selbst mißtrauisch.

»Lieber Gott,« lachte Jack achselzuckend, »wie man bald das bald das einmal in der Welt versucht, ehrlich durchzukommen. — Ich machte in Marseille, an Bord eines Dampfers eine Speculation in silbernen Löffeln — «

»Pfui!« sagte Jim.

»Pfui?« wiederholte Jack beleidigt — »das ist mir nun einmal angeboren, daß ich nicht müßig gehen kann; doch um kurz zu sein entstand da ein Mißverständniß dem ich, als der Schwächere zum Opfer fiel. Sie steckten mich erst ein und schickten mich dann, zu meiner weiteren Ausbildung auf ein Kriegsschiff.«

»Und jetzt?«

»Und jetzt? — bin ich an Bord und sehe mich nach einer passenden Gelegenheit um meine Situation zu verbessern.«

»Warum desertirst Du nicht?« frug ihn Jim.

»Das ist eine böse Sache,« sagte Jack kopfschüttelnd, »das kann gut, aber auch schlecht gehen — ja wenns hier einmal zum Ausbruch käme, ließ ich mir's gefallen; jetzt wird aber Alles ausgeliefert was sich fremd am Ufer blicken läßt. Du aber kannst mir am Ende dazu helfen.«

»Ich Dir? — wie mir's jetzt scheint habe ich alle Hände voll zu thun meine eigene Haut in Sicherheit zu bringen — ist unser alter Bekannter an Land?«

»Gewiß, und stöbert hier gerade in der Nachbarschaft herum, ich habe Dich deshalb abgerufen daß Du ihm nicht etwa in die Hände läufst — «

»Nur meinethalben?« frug Jim den Gefährten mit einem etwas zweifelhaften Blick.

»Nur deinethalben? — nein« sagte der aufrichtige Jack — »ich sehe nicht ein warum ich das Kind nicht beim rechten Namen nennen soll; mir war es selber nicht ganz einerlei, die alte Geschichte wieder aufgewärmt zu sehn, noch dazu da ich ein unfreiwilliger Zeuge des Ganzen hätte sein müssen. Aber wirklich Jim, wie ich da erst von unserem Bootsmann gehört habe, der sich gerade nicht in Dich scheint verliebt zu haben, gehörst Du zu dem Wallfischfänger, der unten in der Bai liegt — sind die Leute an Bord gut?«

Jim zögerte einen Augenblick mit der Antwort und schielte seitwärts nach seinem frühern Kameraden hinüber.

»Du überlegst ob ich Dir da nicht etwa im Wege wäre?« sagte dieser lachend.

»Nein, nein,« erwiederte der Ire rasch und vielleicht etwas beschämt seine Gedanken so schnell errathen und ausgesprochen zu sehn — »ich wußte nur nicht gleich was Du damit meintest — ja, der Capitain ist gut genug — Mac Rally, Du mußt ihn ja noch von früher her kennen.«

21

»Mac Rally, Mac Rally? — nein, unter dem Namen nicht; wie hieß er sonst — Du kannst mir trauen alter Junge,« setzte er lachend hinzu, als er sah das Jim mit der Antwort zögerte — »mir liegt Alles daran sicher vom Bord der Franzosen zu kommen und wenn ich selbst — «

»Aber warum schwimmst Du nicht zu dem Engländer hinüber, der nähme Dich mit Vergnügen auf,« sagte Jim.

»Weil ich dafür meine sehr guten Gründe habe,« brummte Jack verdrießlich; »ich fühle eine gerade so große Abneigung gegen englische Offiziere wie Du, und — habe vielleicht eben so viel Ursache — also Mac Rally — «

»Erinnerst Du Dich noch auf Bill Kooney?« frug Jim.

Jack pfiff leise vor sich hin und lachte verschmitzt.

»Bill Kooney,« sagte er dann nach einer kurzen Pause — »Bill Kooney — aber wie zum Teufel ist der zu dem Wallfischfänger gekommen?«

»Das ist eine naive Frage,« sagte Jim, »aber mein Junge, wenn dem so ist daß der Gesell — wie heißt er doch gleich dein Lieutenant?«

»Bertrand.«

»Daß also der Monsieur hier herumschwimmt, da ist's für mich Zeit aus dem Cours zu gehn — bis ich ihm vielleicht einmal richtig hinein kommen kann; ich muß so an Bord.«

»Aber wo treffen wir uns wieder? ich möchte vorher genau wissen wann Ihr segelt und Bill Koo ney doch auch gern einmal sehn, mit ihm meinen Plan zu bereden.«

»Ich gehöre gar nicht mehr an Bord,« sagte Jim — »daß ich Harpunier wäre hab' ich deinem neugierigen Bootsmann nur aufgebunden.«

»Du gehörst nicht mehr an Bord?« frug Jack erstaunt — »den Teufel auch, da hast Du wohl dein »Geschäftsbüreau« jetzt an Land?«

»Zu Zeiten,« sagte Jim ausweichend.

»Und gehn die Geschäfte gut? — na hab' keine Angst,« setzte er aber rasch hinzu, als er sah daß den neugefundenen Kameraden die Frage etwas in Verlegenheit zu setzen schien, wenigstens nicht gleich und unbedingt von ihm beantwortet wurde — »ich komme Dir dabei nicht in's Gehege, bleibe aber, aufrichtig gesagt auch lieber einmal eine Zeitlang auf festem Grund und Boden und in der angenehmen Gesellschaft hier, mich von den überstandenen Strapatzen erst ein wenig auszuruhn. Donnerwetter, man lebt doch nur einmal auf der Welt, und wozu sich in einem fort schinden und placken, wie ein Hund!«

»Ich weiß gerade nicht ob es Dir hier gefallen würde,« sagte Jim.

»Daß laß meine Sorge sein,« lachte der Matrose, »wenn ich nur erst glücklich aufgehoben wäre, eine Desertion in meinen Verhältnissen ist nur zu ver dammt gefährlich, denn kriegten sie mich wieder, möcht' ich in jeder anderen, nur nicht in meiner eigenen Haut stecken. Ich könnte Dir vielleicht hier auch in Manchem von Nutzen sein.«

»Das bezweifle ich nicht im Mindesten,« entgegnete Jim ruhig, »aber überleg's Dir wohl; wird eine große Belohnung auf den Einfang gesetzt, so ist keinem von den Indianischen Schuften zu trauen. Am besten wär's doch wohl Du sprächst einmal mit Mac Rally.«

»Hm — ja — vielleicht — nun ich werde ja sehen,« sagte Jack wie überlegend sich das Kinn streichend und dabei verstohlen auf Jim hinüber schauend. — »Und wenn man Dich einmal hier am Ufer finden wollte, wo bist Du da am besten zu erfragen?«

»Kennst Du einen Platz hier auf der Insel, den sie »Mütterchen Tot's Hotel« nennen?«

»Nein — ich bin noch nie funfzig Schritt vom Strand fortgewesen.«

»Du wirst ihn erfragen können — jeder Matrose kennt ihn.«

»Wohnst Du dort?«

»Nein, aber es ist der einzige Platz, den ich regelmäßig besuche.«

»Gut, werd' ihn mir merken, und nun good bye, Dick, unser Bootsmann könnte mich sonst vermissen.«

»Nenne mich nur nicht Dick,« warf der Ire ein, »der Name war mir unbehaglich, und ich möchte nicht gern immer wieder an jene unglückselige Zeit erinnert werden.«

»Hast Du Gewissensbisse?« lachte Jack.

»Bah Gewissensbisse — Unsinn — aber keine Lust eine Raanocke zu zieren, alter vergessener Geschichten wegen.«

»Gut, gut; also Du, Jim, wenn Dir das sicherer klingt, könntest Dich unter der Zeit doch immer einmal nach einem Quartier oder Schlupfwinkel für mich umsehen — wenn's auch nur für den Nothfall wäre; je weiter im Inneren, desto lieber ist mir's. So gute Nacht und — hab gut Acht auf deinen Hals!« — Und leise vor sich hinlachend verließ er den Freund und ging zurück, wo er die Trommeln der Insulaner noch hören konnte, die unermüdlich neue und frische Tänzer herbeilockte.

»Hm,« sagte Jim leise und nachdenkend vor sich hin, als der alte Kamerad aus früheren Tagen in den Büschen verschwunden war, und seine Schritte weiter und weiter im dürren Laub verklangen — »schön Dank für die Warnung; ich weiß aber eben noch nicht, ob mir mein Hals in Deiner Gesellschaft sicher oder unsicher ist, mein alter Bursche, und fataler Weise ist der Versuch gerade so gefährlich. Nun, jedenfalls bin ich auf meiner Huth und vor Dir ziemlich sicher daß Du nicht selber aus der Schule schwatzest; Vielleicht kommt mir aber der französische Grünschnabel einmal gelegentlich unter die Finger und dann können wir ja unsere Rechnungen mitsammen ausgleichen. Jetzt übrigens, so lange es noch Tag ist, werde ich n i c h t an Bord zurückgehn, sondern meine Geschäfte hier am Land besorgen; ich traue den Insulanern nur nicht viel zu; sie sind zu gleichgültig bei Allem was sie nicht unmittelbar in die Höhe schüttelt, und müßten sich sehr geändert haben, wenn sie überhaupt noch einmal zu einem entscheidenden Schlag zu bringen wären — sei der nun hingerichtet, wohin er wolle. — Hm — ist mir aber auch wieder ungemein lieb erfahren zu haben daß der Gesell in einer französischen Uniform steckt und hier herumläuft — werde doch zusehn daß er mir zuerst vorgestellt wird, und nicht ich i h m.« — Und mit einem vorsichtigen Blick umher, denn Jack's Warnung hatte seine Wirkung keineswegs verfehlt, schlug er sich, mit der Gegend in der er sich hier befand vollkommen gut bekannt, seitwärts in das Dickicht, die Stadt auf einem anderen Pfade zu erreichen und verschwand bald darauf in den dichten, hinter ihm sich wieder schließenden Guiavenbüschen.

Fußnoten:

[A] Ein Schiffsausdruck »wo kommt Ihr her — von woher seid Ihr gesegelt?«

Capitel 2.

Sadie und René.

Ah — die Brust hebt sich ordentlich frei, wie wir dem wilden wüsten Treiben von Haß und Sünde, Leichtsinn und roher Sinnlichkeit den Rücken kehren, dem Wald, dem unentweihten Walde zuzustreben. Noch haben wir aber nicht all die bunten wilden Gruppen hinter uns, die zerstreut bei all den verschiedenen Hütten, in all den kleinen Hainen ihre Orgien feiern. Horch, von da drüben herüber lauter und munterer Trommelschlag unter den Palmen vor — lachende Männer und Mädchenstimmen und jubelnder Chor; und von dort? tönt der scharfe Klang einer kleinen, in den Zweigen eines Orangenbaumes aufgehangenen Glocke, und der monotone Sang frommer Hymnen in Tahitischer Sprache, von den Ehrwürdigen Männern selbst an einem Wochentag gesungen, weil heute die Inseln ja dem rechten, dem »allein selig machenden Protestantischen Glauben« gerettet wurden.

Dahinein aber kreischt der laute fröhliche Sang halbtrunkener Matrosen, die am Strand nieder neuen Vergnügungen zuziehen. Hier eine Frauengestalt in wehdurchschauerter Angst niedergeworfen vor dem zürnenden Gott, den Blick angstvoll nach oben gerichtet, als ob sie fürchte daß der rächende Strahl den Zornesworten folgen müsse, die der weiße fromme Mann eben niedergedonnert hatte von dem einfach hölzernen Kanzelstand, auf die Häupter der kleinen »auserwählten Schaar« — dort ein wildes braunes halbnacktes Mädchen, den Arm leichtfertig um die Schulter eines französischen Soldaten gelegt, der mit ihr plaudert und koßt, während sie den lachenden Blick frei und ruhig zu dem blauen freundlichen Himmel emporhebt, und dabei mit halbem Ohr vielleicht den fernen wohlbekannten Glockentönen lauscht.

Widersprüche wohin das Auge fällt, und nur die Natur selber ist sich treu geblieben in dem tollen wilden Gewirr — nur die Natur allein, die Gottes Größe und Güte predigt in jeder Zeit, und ihre Gaben liebend ausstreut über die Kinder des Allmäch tigen, gleichviel welcher Sek te sie angehören, welchen Namen die Lippe flüstert, wenn das Herz, in stiller Anbetung versunken, emporstaunt zu seinen Wundern, und gleichgültig dabei, ob sie ihre Stirnen nach Westen oder Osten zum Gebet neigen — beten sie doch Alle zu Ihm.

So, je weiter wir das wirre tolle Treiben Papetee's hinter uns lassen, verschwimmen die Dissonnancen von Hymne und Trommel in dem gewaltigen Donner der ewigen Brandung, und dem leisen flüsternden Rauschen der Blätter und Palmenkronen, und dort draußen, weit draußen am wunderschönen Strand, wohinaus kaum der donnernde Schall des Geschützes drang, das den Aufgang und Niedergang der Sonne kündete, hatte René seine Hütte gebaut. Ein wohl nicht großes aber doch geräumiges Haus, dicht in den Schatten von Frucht- und Blüthenbäumen hineingeschmiegt, diente ihm mit seiner kleinen Familie, wie dem alten ehrwürdigen Mr. Osborne, von dem sie sich nicht hätten trennen mögen, zum Aufenthalt; ja wurde ihm zur Heimath, und selbst Sadie fühlte sich hier wieder wohl und glücklich, so heimisch so freundlich war der kleine liebe Platz — so lieb fast wie Atiu — nur daß ihm die Erinnerungen fehlten.

— Nur daß ihm die Erinnerungen fehlten — es ist ein kleines, unbedeutendes Wort; die Erinnerung, und sie umfaßt doch, wenn wir erst einmal wirklich ins Leben traten, Alles fast, was das Herz je theuer gehalten und lieb, und dessen Klängen es mit freudigem Klopfen, o wie gern doch, lauscht. Was anderes giebt unserer Heimath jenen unendlichen Reiz, der uns nicht weilen läßt im fremden Land und uns zurückzieht mit festen, kaum zerreißbaren Banden? — was anderes zaubert uns mit einem Schlag alle die lieben, nie vergessenen, aber wohl so oft und heiß ersehnten Bilder wieder herauf, die unserem Leben damals Licht und Farbe, unserem Blut die Wärme, unserer Brust die heitere Ruhe gaben? Verleih einem Platz diese Erinnerungen, und laß es dann die ärmlichste dürftigste Hütte in einer Wildniß sein, und jede Stütze ist uns theuer die noch den morschen Bau zusammenhält. Wir kennen da jeden Baum, jeden Stein und an jedes, das noch so unbedeutendste, an den schmalen Pfad der hinausführt zu dem stillen, Linden umlaubten Friedhof, an das Gartenpförtchen, an den Apfelbaum neben der Thür, an die Steinbank oder den murmelnden Bach, oder den moosbewachsenen Eimer des Brunnens, selbst an die lieben Sterne die nur so, wie alte liebe Bekannte über der Hütte standen, knüpft sich eine Liebe, eine selige Erinnerung, und je älter wir dabei werden, je weiter uns das Schicksal und je länger es uns fortgetrieben aus dem Heiligthum, desto theurern Platz wahrt es sich in unserm Herzen.

Und ohne diese Erinnerungen? ja die Welt ist schön, und überall gründet der unstete Mensch seinen Heerd, überall deckt Gottes unendliche Güte den Boden für ihn mit Speise und Trank, und das Geschlecht treibt und gedeiht — aber es treibt und gedeiht auch nur eben, und wie in der Fremde beginnt es seine Hütte zu bauen, wie in der Fremde siedelt es sich an und — denkt zurück an frühere glücklichere Zeiten, liebere Plätze — an die Stelle wo seine Wiege gestanden.

Aber Sadie und René waren glücklich — über ihnen wölbten, wie auf Atiu wehende Cocospalmen ihre Häupter und schüttelten den Thau nieder auf die duftenden Blüthen der Orangen, die ihren Fuß umwuchsen; vor ihnen aus breiteten sich die Corallendurchzogenen Binnenwasser der Riffe, klar und silberrein wie an der Schwesterinsel, und Abends ruderte der junge Mann das Canoe hinaus, und vor ihm saß dann die glückliche Mutter mit dem Kind am Herzen, dem Liebesblick seines Auges in unendlicher Seligkeit begegnend; — es waren das so frohe, so glückliche Stunden.

Oh daß sie schwinden müssen, daß Alles nur auf Erden eine Spanne Zeit umfaßt, und während uns die Sonne fröhlich scheint, daß da schon düstre Wolkenschleier unterm Horizonte lagern müssen, die langsam aber sicher höher steigen. Es giebt kein ungetrübtes Glück auf dieser Welt, es kann's nicht geben, denn das Bewußtsein schon, wie nah der Wechsel unserm Leben liegt, wie oft an einer Faser nur das Alles hängt, was uns in diesem Augenblick entzückt, wirft einen trüben Schein selbst auf die frohste Stunde, und das, was uns gerade im Unglück stärkt, was den Blick vertrauend, hoffend dem Lichte zukehrt, wie trüb und traurig uns auch im Herzen sei, und wie die Verzweiflung an ihm nagt und zehrt, die Gewißheit irgend des einstigen Wechsels solcher Leidenszeit, die klopft dann ebenfalls als Mahner an des Glückes Thor, mit leisem Finger, aber still und unverdrossen fort.

Nicht bei René; er war ein Kind im Glück und nahm das Alles mit so frohem leichten Herzen an, wie Kinder Spielzeug nehmen, lachen und springen damit und nicht d'ran denken daß es zerbrechen kann, sich nicht d'rum kümmern. Nach langer schwerer Zeit, wo er viel dulden mußte und ertragen, erschien das Alles hier ihm wie gehörig, wie gerechter Lohn nur für Bestandenes; Sorge hatte er nie gekannt, der Augenblick war ihm des Lebens Trieb gewesen, dem er folgte, dem Augenblick gehörte er auch an, und wie er ebenso im Unglück wenig nur gehofft, sich stets vom Schicksal ausersehn gedacht und kecken trotzigen Muthes darin gerade Freude fand ihm zu begegnen, es zu überwinden, so dachte er auch im Glück nicht oft hinaus wie's einst wohl werden solle, wenn der Tod vielleicht hier oder da die Stützen wegriß, oder and'res Leid mit kalter starrer Hand eingreifen könne in sein junges Glück. Er lebte, liebte, das war ihm genug.

Nicht so Sadie; auf jener stillen Insel still herangewachsen, hatte sie kaum von einem höheren Lebensziel gewußt; der Schwestern sorglose Freuden sorglos theilend, war ihr auch nie ein anderer Gedanke gekommen, hatte sie nie einen andern Fall für möglich gehalten, als mit der Palme am Strand zu blühen, zu gedeihen und unter ihrem Schatten einst in leichter Erde, leicht und hoffend einem neuen, besseren Leben entgegen zu träumen. Da kam René — mit ihm erschloß sich eine neue Welt für sie, mit ihm gewann sie etwas was sie nie geahnt — ein geistiges Leben, neben ihrer Palmenwelt, und Alles das was ihr die Brust von da mit solcher Seligkeit erfüllte, fand in dem einem Herzen nur Ursprung und Ziel — und wenn das eine Herz ihr wieder schwand dann — nein, sie dachte den Gedanken nie aus, und wenn er aufsteigen wollte in ihr, floh sie vor sich selbst, und das Gefühl gewann erst wirklich festen Grund in ihr, bekam erst Farbe und Gestalt, als ihr ein anderer Schmerz durchs Leben zog — das erste schwere herbe Leid der jungen Brust.

Der alte ehrwürdige Mr. Osborne, ein Missionair im wahren Sinn des Worts, der Gottes Liebe voll und wahr im Herzen trug, und Tausenden schon damit Trost gebracht, fand gerade da, wo er Achtung und Anerkennung hätte fordern dürfen, mit seinem treuen ehrlichen Herzen, kalten dürren Grund, und wenn nicht offenen Kampf, weit Schlimmeres — heimlicher Bosheit Pfeil, der oft weit tödtlicher trifft als Blei und Stahl. Herüber und hinüber geschickt auf der Insel, wo er kaum des einen Stammes Herzen sich gewonnen, und wohlthätigen Einfluß auf sie auszuüben begann, gekränkt und angefeindet, geärgert und betrübt, erkrankte er endlich, und ehe René sowohl wie Sadie sich auf den schmerzlichen Verlust der ihnen drohte, vorbereiten konnten, ja ehe selbst nur die Befürchtung solcher Gefahr in ihnen aufgestiegen war, machte ein Nervenschlag seinem Leben ein sanftes und nur zu rasches Ende.

Der Schmerz traf tief in ihr junges, bis dahin ungetrübtes Glück, und Sadie besonders hatte viel, unendlich viel durch ihn verloren. Auch René schmerzte der Verlust des alten wackern Mannes, der ihm ein zwei ter Vater geworden, und ja auch eigentlich viel mit seinetwegen ertragen und geduldet.

Viele Monate vergingen denn auch, ehe sich Beide von dem Verlust erholen, an die Trennung von ihm gewöhnen konnten, und selbst dann noch wollte das Gefühl der Leere nicht ganz weichen — es fehlte ihnen ein Theil ihrer selbst, und der Alles lindernden Zeit mußte es vorbehalten bleiben sie vollständig dafür zu trösten.

Dieser Todesfall war aber auch für René zum Trieb geworden, sich irgend nach einer Thätigkeit umzuschauen, nach der auch, besonders jetzt allein auf sich selbst angewiesen und in der lebendigeren Ansiedlung mit neuen Bedürfnissen erwachsend, sein lebenskräftiger Geist sich sehnte und drängte. Eine solche Beschäftigung wurde ihm aber auch zuletzt zur Nothwendigkeit, wenn er nicht untergehen sollte in dem müßigen, dem Insulaner wohl zusagenden, dem gebildeten Europäer aber auf die Länge der Zeit nicht genügenden Leben.

Kurz vor Mr. Osbornes Tode war ein Theil des Capitals, das René in Frankreich stehen hatte, für ihn auf Tahiti eingetroffen, und er beschloß jetzt dasselbe in kaufmännischen Speculationen anzulegen, und sich außerdem mit dem Handel und Betrieb dieser Inseln bekannt zu machen. Er bedurfte dessen allerdings nicht seine Lage zu verbessern oder seine Existenz zu sichern, denn wenig genügte hier seinem einfachen Leben, aber er wollte einen Antrieb haben, der ihn irgend einem gestellten Ziel entgegen führte, und das zog ihn dann nicht allein nicht von seinem häuslichen Leben ab, sondern mußte diesem sogar einen noch höheren Reiz verleihen.

Seine kleine freundliche Wohnung lag vielleicht eine halbe Meile unterhalb Papetee, dicht am Meeresstrand, von hohen Wi- und Mapebäumen umgeben, und die freie Aussicht nach dem reizenden Imeo hinüber gewährend. Dort, schon mit mancher Europäischen Bequemlichkeit ausgestattet, hatte er sich sein Nest gebaut, und zog ihn auch über Tag dann und wann theils die Anknüpfung seiner Geschäfte, theils das rege politische Treiben dieser lebendigen Zeit für Tahiti, nach der Stadt, so fand ihn der Abend doch stets mit raschen Schritten heimwärts, in die Arme seines trauten Weibes eilend, und schmiegte sich dann das liebe holde Kind, dem die Mutterwürde einen fast noch höheren Reiz verliehen, kosend an seine Seite, dann segnete er wohl oft, in der Fülle seines Glücks, das Schiff, das ihn an diese gastliche Küste geführt, und mehr noch den Entschluß Freiheit und Leben daran gesetzt zu haben den Boden zu betreten, zu dem es ihn, wie mit einer höheren inneren Stimme unaufhaltsam getrieben.

Wie es dabei oft jungen Leuten geht, denen das Schicksal, und wie häufig ihnen zum Heil, in ihrer ersten Liebe, bei ihren ersten ehrgeizigen Plänen, den schon zum Genuß gehobenen Becher von den Lippen reißt, und die dann plötzlich ihre Rechnung mit der Welt abgeschlossen, ihre Ansprüche an das Leben und sein Glück vernichtet glauben und gar nicht einsehen wollen, daß ihnen die Welt erst jetzt

33

so voll und weit die Arme öffnet, fand er Alles, Alles gerade in dem Augenblick erfüllt, wo er sich schon an Abgrunds Rande wähnte, und den Schritt für unvermeidlich, für unabwendbar hielt, der ihn zerschmettert in die Tiefe senden mußte.

Und wenn er dann wieder im Anfang, von einem Extrem zum andern überspringend, jeder Gefahr entrissen, mit jedem Wunsch erfüllt, in einem förmlichen Taumel von Wonne und Seligkeit der neu gefundenen Rettungsbahn, die ihn nun durch blumige Auen führte, wie im Traume folgte, verlor sich doch endlich dieses Gefühl, das ihn auch wirklich sein Glück nur halb empfinden ließ, und mit dem vollen Bewußtsein dessen was er sich hier, in dieser wunderherrlichen Welt gewonnen, kehrte auch unendliche Ruhe und Seligkeit ein in sein Herz — eine Ruhe die sein Weib unsagbar glücklich machte und ihrer Brust letzte, durch die anderen Protestantischen Geistlichen wachgerufenen Zweifel und Befürchtungen beschwichtigte und widerlegte, daß sich der unstete Geist des jungen Mannes so leicht und vollständig dem doch ganz neuen ungewohnten, und gewissermaßen abgeschlossenen Leben dieser Inseln fügen werde.

Wie aber der Wirkungskreis ein weiterer war, den er hier fand, so zeigte sich auch bald das Leben ein ganz anderes, als in dem stillen, abgeschlossenen Atiu. Tahiti, und auf ihm Papetee schien der Mittelpunkt des Handels und Verkehrs für die südlich vom Aequator gelegenen Inselgruppen werden zu wollen, und gerade in letzter Zeit hatten sich mehre Amerikanische wie Französische Familien hier niedergelassen, die den gesellschaftlichen Verhältnissen dieses kleinen Inselstaates einen neuen, bis dahin noch nicht gekannten Aufschwung zu geben versprachen. René dessen liebenswürdiges Benehmen ihm leicht die Herzen derer gewann, mit denen er in Berührung kam, trat bald darauf mit einem der Amerikaner sowohl wie den Franzosen in Geschäftsverbindung, und fand sich auf das Herzlichste bei ihnen eingeführt. Den Frauen besonders lag daran einen geselligen Verkehr auf diesem abgelegenen Punkt zu eröffnen und zu erhalten, und sie hörten kaum daß René verheirathet sei, als sie auch fest entschlossen waren ihn aufzusuchen und mehr an sich und ihr Haus zu fesseln.

René, der recht wohl fühlte daß er sich mit der stärkeren Bevölkerung der Insel, wenn sich besonders noch mehr Europäer herüber zogen, einem mehr geselligen Leben nicht ganz würde verschließen können, ja verschließen mochte, hatte schon seit einiger Zeit angefangen Sadie darauf vorzubereiten, und zum ersten Mal störte ihn hierin ihre ungezwungene Tracht, die dem Klima wie der freien Bewegung des Körpers doch so angemessen war. In den Kreisen in denen er sich aber in einem mehr geselligen Leben bewegen mußte, wäre dieselbe jedenfalls, wenn nicht geradezu ein Hinderniß, doch oft ein Stein des Anstoßes geworden. Allerdings fürchtete er im Anfang diesen Punkt bei Sadie zu berühren — es konnte sie kränken wenn sie glauben möchte sie gefiele ihm weniger jetzt in dem bunten flatternden Tuch, als früher in der ersten Liebe Zeit; aber Sadie war viel zu vernünftig nicht einzusehen, wie sie mit dem Gatten in einen anderen Wirkungskreis getreten wäre und sich dem anzuschmiegen hätte. Die liebe kleine Frau schüttelte wohl anfangs darüber lächelnd den Kopf, aber die neuen Kleider standen ihr vortrefflich, und mit dem, ihren Landsleuten eigenen Scharfblick fügte sie sich so leicht nicht allein in die Tracht, son dern auch in das ganze Neue und Fremde, das dieselbe mit sich brachte, als ob sie von Kindheit an darin aufgezogen gewesen wäre, und nicht erst hätte Alles abwerfen müssen was uns durch Gewohnheit und Sitte aus unserer Jugend noch fast zur andern Natur geworden, und mit unserm inneren Selbst verwachsen ist.

Störend allein griffen manchmal, wenn auch selten, die kirchlichen und dadurch wieder politischen Verhältnisse der Inseln in das Leben der Glücklichen ein, denen sich René selber am liebsten ganz entzogen hätte, wenn ihn eben die Geistlichen in Frieden gelassen. Die Protestantischen Missionaire hielten es aber für ihre Pflicht (ein entsetzliches Wort solcher Herren) die junge, im rechten Glauben erzogene und unglücklicherweise in die Hände eines Ungläubigen gerathene junge Frau, unaufhörlich vor dem Abgrund zu warnen an dem sie stehe, und ihr alle die Schrecknisse vor zu halten die sie erwarteten, wenn sie dem von ihrem Gatten betretenen Pfade folge. Auch das Kind mußte ja dem rechten Glauben erhalten werden, und so bereitwillig sich René, um nur Ruhe von Außen und Frieden im Hause zu haben, allen verlangten Ceremonien fügte, die für unumgänglich nöthig gehalten wurden dem kleinen unschuldigen Erdenbürger eine einstige Seligkeit zu sichern, so mußte er doch zuletzt entschieden gegen einen Theil dieser Menschen auftreten, die in seinem Haus anfingen wie in einem Taubenschlag aus und ein zu fliegen, und auf dem besten Weg waren der armen Frau den Kopf zu verdrehen, und sie melancholisch und unglücklich zu machen.

Von den Geistlichen war nur Einer, mit dem er sich gewissermaßen befreundete, und zwar eigenthümlicher Weise gerade Einer der eifrigsten und entschiedensten der ganzen Gesellschaft. Bruder Nelson lebte und webte nur in seiner Mission und behandelte seinen Beruf mit einer Aufopferung, die ihn stets zuletzt an sich denken ließ, und Belohnung nur wieder allein in dem Erfolg suchte und fand, den er dem alleinigen Gott, seiner Meinung und Ueberzeugung nach, errang. Ruhig und fest arbeitete er aber auch ohne Uebertreibung, ohne jenen blinden Eifer an der Besserung und Bekehrung seiner Mitmenschen, und gehörte vor allen Dingen nicht zu jener tollen Schaar die mit dem Wahlspruch »ein Tröpfchen Glaube sei besser wie ein ganzes Meer voll Wissen« das Volk nur für ihre Worte und Formeln fanatisiren wollen, und Sinn und Verstand dabei, mit einem verklärten Blick nach oben, unter die Füße treten.

René unterhielt sich gern und oft mit ihm, selbst über religiöse Punkte und noch mehr und gewaltigern Stoff zur Unterhaltung, aber auch zugleich dabei zu einer neuen Besorgniß, die seinen Eifer ihr zu begegnen nur noch mehr anstachelte, erhielt der ehrwürdige Mr. Nelson in einem neuen Gast des Hauses, der anfangs nur selten kam, sich aber bald dort wohler fühlte und häufiger da gesehen wurde als den übrigen Missionairen, die schon das Schlimmste fürchteten, lieb sein mochte.

Es war dies Einer der Katholischen Priester, denen natürlich daran gelegen sein mußte vor allen Dingen unter ihren Landsleuten festen Fuß zu fassen, von denen aus sie ihre Lehre verbreiten und den Ketzern den schon fast sicher geglaubten Sieg entreißen konnten. Vater Conet hatte den jungen Franzosen und Landsmann aufgesucht, und trotzdem daß er von diesem, der nicht mit Unrecht dadurch den religiösen Kampf über seine eigene Schwelle zu ziehen fürchtete, im Anfang etwas kalt empfangen und aufgenommen wurde, sich so liebenswürdig betragen, und sich so fern auch selbst von jedem Schein eines Bekehrungsversuches gehalten, daß René bald in ihm nur den lieben, ihm herzlich willkommenen Landsmann sah. Selbst Bruder Nelson, der mit ihm einige Male da zusammentraf und es zuletzt unmöglich fand im Gespräch das was ihnen beiden so nahe lag, die Religion ganz zu vermeiden, lernte ihn mit jedem Tage mehr als einen durchaus gebildeten, anständigen Mann kennen, daß er nicht allein Nichts mehr gegen seine Besuche des Hauses einzuwenden hatte, sondern sie im Gegentheil anfing gern zu sehn und absichtlich ein und dieselbe Stunde mit dem katholischen Priester wählte, ihn dort zu treffen.

Unter den übrigen Geistlichen hatte aber, nichtsdestoweniger daß Bruder Nelson das Haus besuchte, der überhaupt lange nicht als entschieden und orthodox genug unter ihnen galt, mehr und mehr der Verdacht Wurzel geschlagen, daß der katholische Priester wirklich die heimliche Absicht habe, die junge Frau schon aus den Armen der rechtgläubigen Kirche herauszureißen und der seinigen zuzuführen, und der Ehrwürdige Bruder Dennis, der fanatischeste unter den Fanatikern, fühlte sich vor allen anderen dazu berufen, für die junge Christin wie ihr Kind als Kämpfer aufzutreten.

Mehrmals trafen sich hierauf die beiden Geistlichen, Bruder Dennis und Conet in René's Wohnung, selbst während dessen Abwesenheit; Bruder Conet fand aber bald welch ein anderer Geist diesen Mann beherrsche wie den ehrwürdigen Nelson, und vermied sorgfältig auch nur die mindeste Begegnung mit ihm auf geistlichen Gebiet unter dem, ihm befreundeten Dach. Artig aber entschieden wieß er den wieder und wieder gebotenen Kampf zurück. René erfuhr das auch, und gewann ihn dadurch um so lieber; vergebens bat er aber den frommen Mr. Dennis dagegen, von solchen Versuchen bei ihm abzustehn, da erstens nicht einmal die geringste Gefahr irgend eines Glaubenswechsels für Sadie vorhanden sei, ja die Frau sogar viel schwärmerischere Ideen bekam, als ihm schon lieb war, und er auch nicht gern sein häusliches Glück dem Zwiespalt opfern wollte, der die ganze Nation zu verschlingen drohte. Der fromme Geistliche hatte höhere Pflichten als gegen die Menschen und ihr häusliches Glück — er hatte Pflichten gegen Gott und denen mußte er folgen, gleichviel wohinaus sein Weg ihn führte. Der Allmächtige hatte ihn und seine Brüder jenem glorreichen Beruf erwählt, Sein Wort, Seine Lehre, den Heiland der Welt und den Heiligen Geist den Heiden dieser Seeen zu bringen und jubelnd in dem Gefühl — jubelnd in der Seligkeit der Ueberbringer so froher Botschaft für die Verlorenen zu sein, schritt er vorwärts, das Kreuz in der gehobenen Rechten. Wohl lauerte der Feind jetzt mit einem trügerischen Schatten desselben Kreuzes die schon fast Geretteten von der richtigen Bahn wieder abzulenken; schon streckte er die gierige Teufelsfaust aus, und Gefahr drohte der kleinen Schaar der Rechtgläubigen von allen Seiten; aber fest und unerschrocken wandelten sie, die von Gott Beauftragten, ihre Bahn. Ihr Loos war ein schweres, ihr Ausgang ein zweifelhafter, aber sie zögerten nicht in dem begonnenen guten Werk, und Gott, der die Herzen der Menschen sah und ihre innersten Thaten, würde sie einst richten, ob sie recht gehandelt hätten vor Seinem Angesicht.

Bruder Nelson fühlte und achtete den Grund, der den französischen Priester bewog mit dem fanatischen Geistlichen keinen religiösen Kampf zu beginnen, was nur in offener Feindseligkeit enden konnte, ja diesen Weg schon mehremal, selbst ohne Entgegnung, durch des frommen Mannes Heftigkeit zu nehmen gedroht hatte. Er machte auch seinem Collegen darüber mehrmals freundliche Vorstellungen, die dieser aber nur heftig erwiederte, und in René's Wohnung war es solcher Art schon mehrmals zwischen den beiden befreundeten Geistlichen selbst, was der Katholik stets vermieden hatte, zu, wenn nicht feindlichen, doch sehr lebhaften und jedenfalls für die Zuhörer unangenehmen Auftritten gekommen.

René hätte sich Sorgen machen können, des aufsteigenden Wetters wegen, aber sein leichter fröhlicher Sinn ließ das auch leicht an sich vorübergehn, und zog's ihm auch manchmal die Stirne kraus, ein Blick auf sein trautes Weib, glättete sie rasch wieder, und ein Lächeln ihres Mundes trieb ihm wie fröhlicher Sonnenschein durch's Herz.

Die ehrwürdigen Herren Nelson und Dennis hatten denn auch, nur wenige Tage nach der Versammlung, wieder einmal in René's Wohnung eine sehr ernste Debatte gehabt, in der der letztere, wie gewöhnlich, Sieger geblieben, das heißt das letzte Wort behalten, und Sadie war zum ersten Mal traurig geworden daß René über Beide lachte, und überhaupt die Sache, die doch auch seinen Gott betraf, so entsetzlich leicht nehmen wollte. Die Geistlichen hatten lange das Haus verlassen, der, schon vorher beschriebenen Versammlung beizuwohnen, und René und Sadie saßen jetzt, Hand in Hand, die junge Frau das wirklich sorgenschwere Haupt an des Gatten Schulter gelehnt, vor ihrem Haus, während die kleine Sadie in dem Schooß der Mutter lachte und strampelte, und des Himmels Blau in ihren klaren großen Augen wiederspiegelte.

»Und bist Du noch bös auf mich, Sadie?« flüsterte René nach einer langen langen Pause, in der er seine Lippen an ihre Stirn gepreßt gehalten.

»Bös, auf Dich, René?« sagte die Frau, und schüttelte wehmüthig lächelnd mit dem Kopf — »ich glaube nicht daß ich bös auf Dich werden könnte. — Das ist auch ein gar trauriges schmerzliches Wort; nur ein wenig — nur ein ganz klein wenig weh hast Du mir gethan — aber es gereut mich schon daß ich Dir Vorwürfe darüber gemacht. Du hattest es sicher nicht so gemeint, wie ich thörichtes Kind es aufgenommen; — ich muß Dir auch gestehen — «

»Und was, meine Sadie?«

»Schilt mich eine Thörin,« sagte Sadie, »ich hab' es verdient, aber — mir war es immer als ob Du auf Seiten der fremden Priester ständest, wie Du lachtest, und das, das gerade gab mir einen ordentlichen Stich durch das Herz, und das — das glaub' ich auch, war, was mir eigentlich weh dabei gethan.«

»Das sollte es wahrlich nicht, Du treues Herz,« sagte René gutmüthig, »aber komisch ist es doch wahrlich manchmal, daß Menschen, sonst ganz vernünftige mit ihren fünf Sinnen begabte Menschen wie unser Freund Dennis zum Beispiel, in mir unbegreiflicher Verblendung nicht allein behaupten können, nein auch fest davon überzeugt sind, daß nur sie allein den »schmalen dornenvollen Pfad« gefunden haben und wandeln, der direkt zu Gottes Seligkeit führt.«

»Und wenn sie recht hätten?«

»Liebes Herz!«

»Nein René, nein!« sagte Sadie rasch, sich fester an ihn schmiegend, »ich will nicht streiten mit Dir über den Weg des Heils, aber Du mußt auch nach sichtig mit mir sein, denn wenn ich mich ängstige und sorge ist es ja doch nur Deines, des Kindes wegen.«

»Sieh nun, Sadie,« sagte René nach einer kleinen Pause, in der er sie fest in seinen Arm geschlossen, »Ihr zürnt den fremden Priestern meiner, oder vielmehr der Römisch katholischen Religion, daß sie den Streit und Unfrieden auf Euere Insel gebracht hätten, und zum Theil hast Du recht; aber wäre es möglich gewesen die katholische Religion ganz fern von diesen Gruppen zu halten, wo mehr und mehr Fremde sich ansiedelten, deren Religion allein doch kein Grund sein konnte sie zurückzuweisen? ja hatten die Protestantischen Missionaire vor Gott ein Recht ihr Sektenthum allein als das wahre und richtige hinzustellen?«

»Vor Gott und den Menschen, ja!« sagte rasch und eifrig Sadie, »denn ihr Leben haben sie daran gesetzt diesen Inseln die wahre Religion zu bringen, und würden sie das gethan haben, wenn sie gerade ihre Religion nicht für die wahre, allein wahre hielten, ja wenn sie nicht fest überzeugt gewesen wären daß sie es sei? — Welchen bessern Beweis konnten jene Männer geben, als daß sie Gut und Blut für ihren Glauben einsetzten?«

»Gut und Blut,« sagte René achselzuckend, »das klingt wie viel und ist wenig, dasselbe thut der gewöhnlichste Matrose auf jeder Reise — wir wollen Alle leben. Aber wir haben darüber schon gesprochen meine Sadie, und gerathen da auf ein gefährliches, viel viel lieber zu vermeidendes Feld. Der Einzelne kann mir auch lieb und werth sein, ohne daß ich gerade das Princip des Ganzen anerkenne, wie Du ja selber auch den würdigen Vater Conet seines achtungswerthen Betragens, wie seiner gesellschaftlichen Tugenden wegen lieb gewonnen hast, während Du doch sonst gewiß in jeder Hinsicht seine Gegnerin bist.«

»Ich begreife das überhaupt nicht,« sagte Sadie leise — »er ist auch gar nicht wie ein katholischer Priester — «

»Weil Du Dir diese Klasse Menschen eben gedacht hast wie sie Dir von Bruder Rowe und Consorten geschildert wurde. Bei vielen trifft deren Bild, ich habe Nichts dagegen, aber nicht bei Allen, nicht bei der Mehrzahl, und — wir sollen nie von einem Menschen das Schlechteste denken, Sadie. Doch guter Gott, wohin verirren wir uns? — ist das ein Gespräch für Mann und Weib mit dieser Welt um uns her, und dem herzigen süßen Wesen da zwischen uns, daß Dich zupft und ruft und die Mutter schon lange ablenken will von den düsteren Gedanken, die ihr so nutzlos die Seele umlagern und — so nutzlos hineingepflanzt sind in den reinen treuen Boden? Wetter noch einmal Sadie, Bruder Dennis ist mir ein lieber seelensguter Mann, ein Mann den ich achte und verehre, weil ich fühle wie eben Alles bei ihm feste innige Ueberzeugung ist, was er spricht — selbst wenn er Unsinn — nein mein Lieb, ich meine es ja nicht so

Aumama, länger noch als wir sind sie verheirathet mitsammen, haben zwei liebe Kinder und denken gar nicht daran sich zu trennen.«

»Denken nicht daran sich zu trennen?« rief Aia, die bei den ersten Lauten schon stehen geblieben war, und den Kopf mit einem spöttischen, fast feindlichen Lächeln dem Redner zugewandt hatte — »denken nicht daran sich zu trennen? ja Du hast recht — wer weiß ob Du nicht noch früher dein Canoe wieder aus den Riffen steuerst als er — aber Le-fe-ve hat sich schon blind gesehen in ein paar andere Augen. Schüttle nicht mit dem Kopf, Wi-wi wenn Du mir nicht widersprechen kannst; reiß ihm das Kleid auf und lege dein Ohr an sein Herz — für wen schlägt's? — bah — so viel für Euch!« und sie schlug trotzig mit der flachen Hand ihre Lende.

»Aia — komm her zu mir und setze Dich zu mir,« sagte Sadie jetzt mit leiser, bittender Stimme. »Sei nicht so bös und ärgerlich, wir haben Dich lieb hier, und Du meinst es doch nicht so arg, wie Du es sprichst.«

»Mein ich nicht?« sagte das Mädchen noch im mer halb trotzig und abgewandt, aber doch schon mit viel leiserer, milderer Stimme, als die sanften, bittenden Laute ihr Ohr trafen — »mein ich nicht? und woher weißt Du's, Sadie? — ich hasse Euch Alle miteinander, und wohl, oh entsetzlich wohl soll mir's thun, wenn Ihr Alle — Alle so unglücklich werdet — so — wie — « sie wandte rasch den Kopf ab von Sadie, aber es war nur ein Moment —

»Aia!« rief Sadie, so bittend, so herzlich — Aia stand zögernd, Trotz und Zorn und Schaam hielten noch die Oberhand in ihrem Herzen, aber nicht im Stand sich zu verstellen, gewann das bessere Gefühl, mit dem einmal aufgerüttelten Schmerz die Oberhand, und mit wenigen Schritten an ihrer Seite, kauerte sie neben ihr nieder, barg das Antlitz an ihrem Schooß und flüsterte leise unter ausbrechenden Thränen:

»Du bist gut, Sadie, gut wie — wie — ich habe keinen Vergleich mehr, denn unsere Götter haben sie uns auch genommen und die ihrigen sind falsch — falsch wie sie selber. Aber ich bin viel zu schlecht für Dich, viel zu schlecht; Aia darf Dir nicht mehr in's Auge sehen — und doch hatten Deine Lippen noch nie einen Vorwurf für sie.«

»Armes Mädchen,« sagte die junge Frau leise und theilnehmend, und suchte ihr Haupt zu sich auf zuheben, aber die Weinende wehrte sie ab, und schlang den Arm nur fester um ihren Leib, sich ihre Stellung zu wahren.

René hatte sie mitleidig eine Zeitlang betrachtet, dann legte er seine Hand auf ihre Schulter und sagte leise:

»Bleibe bei uns, Aia, gehe nicht wieder nach Papetee, sondern bleibe bei Sadie. Wir haben Brodfrucht und Fisch für Dich, und eine Matte darauf zu schlafen, und Dein Kleid soll nicht schlechter sein, als Du es bis jetzt getragen — Sadie braucht eine Hülfe« fuhr er freundlich fort, als er sah wie diese den Kopf der vor ihr Knieenden streichelte, und sie liebkosend an sich zog, »und Du wirst recht, recht willkommen sein, hier im Haus.«

»René hat recht,« unterstützte die Bitte sein Weib, »geh nicht wieder nach Papetee — deine Mutter ist todt und dein Vater weit auf den Inseln zu Leewärts drüben; meide die Stadt, die Dir nur Unheil bringt und Fluch und Leid, und bleibe bei mir. Es wird Dich nicht gereuen und Du wirst wieder froh und glücklich werden unter uns.«

»Und die Mi-to-na-res?« sagte das Mädchen leise.

»Werden die Reuige gern und liebend in ihren Schutz und Schirm nehmen und ihr die Sünden vergeben, wie Gott einst gnädig auf uns niederschauen möge,« sagte Sadie rasch und freudig, denn in der Frage schon lag eine Zusage ihrer Bitte. Aia lag noch lange an der Gespielin Schooß und ihre Thränen schienen rascher zu fließen, als eine laute Männerstimme fröhlichen Gruß durch die Hecke blühender Akazien rief, die den Garten von der Straße trennte.

»Ah Lefevre,« antwortete René, »wie geht es Euch, Nachbar, und kommt Ihr nicht herüber?«

»Gleich, gleich,« lautete die Antwort, und sie hörten wie der junge Franzose draußen noch mit Jemanden sprach und ihm Aufträge gab.

Aber auch Aia hatte sich rasch und wie erschreckt emporgerichtet, und die Locken aus der Stirn, die Thränen aus dem Auge werfend wandte sie sich, als ob sie den Platz fliehen wollte; Sadie aber ergriff rasch ihre Hand und sagte leise und bittend:

»Gehe nicht fort von hier, Aia, bleibe bei uns.«

»Nein nein,« rief aber das Mädchen und Sadie konnte sehen welchen Seelenkampf es ihr kostete die Bitte auszuschlagen, den stillen Frieden ihrer Wohnung zu verschmähn und allein und freundlos in dem wilden Leben fortzustürmen, »nein ich kann — ich darf nicht bei Dir bleiben — ich verdiene es nicht — ich bin bös und schlecht geworden, und deines Gottes Fluch würde mich von der Schwelle treiben, auf der jetzt noch Dein Glück und Frieden weilt — aber« setzte sie wilder hinzu, und ihr Auge blitzte in unheimlicher Gluth nach René hinüber, »wenn sie Dich Alle verlassen haben, und Du allein und freundlos in der Welt stehst — wie ich jetzt — dann wird Aia an deiner Seite sein, und Dir für das freundliche Wort danken, das Du heute zu ihr gesprochen. Dann wollen wir lachen und tanzen und zusammen in's Leben stürmen, aber nicht mehr klagen und weinen. — Den faï über die Thränen — sie waschen den Schaum von der Seele des Menschen, daß man hinunter sehen kann bis auf den Grund — und der Fischer lacht doch nur, der darüber hinfährt.«

»Du hast vielleicht Ursache Einem von uns zu zürnen, Aia,« sagte aber René, der wohl sah welchen schmerzlichen, ja peinlichen Eindruck die Worte auf seiner Sadie Seele machten, »und schmähst jetzt ungerecht das ganze Geschlecht. Du wirst uns in späteren Jahren Abbitte thun.«

»Werd' ich — ha? und Le-fe-ve auch, wie?« — lachte das Mädchen zornig und deutete mit dem ausgestreckten Arm nach dem, eben den Garten betretenden Franzosen.

»Hallo Aia!« rief ihr dieser zu, »summt die wilde Hummel auch wieder ihr Lied auf unserer Flur? — ha, Du hast Thränen im Auge Mädchen? — geh, Du bist ein schwarzer Vogel und prophezeihst nur Unheil.«

»Es bedarf keines Propheten,« sagte aber das Mädchen zürnend, indem sie sich abwandte und das Schultertuch fester um sich zog — »Jeder von uns kann leicht vorhersagen daß die Sonne morgen früh wieder über die Berge kommt, wenn sie am Abend hinter Morea[B] in die See gesunken. — Fort mit Euch, Ihr habt süße Worte auf der Zunge, und Gift, tödtliches Gift im Herzen — fort, Aia kennt Euch — fort!« — und ohne Gruß noch Blick zurückzuwerfen, schritt sie den schmalen Pfad hinab, der nach dem unteren Pförtchen führte und war bald in der sogenannten broomroad, dem gebahnten Weg nach Papetee, verschwunden.

Sadie sah ihr seufzend nach und auch René konnte sich eines unheimlichen Gefühls nicht ganz erwehren.

»Joranna René, — ah bon jour Madame,« rief aber Lefevre der

wohl den peinlichen Eindruck zu verwischen wünschte, den die Worte des wunderlichen Mädchens unverkennbar besonders auf Sadie gemacht, »hat Ihnen Aia den schönen Abend verderben wollen? — es ist ein albernes Ding, und darf mir gar nicht mehr über die Schwelle, denn Aumama

weint jedes Mal, wenn sie nur den Fuß unter das Dach gesetzt.«

»Sie ist arm und unglücklich,« sagte Sadie.

»Ach — sie verstellt sich,« entgegnete mürrisch Lefevre — »und trägt wahrscheinlich selber mit die größte Schuld ihres Leid's. Wir armen Teufel sollen's dann immer allein verbrochen haben, nicht wahr René? — Doch, was ich gleich sagen wollte; gehen Sie mit nach Papetee? — die ehrwürdigen Protestantischen Herren haben da wieder eine Zusammenkunft, heut Nachmittag, und wie das Gerücht geht beabsichtigen sie den Beschluß ernster Maßregeln, jeden Französischen Einfluß, und mit ihm vielleicht auch gleich wieder die Französischen Priester, die ihnen ein Dorn im Auge sind, von sich abzuschütteln.«

»Die Missionaire« — sagte René rasch, fuhr aber gleich darauf langsamer fort, »sind wackere und brave, aber kurzsichtige Männer, sie glauben das Heft jetzt in Händen zu haben und spielen so lange damit bis es ihnen unter den Fingern wegschlüpft — sie sollten sich nicht in die Politik mischen.«

»Was sagt Mr. Nelson dazu?« frug Lefevre.

»Er hält die Ankunft der Katholiken auch für ein Unglück für die Inseln, ist aber mit den Gewaltsmaßregeln unzufrieden die man dagegen ergreifen will; doch was kann der Einzelne gegen die ganze Schaar ausrichten.«

»Und gehen Sie mit nach Papetee?«

»Was sollen wir dort? — herbe Reden hören, die uns vielleicht ärgern und zu Gegenreden treiben? — ich habe keine Freude an der Sache, und sehe das Leid und Elend schon vor Augen das daraus entspringen wird und muß.«

»Aber wir mögen vielleicht noch Manches mildern was geschehen könnte. Mörenhout ist ein vernünftiger Mann, und wird nicht zu weit gehn.«

»Was kann Mörenhout thun?« sagte René achselzuckend — »so wie die Missionaire unter dem Schutz eines Englischen Kriegsschiffes stehn, und so lange das im Hafen liegt, daß sie sich sicher fühlen, haben sie das Wort, und wir kennen sie doch dahin gut genug, zu wissen, wie sie das gebrauchen. — Aber ich gehe mit, wir haben dann wenigstens unsere Pflicht gethan, und uns selber nichts vorzuwerfen. Ich komme bald wieder zurück, Sadie,« sagte er sich niederbeugend und ihre Stirn küssend.

»Bleibe nicht so gar lange aus heut',« bat die junge Frau ihn, leise flüsternd, und die Kleine noch auf dem Knie haltend, die erst die Aermchen um den von ihr Abschied nehmenden Vater geschlungen, sah sie den Männern lange und schweigend nach.

Aber Aia's Worte hatten doch trübe und schmerzliche Gedanken in ihrer Seele wach gerufen. Nicht für das eigene Glück fürchtete sie dabei; so keck und leicht René auch immer in das Leben stürmte, so treu war er sich geblieben, was sie betraf, von erster Stunde an wo er sie gesehen, und das Kind, das er mit unendlicher Zärtlichkeit liebte, schlang die Bande des Herzens ja noch fester um sie. Aber das wilde Leben der Insel selber; die ihr feindlich dünkende Religion, die weiter und weiter um sich zu greifen drohte, und viel, so entsetzlich viel von dem verwarf, was ihr bis dahin der Seele Heiligstes gegolten; der Unfrieden dabei zwischen den eigenen Lehrern, die Vorwürfe, die von den Missionairen ihrem alten Vater o so ungerecht gemacht wurden, der Römischen Kirche mehr als mit seiner Stellung verträglich zugethan zu sein, wie er denn auch selbst das einzige Wesen das ihm näher stand, einem Katholiken zur Frau gegeben; ja selbst René's Gleichgültigkeit gegen einen Kampf, der doch die heiligsten Interessen ihrer einstigen Seligkeit betraf, das Alles zog ihr in trüben ängstigenden Bildern an der Seele vorüber. — Und dabei hatte ja die arme Aia recht mit so vielen Anderen; wohin sie dachte schrak sie vor dem wilden Treiben zurück, das lockere Bande schlang um Europäer und Insulanerinnen, und sie losließ, wie es dem Augenblick gefiel. Ob das Herz darüber brach, oder die Verlassene in Schmerz und Trotz Entschädigung, Vergessen suchte in wilder lasterhafter Lust; die Welle des flüchtigen Tages schlug über ihr zusammen, und die nächste Sonne hatte vergessen was sie gestern beschien in Lieb und Treue.

»Mein schönes Atiu,« seufzte sie da leise vor sich hin — »Du lieber, lieber Platz an dem freundlichen Strand — Deine Palmen so grün, Deine Früchte so süß — Atiu. Und der alte kleine Mi-to-na-re da am Haus, der so oft hier herüberdenkt an seine kleine Pu-de-ni-a, die jetzt — aber nein, nein, nein, René fühlt sich wohl hier und glücklich in der, seine Thätigkeit fordernden Welt, und einst kommt denn doch wohl die Zeit, wo er sich wieder zurücksehnt nach jenem stillen Ort unseres ersten, seligsten Glücks — nach Atiu. — Und die Zeit wird wieder kommen,« setzte sie nach einer kleinen Pause zuversichtlich hinzu, »noch hab' ich nicht für immer Abschied genommen von all den liebgewonnenen Stellen, von den guten Menschen — ich weiß nur nicht ob ich mich so recht herzlich darauf freuen soll — oder davor fürchten. Ach es ist ein recht recht böses Ding um das arme Menschenherz!«

Fußnoten:

[B] Die Indianer nennen die Insel Imeo meist Morea.

Capitel 3.

Der Besuch — Aumama.

Sadie saß noch lange träumend da, und ihrem regen Geist tauchten bunte und oft wunderliche Bilder auf, wie sie das Herz sich wohl ausmalt in müßigen Stunden, sinnend und grübelnd ihre Farben schaut, und sich vorspricht daß sie leben und sind — bis sie in Dunst zerfließen, anderen, bunteren vielleicht, Raum zu geben. Aber die Kleine scheuchte ihr bald die Wolken von der Stirn — wenn es wirklich Wolken gewesen, die ihrem sonst so heiteren Antlitz jenen ernsten Schatten gegeben — und mit dem Kinde kosend und spielend kehrte das Lächeln auf ihre Lippen zurück, und sie war bald wieder das heitere frohe Kind des Waldes, dem Gott in seiner unendlichen Vaterhuld alle Wünsche erfüllt, alle Tage gesegnet hatte, und das sich nun auch des heiteren Sonnenlichts freute, in Glück und Dankbarkeit.

»Hat mir das böse arme Mädchen doch selber fast das Herz schwer gemacht eine ganze Stunde lang,« sagte sie lachend, und das Kind dabei herzend, — »hat uns Steine in den klaren See geworfen, meine Sadie, und das Wasser getrübt, bis an den Rand hinauf. Aber nun wollen wir auch wieder lachen und singen und fröhlich sein, bis Papa zurückkommt und sich freut mit mir, an meinem kleinen lieben Töchterchen. Horch, was ist das? — hörst Du mein Kindchen, wie das trappelt und trappelt da draußen? — das `buaa a fai tatatu`[C] klappert vorbei und Sadie — aber was ist das?« unterbrach sie sich rasch und fast erschreckt, als näher und näher gekommenes Pferdegetrappel plötzlich an ihrer Pforte hielt, und sie Stimmen vernahm — »Fremde hier draußen bei uns? — Was für ein wildes reges Leben diese fremden Männer doch auf unsere stillen Inseln gebracht haben,« setzte sie dann langsamer und kopfschüttelnd hinzu, »und lärmend und lachend sprengen sie Wochentag wie Sabbath die Straßen entlang, sich nicht

mehr um den heiligen Tag ihres eigenen Gottes kümmernd, als ob das Glockengeläute dem Oro oder Taua gälte. Auf Atiu war es doch stiller und friedlicher, und wenn wir dort — ha, ich glaube wahrhaftig die Leute wollen hier herein.«

»Dieß muß der Ort sein,« sagte jetzt plötzlich eine Frauenstimme draußen auf der Straße, in Französischer Sprache, die Sadie hatte, selbst in der kurzen Zeit, vollkommen gut und fließend von René sprechen lernen — »wären Sie meinem Rath vorhin gefolgt, Monsieur Belard, so hätten wir nicht ein paar Miles ins Blaue hinein zu galoppiren brauchen — steigen wir ab?«

»Jedenfalls, wenn es den Damen gefällig ist,« erwiederte eine Männerstimme, »er kann kaum irgend wo anders wohnen.«

Sadie die, ihr Kind auf dem Arm, auf einen kleinen Ausbau getreten war, von dem aus sie, durch einen dichten Busch des Cap-Jasmins verdeckt, die Straße vor der Thür gerade überschauen konnte, erkannte drei Damen und zwei Herren, alle zu Pferde, die an der Pforte hielten, jetzt abstiegen und den kleinen Hofraum, der zwischen der blühenden Akazienhecke und dem Hause lag, betraten.

Die Fremden suchten jedenfalls René, und Auskunft zu geben trat sie ihnen, das Kind nach dortiger Sitte auf ihrer linken Hüfte reitend, mit freundlichem Joranna entgegen.

»Ah, da ist ein Mädchen,« rief die eine Dame, die, das lange Reitkleid emporhaltend, nahe am Hause stehen geblieben war, und sich nach irgend einem lebenden Wesen, das ihr Rede zu stehen vermochte, schien umgesehen zu haben,

55

»aber lieber Gott, Lucie, es ist eine Eingeborene, und mit meinem Tahitisch sieht es noch windig aus — ich kann noch weiter Nichts als Joranna und aita.«

»Ich spreche französisch, meine Damen,« unterbrach sie die junge Frau, leicht erröthend und die Kleine, die sich ängstlich an sie klammerte, der fremden Gesichter wegen, mit ein paar freundlichen Worten auf den Boden niedersetzend.

»Ah, Du sprichst in der That Französisch, Kind?« sagte die andere Dame, die von der ersten Lucie genannt war, erstaunt — »und noch dazu mit vortrefflicher Aussprache; sehr schön, dann kannst Du uns auch sagen ob Monsieur René Delavigne hier wohnt und Madame Delavigne zu sprechen ist.«

Sadie lächelte, denn sie fühlte recht gut wie sie die Fremden in ihrem einfachen Gewand für irgend ein Mädchen des Hauses hielten, und sagte mit einer leisen Neigung des Kopfes, während aber ein höheres Roth ihre Wangen und Schläfe bis auf den Nacken färbte und das liebe Antlitz noch reizender machte:

»Monsieur Delavigne wohnt hier allerdings, und Madame, oder Sadie Delavigne — «

»Ah, dann ist dieß wohl seine Tochter? — ein reizendes Kind!« unterbrach sie Madame Belard und kniete bei der Kleinen nieder.

»Und Madame Delavigne?« frug Mad. Brouard.

»Bin ich selber,« flüsterte Sadie mehr als sie sprach.

»Ah — mon Dieu — est il possible? — bless me!« waren die ersten erstaunten Ausrufe der Damen und Herren, denn so unerwartet kam ihnen die Entdeckung, daß René eine

Eingeborene »zur Frau hielt,« selbst jeden schuldigen Anstand in diesen Ausrufungen zu vergessen, und Sadie fühlte das mehr, als sie es verstand, denn das Blut drohte ihr in diesem Augenblick die Adern der Schläfe zu zersprengen, und sie bog sich zu dem Kind nieder ihre Verlegenheit — wenigstens ihr Erröthen zu verbergen.

Die beiden Französinnen faßten sich aber rasch wieder, und wohl einsehend, welchen Verstoß gegen jede gute Sitte sie hier, allerdings nur in der ersten Ueberraschung, gemacht, traten sie auf Sadie zu, und begrüßten sie, ihr die Hände entgegenstreckend, in fast herzlicher Weise.

»Ah, da hat uns Freund Delavigne eine Ueber raschung aufgespart,« rief die erste Sprecherin, Madame Belard, lachend — »wir haben natürlich nicht vermuthen können, daß er schon so heimisch auf den Inseln geworden wäre. — So sein Sie uns herzlich gegrüßt, Madame und versichert dabei, daß wir trotzdem keine Unbekannte in Ihnen aufsuchten. Ihr Herr Gemahl hat uns schon so viel Liebes und Gutes von Ihnen erzählt — nur Ihrer Abstammung erwähnte er nicht, wahrscheinlich nur uns Ihre Liebenswürdigkeit so viel lebhafter empfinden zu lassen.«

Sadie athmete leichter auf; die freundlichen Worte, wenn sie ihren Sinn auch nicht gleich vollkommen faßte, thaten ihr wohl. Sie hatte sich vor einem ersten Zusammenkommen mit jenen fremden Frauen, von denen ihr René schon erzählt, und in deren Haus sie einzuführen er gewünscht hatte, schon lange gefürchtet; deren erstes Betragen hatte dann ebenfalls nicht dazu gedient sie zu beruhigen, und um so wohlthuender kam ihr jetzt die herzliche Anrede. Ihr einfach treues Herz kannte auch weder Falsch noch Verstellung, und die Worte nehmend wie sie ihr geboten wurden sagte sie, den Frauen beide Hände entgegenstreckend, und ihnen offen und freundlich dabei in's Auge schauend:

»René wird es recht recht leid thun daß Sie ihn nicht hier gefunden haben, aber sein Sie mir h e r z l i c h willkommen und ruhen Sie sich ein wenig aus bei mir, von Ihrem Ritt. Ich will die Kleine nur indessen unter Aufsicht geben, und bin dann rasch wieder bei Ihnen.«

Die Damen wollten erst höfliche Einreden machen, und sprachen von »stören« und »beunruhigen«, Sadie führte sie aber lächelnd zu dem freundlichen Sitz am Strand, und bat sie dort niederzusitzen, während sie rasch mit dem Kind in das Haus eilte.

»Ein reizendes Frauchen,« sagte Monsieur Belard schmunzelnd, als sie in der Thür verschwunden war, und die Damen einiges zusammen flüsterten; »Delavigne hat wahrhaftig keinen schlechten Geschmack; und spricht vortrefflich Französisch — vortrefflich.«

»Mr. Delavigne hätte uns aber doch auch wohl vorher einen Wink über seine Familienverhältnisse geben können,« meinte Mrs. Noughton, eine Amerikanerin, die bis jetzt noch kein Wort mit Sadie gesprochen hatte — »er würde dadurch beiden Theilen eine Verlegenheit erspart haben.«

»Lieber Gott, Verehrteste,« vertheidigte diesen die lebendige Madame Belard, »die Verhältnisse auf den Inseln hier sind von den unsrigen so sehr verschieden, daß man schon wirklich bei Manchem ein Auge zudrücken muß, und nicht gar so entsetzlich streng sein darf. Es bestehen übrigens auch wirkliche Verbin dungen zwischen Europäern und Insulanerinnen, und Monsieur Delavigne hat nur von seiner F r a u gesprochen.«

»Liebe Kinder, was zerbrecht Ihr Euch darüber den Kopf,« fiel ihnen hier der andere, ältere Herr, ein Monsieur Brouard und der Gemahl der viel jüngeren Lucie Brouard, in die

Rede, »wenn Ihr in Rom seid müßt Ihr leben wie die Römer,« sagt ein altes gutes Sprichwort. Madame Delavigne ist ein reizendes junges Frauchen, und wohl im Stande einen Mann zu fesseln.«

»Und auf wie lange?« unterbrach ihn, mit einem fast boshaften Lächeln, Madame Belard.

»Auf wie lange, Madame?« wiederholte mit einem etwas frivolen Achselzucken der Gefragte — »ich bin kein Prophet oder Sterndeuter; aber das sind Familienverhältnisse, und mancher Indianer hätte vielleicht eben so gut ein Recht dieselbe Frage an uns Europäer zu richten — auf wie lange? mon Dieu, wir sollten diesen wichtigen Punkt überhaupt etwas genauer in unserem Trauungs-Ceremoniell berücksichtigen; auf wie lange? — wir müssen uns damit begnügen zu wissen, daß wir sind, und eine Frage was wir einst werden, geschieht wohl immer nur in's Blaue hinein.«

»Es ist aber doch nur eine Indianerin,« bemerkte, mit einem keineswegs zufrieden gestellten Blick, Mrs. Noughton, die aus den Vereinigten Staaten von Nord-Amerika ein nicht leicht zu besiegendes Vorurtheil gegen jede farbige Race, sie mochte einen Namen oder Stamm haben welchen sie wollte, mitgebracht hatte, und sich immer des Gedankens nicht erwehren konnte, daß solche Leute am Ende gar schwarzes Blut in ihren Adern haben könnten, oder mit anderen Worten in zweiter oder dritter Generation von Negern abstammten, mit denen natürlich jeder vertrauliche, selbst freundschaftliche Verkehr außer Frage gewesen wäre — »und hätte ich das früher gewußt, würde ich ihr wenigstens nicht zuerst meine Visite gemacht haben.«

»Sie müssen aber bedenken, Mrs. Noughton,« sagte etwas eifrig Madame Belard dagegen, »daß uns Monsieur

Delavigne gar nicht zu sich eingeladen, also auch keine Schuld hat an dem Besuch. Wir sind aus freien Stücken hergekommen, und wenn ich auch gestehen muß daß ein derartiges Verhältniß immer sein Unangenehmes, Störendes hat und uns bei größeren Gesellschaften vielleicht auch dann und wann in Verlegenheit bringen könnte, so — «

»Attention meine Damen,« unterbrach sie hier Mr. Brouard, mit etwas gedämpfter Stimme, denn Sadie erschien in diesem Augenblick wieder auf der Schwelle des Hauses, und hinter ihr ein Knabe, der einen großen Präsentirteller mit Wein und Früchten trug.

»So Mataoti,« rief sie diesem in seiner Sprache zu, »bediene die Frauen und sei ein flinker Bursch,« sich dann aber zu ihren Gästen wendend fügte sie herzlich hinzu: »aber Sie haben sich ja noch nicht einmal gesetzt, in der ganzen langen Zeit — bitte geben Sie mir Ihre Hüte und machen Sie es sich bequem, René dürfen Sie doch nicht so bald zurück erwarten, denn er und Monsieur Lefevre sind der politischen Verhältnisse wegen nach Papetee gegangen, dort noch Manches vielleicht mit ihren Freunden zu besprechen.«

»Hahaha, das ist vortrefflich!« lachte Mr. Belard, »und denen zu entgehen sind wir gerade ausgeritten; es wird förmlich Comödie gespielt heute in der Residenz, und da die Missionaire Hauptrollen dabei haben, fürchteten wir die Sache möchte doch am Ende zu langweilig werden.«

»So essen und trinken Sie nur wenigstens,« bat Sadie, die nicht ohne Grund fürchtete das Gespräch könnte sich hier auf religiöse Bahn lenken und das unter jeder Bedingung zu vermeiden wünschte — »René würde sich herzlich freuen wenn er hörte, daß es Ihnen bei uns gefallen hat.«

Die Damen zögerten noch unschlüssig was zu thun — sie schienen sich eine vor der andern zu geniren; Sadie bewegte sich aber mit solcher Leichtigkeit in dem, ihr doch fremden Kreis, und ihre Bitte kam so frisch und unverstellt aus dem Herzen, daß sie in ihrer Natürlichkeit jede leere Höflichkeitsformel schon von vornherein unmöglich machte, und selbst Mrs. Noughton mußte sich zuletzt gestehen, daß diese Insulanerin ein ungewöhnlich liebenswürdiges Wesen sei, dem man wohl gewogen sein könne — wenn sie eben nicht die fatale broncefarbene Haut gehabt hätte.

Die Frauen hatten sich denn auch bald um den runden, mit einem reinlichen Tuch bedeckten Tisch gesetzt, Monsieur Belard wurde hinaus nach den Pferden geschickt, zu sehen ob diese ruhig stünden und Mataoti von jetzt beordert bei ihnen zu bleiben, und wenige Minuten später saß die Gesellschaft ganz traulich beisammen, und Madame Belard und Brouard hatten — sie wußten gar nicht wie sie dazu gekommen, der kleinen Insulanerin, die mit ihrem reinen Französisch die Eingeborene vollkommen vergessen machte, so viel vorzuplaudern und zu erzählen, als ob sie sich schon seit langen Monaten gekannt, und nicht eben erst heute, vor Minuten fast, zusammengekommen wären. Die Männer blieben darin natürlich nicht zurück, besonders Mr. Brouard, der seinen Sitz neben Sadie genommen, thaute ordentlich auf, und war von einer Aufmerksamkeit gegen die kleine Insulanerin, daß er seine Nachbarin zur Linken, Mrs. Noughton, total darüber vernachlässigte, die denn auch der ganzen Unterhaltung — der Französischen Sprache ohnedieß nur oberflächlich mächtig — mehr beobachtend als theilnehmend, und ziemlich kalt und ernsthaft folgte.

Eine volle Stunde hatten sie so gesessen und geplaudert, und Früchte gegessen und Französischen Claret dazu getrunken, und Mataoti war draußen bei den Pferden schon ganz ungeduldig geworden, als Madame Brouard, die zuletzt ebenfalls stiller und einsylbiger wurde, und die Unterhaltung ihrer Freundin und den Herren fast allein überließ, endlich zum Aufbruch mahnte. Monsieur Brouard wollte noch gar nicht fort, so vortrefflich hatte er sich amüsirt, und die Damen begannen jetzt Abschied zu nehmen von ihrer neuen Bekanntschaft.

Sadie sagte ihnen mit einfachen Worten wie es sie freue daß es ihnen bei ihr gefallen hätte, und wie glücklich es René machen würde, wenn er höre daß sie hier gewesen und gegessen und getrunken hätten — »wir können recht gute Nachbarschaft halten, hier auf Tahiti,« setzte sie hinzu, und mit freundlichem Händedruck und Joranna, von Madame Belard und Brouard ebenfalls eingeladen sie wieder zu besuchen, verließ die kleine Gesellschaft den Garten, bestieg draußen die scharrenden tanzenden Pferde wieder, und galoppirte wenige Minuten später mit klappernden Hufen die Straße entlang nach Papetee nieder.

»Sadie!« flüsterte da eine leise Stimme, als der Schall der Hufe auf der harten Straße noch nicht verklungen war, und die junge Frau, die noch lauschend stand, und in tiefem Nachdenken den mehr und mehr verschwimmenden Tönen zu horchen schien, wandte sich rasch, und fast wie erschreckt dem Rufe zu, der von der Nachbarhecke kam.

»Aumama? — und warum kommst Du nicht herüber?«

»Ist die Luft rein?« frug eine klare, lachende Stimme.

»Meinst Du die Fremden? — sie sind fort; aber ich glaubte Du wärest mit Lefevre nach Papetee gegangen?«

Die junge Frau an der Hecke schüttelte mit dem Kopf und sagte lachend:

»Ich wollte erst, wie aber René mitging blieb ich daheim; denen schließen sich dann mehr und mehr Männer an und

— das Treiben in ihrer Gesellschaft gefällt mir nicht; auch mit der Sprache kann ich nicht so gut fertig werden wie Du. Aber ich komme hin über — « und ein kleines Pförtchen öffnend, das zwischen einer blühenden und Frucht tragenden Orangenhecke hindurchführte, trat Aumama, Sadiens freundliche Nachbarin, in den Garten und küßte sie, ihren Arm um sie schlagend auf die Lippen.

Sie war in die einfache indianische Tracht gekleidet, mit dem langen losen, bis auf die Knöchel niederfallenden Oberrock, der nur vorn am Handgelenk zugeknöpft wird, ohne Schuh und Strümpfe, den Kopf mit einem leichten Panama Männerstrohhut bedeckt, unter dem nur ein paar große tiefdunkelrothe Blüthen der rosa sinensis hervorschauten, und von dem vollen, mit wohlriechendem Oel getränkten rabenschwarzen Lockenhaar fast wieder versteckt wurden.

Ihre Gestalt war schlank und üppig, aber mit dem, den dortigen Insulanern eigenen Bau breiter Schultern, auch die sonst kleinen und zierlichen Füße nach unseren Begriffen von Schönheit ein wenig zu sehr einwärts gebogen; die Form des Gesichts jedoch dabei voll und edel und die Augen mit einem eigenen Feuer unter den feingeschnittenen Brauen hervorglühend. Aumama war überhaupt der vollkommene Typus eines Tahitischen Weibes, dem trotz den lebendigen Augen selbst das sinnlich Weiche in den Zügen nicht fehlte, und als die beiden jungen Frauen so freundlich umschlungen, und von den wehenden Palmen überragt und beschattet, zwischen den Blüthenbüschen standen, hätte man sich kaum etwas Lieblicheres denken können auf der Welt.

»Du hast vornehmen Besuch gehabt,« sagte Aumama endlich lächelnd, nachdem die erste Begrüßung vorüber war.

»Ja,« erwiederte Sadie, leicht erröthend, »und zwar

unerwarteten; aber warum kamst Du nicht herüber?«

Aumama schüttelte, etwas ernsteren Ausdruck in den Zügen mit dem Kopf.

»Nein,« sagte sie, »ich passe nicht zu den Leuten — wir überhaupt nicht — und sie nicht zu uns — es ist besser wir bleiben aus einander.«

»Aber Du närrisches Kind,« rief Sadie, »hast Du Dich denn nicht, so wie ich gerade, mit Einem von ihnen für das ganze Leben verbunden, und willst Du denn auch von ihm sagen, daß Ihr nicht zu einander paßt?«

Aumama seufzte tief auf, und wandte das Köpfchen leicht zur Seite; sie war jetzt recht ernst geworden, und der ganze frühere Frohsinn schien verschwunden.

»Ich hoffe daß wir zu einander passen — für das ganze Leben;« sagte sie endlich leise, »es wäre wenigstens recht traurig, wenn wir es je anders finden sollten. Aber« setzte sie rascher, und wieder in den leichteren Ton übergehend hinzu, »in unseren Familien ist das auch etwas anderes; mit dem Mann den wir lieben, stehn wir in einem Rang; er versteht uns, wir verstehen ihn und in unserem Vaterland schmiegt er sich leichter unseren Sitten an, oder lehrt uns allmählich die seinen, beider Eigenthümlichkeiten in einander verschmelzend. Mit den Gesellschaften jedoch ist das etwas anderes, besonders mit fremden Frauen, und glaube mir, Sadie — ich habe darin Erfahrung. Die Weißen« fügte sie leiser hinzu, »halten uns für einen untergeordneten Stamm, weil wir früher zu Götzen gebetet haben vielleicht — «

»Aber das haben sie auch gethan, ihre Vorväter wenigstens,« unterbrach sie Sadie rasch, »Vater Osborne hat mir das selbst erzählt.«

64

»Haben sie?« sagte Aumama erstaunt, »das ist das erste Mal, daß ich davon höre; aber auch vielleicht noch weil wir nicht so klug sind wie sie, und so geschickt im Lesen und Schreiben. Auch unsere dunkle Hautfarbe kommt ihnen nicht so schön vor — den Frauen wenigstens, und Eifersucht mag oft gleichfalls, und gar nicht selten, die Ursache sein, daß sie uns zurücksetzen und — kränken. Ausnahmen mag es dabei unter uns geben; so glaub' ich, Sadie, daß Du Dich vielleicht wohl unter ihnen fühlen wirst, weil ich einsehe, daß Du uns eingeborenen und wild aufgewachsenen Mädchen in vielen vielen Stücken überlegen und den weißen Frauen fast gleichstehend bist; aber für mich paßt es nicht — mir schnürt es die Brust zusammen, wenn ich bei ihnen bin, und die kalten vornehmen Blicke sehen muß, die sie auf mich werfen, als ob es blos eine Gnade von ihnen wäre, daß sie mich zwischen sich dulden. Da ist es mir weit weit wohler bei meinen Kindern am freundlichen Strand, im Rauschen meiner Bäume, und vor mir die weite, herrliche See — ich halte es auch für gar kein Glück für uns, etwa« setzte sie langsam und wie in recht ernstem Sinnen hinzu, »daß die weißen Frauen in den letzten Monaten zu uns gekommen sind. Das Leben auf Tahiti ist seitdem ein anderes geworden, und ich selbst fühle mich nicht so wohl mehr in der neuen Umgebung — habe mich auch selber vielleicht geändert, oder — Andere haben.«

»Aia hat Dich traurig und ernst gemacht,« sagte Sadie, freundlich ihre Hand ergreifend, »sie war auch hier bei mir, und ich — «

»Aia!« unterbrach sie rasch und heftig Aumama, aber mit weicherer Stimme fuhr sie fort, »Aia ist ein armes, armes Mädchen und sie kann mich nicht böse machen, aber« — und ihre Augen funkelten in einem eigenen wilden, fast unheimlichen Feuer — »nicht ertrüg ich es auch wie sie, und was sie ertragen hat. Bei jenem weißen Gott, der Oro's Bilder zertrümmerte und unsere Tempel niederbrach, bei jenen Tempeln selbst — « Aumama schwieg, aber die Hand noch, wie zum Schwur emporgereckt, die Locken, von denen der Strohhut abgefallen war, wild ihre Stirn umflatternd, das Auge glühend in einem eigenen Licht, stand sie wohl eine halbe Minute schweigend da, selber ein Bild der zürnenden Gottheit ihres Landes. Da, wie unwillig mit sich selber, schüttelte sie plötzlich den Kopf, strich sich die Locken aus der Stirn und sagte, jeden unmuthigen Gedanken gewaltsam bannend. »Ich bin ein Kind, Sadie, ein launisches Kind, und seit einigen Wochen komme ich mir selber manchmal wie umgetauscht vor, so tolle Träume und Bilder zwing' ich mir ordentlich selbst herauf, mich zu quälen und — ärgern auch. — Aber fort fort mit ihnen, fröhlich wollen wir sein und uns des Lebens freuen, denn der Himmel lacht noch rein und blau über uns und die Götter, die in früheren Zeiten den Tisch unserer Väter mit ihren Speisen deckten, haben uns auch jetzt noch ihre Gaben nicht entzogen.«

»Aumama,« sagte da Sadie, mehr herzlich als vorwurfsvoll, »Du sprichst noch immer von den Göttern, und bist doch lange, lange schon eine Christin, ja wie ich hoffen will eine gute Christin ge worden. Sündige nicht, denn der Gott der Gnade ist auch ein Gott der Rache und der Strafe, und Vater Osborne würde es unendlich weh gethan haben, wenn er Dich hätte je so reden hören.«

»Und nicht um Alles in der Welt hätte ich ihn kränken mögen,« rief Aumama rasch, »er war der Einzige auch, der mich an Gott gehalten, der Einzige, der mich die Möglichkeit eines solchen Wesens ahnen und begreifen ließ, an das uns ja sonst die Uneinigkeit und der Haß der anderen Priester zwingen mußte zu verzweifeln. Er war ein guter Mann und die Feranis hatten ihn auch lieb, trotzdem daß er auf andere Weise zu seinem Gott betete, als sie es thun; aber — Sadie« — fuhr sie langsam und wie zögernd fort, »bist Du dennoch so — so fest überzeugt — daß er recht hatte?«

»Aumama?« rief Sadie erschreckt, und sah staunend die Freundin an.

»Hast Du von dem alten Mann gehört?« sagte aber diese mit leiser Stimme sich zu ihr überbeugend, und den Blick fragend auf sie geheftet, »der drüben auf Bola Bola lebt, lange lange Jahre schon, und der so wunderliche Sachen von dem Gott der Christen erzählt?«

»Von dem Gott der Christen? — ist er denn nicht selbst ein Christ?«

»Nein,« sagte Aumama rasch — »nein — er selber hat es versichert — er ist von dem Stamm die den Christengott gekreuzigt haben, und soll behaupten Jener sei gar nicht der Messias gewesen.«

»Das waren die Juden,« rief Sadie überrascht, »aber ich wußte gar nicht, daß von jenem Stamm noch Leute lebten?«

»Viele, viele sollen noch davon in dem fernen Lande der Weißen sein und der alte Mann behauptet jener Gekreuzigte sei nicht Gottes Sohn gewesen, und habe nicht die rechte Lehre gebracht, denn die Christen unter einander wüßten es nicht einmal und stritten und kämpften deshalb gegen einander, und hätten schon viele viele Tausend unter sich erschlagen, zu beweisen wer recht und den rechten Gott und Erlöser habe.«

»Und wenn der Mann nun nicht die Wahrheit sagt?«

»Nicht die Wahrheit? — es soll ein alter alter Mann sein, und graue Haare und grauen Bart haben; und streiten sie sich hier nicht etwa auch um ihren Gott? — Wer hat recht? und wie jener Mann von Bola Bola sagt giebt es in seinem Vaterland unter den Christen noch viele andere Sekten, die alle einander hassen und gegen einander predigen. Ist das ihre Religion des Friedens?«

»Aumama, Du sprichst entsetzlich,« sagte Sadie schaudernd, »wer um des Himmels Willen hat Dein Herz mit solchem Trug erfüllt?«

»Trug?« wiederholte die Indianerin, und ihr Blick haftete fest auf Sadie — »gebe Gott daß es Trug wäre und Lüge, aber wer giebt uns Wahrheit?«

»Gott selber,« sagte da Sadie mit jenem kindlichen Vertrauen, das in dem Schöpfer wirklich seinen Vater sieht, und in reiner, ungeheuchelter Frömmigkeit am Throne des Höchsten sein Gebet, seinen Dank niederlegt — »Gott selber, Aumama; er hat uns die Wahrheit in das Herz gelegt, und seine Boten schon vor langen Jahren gesandt, sie uns hier zu lehren. Bete, bete mit voller Inbrunst und das Herz wird Dir aufgehen, wenn Du Dich zu Gott wendest.«

»Aber Le-fe-ve betet gar nicht,« warf das Mädchen wieder ein, dem Gedanken folgend daß die Europäer selber, in verschiedene Religionen getrennt, kein Vertrauen auf den Gott hätten, den sie den Inseln gebracht — »er ist ein guter Mann, aber er lacht, wenn man ihn an seine Pflicht als Christ will mahnen; thut das René nicht auch?«

»Nein,« rief Sadie schnell, aber doch nicht im Stand eine gewisse Verlegenheit zu verbergen — »er lacht mich niemals aus.«

»Aber er betet auch nicht.«

»Gott wird ihn schon erleuchten,« sagte die junge Frau, und barg ihre Stirn einen Augenblick in den Händen, »ach es ist wahr,« fuhr sie dann leiser fort, »und hat mir schon manche bittere Stunde, manche schlaflose Nacht gemacht, wie wenig er an seinen Gott denkt, und wie viel gerade Gott für ihn doch eigentlich gethan.«

»Und Mr. Osborne? hat er Dir nie an's Herz gelegt ihn deiner Kirche zuzuführen? — mir ist das oft und oft zur Pflicht gemacht, aber — wie bald hab' ich den Versuch aufgegeben.«

»René geht seinen eigenen Weg,« seufzte Sadie, »und Vater Osborne sah das wohl und fühlte es, aber er hat mir nie ein Wort davon gesagt, ja er warnte mich sogar vor religiösen Streitigkeiten mit dem Gatten. Auf Atiu war auch Alles gut, aber hier in Tahiti, wo die Priester selber einander feindlich gegenüber stehen, und seit Vater Osbornes Tod hat sich René ganz von jeder Andacht abgewandt.«

»Weißt Du wie Du jetzt aussiehst, Sadie?« rief da Aumama plötzlich, den Ton wechselnd, und der Freundin Hand ergreifend.

Sadie schaute überrascht empor, Aumama aber fuhr lächelnd fort — »scheuche die trüben Gedanken fort von der Stirn, sie passen nicht für uns. Was kümmern uns die Streitigkeiten jener Priester, noch ist die Banane so süß, die Cocosnuß so saftig als je und der Himmel lacht blau und heiter auf uns nieder und unser schönes Land. Sieh da kommt deine Sadie,« unterbrach sie sich plötzlich als das Kind, von einem jungen vierzehnjährigen Mädchen getragen, in der Thür erschien — »her zu mir Herz, her zu mir mein süßes Kind, und Du sollst mir helfen der Mama Züge wieder aufzuheitern. Und nun sollen auch Scha-lie und Ro-sy herüber und mit Dir spielen, mein Herz, und froh und munter wollen wir sein, und tanzen und springen.«

Die Kleine aufgreifend, die ihr schon von Weitem lachend die Aermchen entgegenstreckte, sprang sie mit ihr, wieder ganz das fröhliche ausgelassene Kind dieser Inseln, singend und trällernd am Strand umher, und rief die eigenen Kinder herüber mit ihr zu spielen und zu tollen. Und selbst Sadie, wenn auch nicht im Stande so rasch die quälenden Gedanken abzuschütteln vom Herzen, vergaß doch ebenfalls bald bei dem Lachen und Jauchzen der Kleinen Alles, was sie noch vorher mit Angst vielleicht und Sorge erfüllte, und das Herz ging ihr wieder auf voll Lust und Glück in dem einen reinen und seligen Gefühl der Mutter Lust.

Fußnoten:

[C] »Das Schwein das Menschen trägt« wie die Insulaner zuerst das Pferd nannten, für das sie keinen Namen hatten.

———————

Capitel 4.

Die Missionaire.

Ueber die See brauste es daher, wild und stürmisch in furchtbar entsetzlicher Wuth; an den Riffen schäumte und kochte die Brandung in milchweißem Gischt, und warf ihre Wogen selbst in die sonst stillen Binnenwasser, weiter und weiter wallend, bis zu dem weißen Corallensand des Strandes und den freigespühlten Wurzeln der Cocospalmen, die ihre Wipfel über dem Meere schaukelten und jetzt, wie entsetzt über die Entweihung, die weiten, armartigen Blätter emporwarfen und sich zurückbogen vor der anstürmenden Bö. Hei wie der Sturmvogel so scharf und gellend pfeift wenn er über die aufgewühlte See streicht, und seine langen elastischen Flügelspitzen auf die glatte Woge preßt, von der die Windsbraut schon den schäumenden Kamm geraubt und als Perlen hinausgestreut hat weit weit über das Meer; hei wie die Brandung da kracht und tobt, und sich bäumt und reckt und mit den weißen Armen hinüberlangt über den Korallendamm, und doch wieder und immer wieder zurückgeworfen wird von dem gewaltigen Bollwerk, das Jahrtausende gebaut. Und der Sturm, der machtlos seine Kraft brechen sieht an diesem Damm, und seine Wellen, die er sich aufgerüttelt hat, nicht hinüber bringen kann, so viel er auch hebt und drängt, und die Schulter stemmt gegen die gewaltigen, wirft sich endlich selbst mit dem flatternden Bart an das grüne Land, und die Palmen fassend in tollem Spiel biegt und schaukelt er sie, wie er das Spiel sonst vielleicht mit Halm oder Blüthe getrieben, im weit und straff gespannten Bogen nieder, nieder bis ihre Kronen das Laubdach berühren das sie stützt und hemmt und mit wildem eifrigen Rascheln die auszweigenden Arme fest fest

71

zusammenstreckt und sich hält und gegenseitig hilft gegen den wilden ungestümen Feind.

Gewaltig und furchtbar ist ein Sturm auf offener See, wo er die Wogen aufwühlt und gräbt, und die bergwichtigen Massen wie spielend und in entsetzlicher Schnelle vor sich her jagt; aber frei und ungehindert rast er dort sich aus, keine Grenze hemmt ihn und selbst das schwanke Schiff das er trifft auf seiner Bahn wirft er herum, taucht es und schleudert es empor, reißt und splittert was er daran gerade fassen und halten kann und — jagt vorüber, müde solch unwürdigen Spiels. Anders aber und grauenhaft furchtbarer ist er dort wo die bergige Küste den Anprall hemmt, und dem Rasenden die Stirn bietet in kräftigem Trotz.

Nicht nur den neuen Grimm hat der Wüthende da auszulassen an der starren hartnäckigen Wand, die sich ihm eisern entgegenstellt, nein auch alte Unbill zu rächen, seit Jahrhunderten her, und seit manchem furchtbaren Strauß, bei dem er sich wieder und wieder vergebens in die Schluchten wühlte und bohrte, und die Grundfesten seines Feindes zu untergraben suchte. Von der See führt er die Wogen heran zum gemeinsamen Kampf, und sich selber wirft er wild und toll gegen die Brustwehr von Baum und Gebüsch, das sich ihm zäh und unverdrossen entgegenlegt; was hilft es ihm daß er die starren hartnäckigen Stämme faßt und bricht und die schweren Kronen zu Boden schmettert, oder als Widder braucht, gegen andere anzustürmen — die elastische Palme biegt und legt sich der Uebermacht, folgt aber dem Feind auf dem Fuß bei jedem Zollbreit Weichen, und schüttelt ihm die Federkronen zornig in's Angesicht. Wild heult und braust sie da auf, die tobende tolle Windsbraut; bis hoch in die Lüfte hinauf pfeift es und zieht's und dröhnt's, und wieder und wieder prasselt's an gegen Halde und Hang, wieder und wieder reißt es und bricht und schmettert und stöhnt, ein Opfer suchend in unsagbarem Grimm, bis die Kraft auf's Neue erschöpft ist wie seit Jahrhunderten, und der Orkan jetzt weichend, seine Wuth mit neuer Hoffnung beschwichtigen muß für den nächsten Tanz, sich dennoch immer auf's Neue getäuscht zu sehn. Grollend und innerlich gährend und kochend zieht er sich dann zurück, weit weit über die See, in der Ferne dröhnt es und braust es noch, wie schwer athmend aus der Tiefe auf — bläulich schwarz liegt die See, einzelne Sturzwellen in sich selbst zusammenbrechend und weiße weite Flächen, förmliche Thäler bildend von milchigem Schaum, der zischend zerfließt, neu aufquellender Woge zum Mantel zu dienen mit dem sie sich schmückt und tanzt und ihn abwirft, der Schwester zu. Hu, wie das hohl geht da unten und braust und murmelt — aber die Sturmmöve zieht jetzt mit klappendem Flügelschlag, nicht mehr regungslos kreisend, über das stillere Wasser, das im wilden Unmuth noch nicht einmal den Strahl der vorbrechenden Sonne wiedergeben mag, und faden matten Bleiglanz über seine Fläche deckt.

Auf dem Land aber, dem natürlichen Feind des Orkans, der ihm so starr die Faust entgegenstreckt, wie die Fluth ihm jeder Zeit willige Hülfe bietet und mit ihm tobt und rast, entfaltet der siegende Sonnenschein schon wieder sein Panier, während die grollende See noch gegen die Riffe pocht, und jeder niedergeschleuderte Tropfen wird zur Perle, die blitzend und jubelnd im Lichte funkelt. Noch erzürnt, aber doch schon wieder den warmen Strahl auf den Wangen fühlend, schütteln die Bäume ihr Laub, und rauschen und rascheln, Blatt und Zweiglein wieder in die alte Form zu bringen, aus der sie der ungestüme Störenfried herausgerissen, und der warme Duft der aus den Thälern steigt wird zum Nebelschleier, den sich der Berg wie Silberfäden durch die Krone flicht, und dem das sinkende

Tagsgestirn noch seinen schönsten herrlichsten Farbenschmelz verleiht.

Es war zur Zeit solcher Stürme, die sich besonders im Herbst und Frühjahr zeigen unter dieser Breite, und der Orkan brauste noch in all seiner furchtbaren Kraft über die Wasser, und schien die Riffe hinein drängen zu wollen gegen das Land, solche berghohe Wogen thürmte er auf, und schleuderte sie von Westen herbei, der Passat Strömung gerad in die Zähne. Nur der fluthende Regen hatte nachgelassen und der Wind fegte nur noch das Firmament rein, von widerspenstischen Wolken und Schwaden, die wieder und wieder, jetzt aber machtlos und zu spät, zum neuen Kampfe herbei wollten.

In der Hauptstraße von Papetee, auf dem breiten Strand der die erste Häuser- und Gartenreihe vom Meere trennte, und von den lebenslustigen Tahitiern besonders Abends zum Sammelplatz benutzt wurde, blieben jetzt Einzelne stehen und schauten auf das Meer hinaus, denen bald Andere folgten; die Thüren der nächsten Häuser wurden geöffnet, die Eigenthümer standen darin mit Telescopen und um diese wogte und preßte bald das Volk in mächtiger Schaar, bald die Gläser, bald das weite Meer betrachtend, und dem Wort der Ausschauenden wie einem Orakel lauschend.

Der Gegenstand aber um den es sich hier handelte war ein Schiff — ein großes Schiff das von Point Venus aus schon vor einer halben Stunde etwa und noch im vollen Sturm, der Königin gemeldet worden, wo es, weit draußen in Sicht, versucht hatte beizulegen und von den Inseln abzukommen, der Wind war aber zu heftig gewesen solches Maneuver zu gestatten. Die Fregatte — denn daß jenes fremde Segel ein großes Kriegsschiff sei unterlag schon gar keinem Zweifel mehr — mußte vor dem Wind abfallen, und kam jetzt unter dicht gereeftem Vormars- und

Vorstengenstagsegel um die Spitze herum jedenfalls bestimmt nach Papetee einzulaufen, was aber jetzt, bei dem gewaltigen Seegang und der schmalen Einfahrt durch die schäumenden Riffe nicht möglich war, und nur bemüht nun, so wenig Fortgang als möglich zu machen um erst einmal von den nächsten Riffen frei, wieder aufzubrassen und das Beruhigen der Wasser abwartend, gegen den Wind anzukreuzen.

Es war eine Fregatte, aber von welchem Land? Diese Frage beschäftigte jetzt Alle in ängstlicher Spannung, und wie die meisten der Eingeborenen gerade jetzt, nach ihrer vorhergegangenen Demonstration das Erscheinen des ihnen nur zu gut bekannten `Du Petit Thouars` mit seinem Fahrzeug fürchteten, so ängstlich waren sie, sich zu früh der freudigen Hoffnung hinzugeben daß es noch ein Englisches Kriegsschiff sein könne, ihre erstrebte Unabhängigkeit zu bestätigen.

Die Meinungen über das Aussehen des Schiffes waren dabei getheilt, während es Einzelne der Europäer nach dem Bau der Masten, denn von den Segeln war gar Nichts zu erkennen, für einen Franzosen hielten, behaupteten Andere den Amerikanischen Zuschnitt daran zu erkennen und nur ein kleiner Theil beharrte auf seinem Ausspruch England sei nicht zu verkennen und die Englische Flagge würde sich zeigen, so bald die Fregatte den Eingang passire.

Selbst die gerade in Papetee anwesenden, und gerade heute zu einer vertraulichen Sitzung berufenen Missionaire standen auf der Verandah des, in Papetee ansässigen Bruder Dennis versammelt, und blickten mit etwas ängstlicher Spannung der Entfaltung der Flagge entgegen, die besonders auf ihre Wirksamkeit einen entschiedenen Einfluß ausüben mußte.

Noch vor dem Sturm hatte ihre Sitzung begonnen, und

während die Windsbraut heulend an den Pfosten des Hauses rüttelte, die Palmen wie Weidenruthen niederbog, und die reifen Früchte von den Bäumen riß, den Boden zu streuen mit Orange und Brodfrucht, die saftigen Stiele der Banane umknickte und duftige Blüthen weit und hoch hinaus in die Berge führte, lagen die schwarz gekleideten Männer in dem langen luftigen Gebäude auf den Knieen; und mischten ihre Hymnen und Sänge mit dem Gebrüll des Orkans, ein Preislied dem Herrn der Stärke und Barmherzigkeit.

Es waren die Brüder Rowe, Dennis und Nelson, Mc. Kean, Smith und Brower, zusammengekommen zu vertraulicher Berathung in so schwerer Zeit, und die eigentlichen Vertreter auch, wenigstens die wichtigsten, die sich gegenwärtig in der Südsee befanden, der Evangelischen Lehre nicht mehr nur Bahn zu brechen unter den Heiden, obgleich auch jetzt noch ganze Gruppen von Inseln ihren Göttern treu geblieben waren und den neuen Glauben mistrauisch von sich wiesen, sondern sich zu wahren und schützen gegen den Katholicismus, der ihren Fußtapfen gefolgt war und die Flügel jetzt ausbreitete, ihr eigenes Licht zu verdunkeln.

Bruder Dennis war unter diesen, und besonders in seinem Charakter als Missionair, jedenfalls der bedeutenste, und wenn auch nicht einer der ältesten, doch jedenfalls der eifrigsten Lehrer der Inseln, wo es nur galt dem einen heiligen Ziel entgegenzustreben, den Heiland zu verkünden und seiner Wunden Blut zu predigen in der Wüste. Er auch war Einer der Wenigen, die mit Hintansetzung jedes Gedankens an sich selbst in die Fremde zogen, die Bibel im Arm, das gehobene Kreuz, ja das Schwert in der rechten, wenn gereizt seinen Schatz zu vertheidigen, und rücksichtslos weiter schreitend dabei, welchen Glauben, welche Familienverhältnisse er unter die Füße trat, wenn er nur die Seelen der Verdammten rettete, und ihnen das Heil kündete, das ihnen Gott geboten, und das den Weg um die ganze Erde genommen, zu ihnen zu gelangen.

Eigennutz, Ehrgeiz war ihm fremd, keine Familien bande fesselten ihn, nicht Freundschaft, nicht Liebe hatten sein Herz auch nur für eine Stunde dem einen hohen Zweck seines Lebens abwendig machen können, und er hielt den Tag für verloren, an dem er nicht wenigstens einen, seinem Verderben entgegengehenden Sünder wach gerüttelt, und ihm den Abgrund gezeigt an dem er wandele, oder geduldet und gelitten hatte in der Verbreitung jenes Glaubens, der ihm Licht und Seligkeit und Luft und Liebe war.

Von schmächtigem aber nicht schwächlichem Körperbau, zäh bis zum äußersten und an Entbehrungen und Strapatzen gewohnt, die er eher aufsuchte als vermied, hatte er schon den größten Theil der Inseln durchstreift, den feindlichsten Stämmen dort mit »christlicher Demuth«, wie er's nannte, getrotzt, und ihren Hohen Priestern in den Bart die Machtlosigkeit und Nichtigkeit ihrer Götzen verkündet. Die Indianer achten den Muthigen, wo sie ihn auch finden, und muthig wahrlich mußte der sein, der allein und unbewaffnet in einem feindlichen Gebiet wahrhaft tollkühn das angriff, was der Gegner am theuersten hielt, und wofür er sein Leben eingesetzt hätte es zu bewahren; ja unter den Opferkeulen selbst hatte ihn schon dieser starre fanatische Trotz gerettet, und ihm die Achtung seiner bisherigen Feinde, ja oft den späteren Sieg über sie, gesichert.

Hier nun schon den Sieg in Händen, läßt es sich denken, mit welchem Schmerz und Zorn der »Diener des Herren« fremde Priester eindringen sah in sein Heiligthum, und den Bau untergraben, an dem seine Kirche schon Jahrzehende gebaut, und der ein Tempel Zions zu werden versprach in Pracht und Herrlichkeit. Mit zagender

Hoffnung wohl, aber auch mit Furcht und Mißtrauen sah er deshalb dem Entfalten jener Flagge entgegen, die ihnen entweder die frohe Hülfe vom Mutterlande brachte, nach der sie sogar schon einen der Ihrigen, den ehrwürdigen Mr. Pritchard, zugleich Consul Ihrer Britannischen Majestät abgesandt hatten, oder neue Schwierigkeiten und Verlegenheiten bereiten konnte, den gierigen Forderungen Französischer Capitaine gegenüber.

Die Brüder Rowe und Nelson in ihrem so verschiedenartigen Charakter kennen wir schon.

Zwei Andere, Mc. Kean und Brower waren einfache Leute, Menschen, die ihre Lebenszeit in der Bibel gegraben, das edle Metall mit dem tauben Gestein mühsam und unverdrossen heraufgeschafft, ohne im Stande zu sein es zu schmelzen und zu scheiden, und es nun Bergehoch um sich aufgeschichtet hatten, eine treffliche Wehr wenigstens, nach Jedem zu schleudern, der ihnen nahe kommen und ihre Stellung ihnen streitig machen oder bekritisiren wollte.

Bruder Smith zeigte sich als eine von diesen ganz verschiedene Persönlichkeit; klein und geschmeidig hatte er sich dem Missionswesen gewidmet, wie er sich irgend einem andern Stand oder Geschäft gewidmet haben würde. Von Enthusiasmus war bei ihm keine Rede, von Schwärmerei noch weniger. Er betrachtete das ganze innere Sein der Mission auf eine ächt irdische und praktische Art als ein Geschäft, das ihm durch die Missionsgesellschaft vom lieben Gott übertragen worden, und auf diesem entlegenen Winkel schien er nun vollkommen bereit alle solche Pflichten, die ihm vorgeschriebener Weise oblagen, auch getreulich zu erfüllen, vorausgesetzt jedoch, daß ihm dann der liebe Gott, neben anderen Kleinigkeiten, auch noch die Bitte des täglichen Brodes mit seinen verschiedenen Variationen erfülle. Ein ausgezeichneter Geschäftsmann außerdem, war eine seiner Hauptbeschäftigungen die, von England zur Unterstützung der Mission eingegangenen Waaren, die natürlich einen größeren Werth hatten als Geld selber, gegen Roh-Produkte oder Fabrikate der Indianer, soweit sie deren herstellten, ja gegen Arbeitskraft selbst und geleistete Dienste anzubringen, und einen besseren Mann hierzu hätte sich die Gesellschaft nicht wählen können. Schicklicher wäre es jedenfalls gewesen hierzu einen besonderen Mann engagirt zu haben, der dann weiter Nichts mit dem geistlichen Theil des »Geschäfts« hätte zu thun haben dürfen; das Lehrergeschäft leidet, wo der Lehrer zu gleicher Zeit neben seinen geistigen Ausgaben seine weltlichen Einnahmen berechnen muß. Bruder Smith wußte aber Beides auf so geschickte Art zu vereinigen, und die Waare mit solcher Salbung, die Lehre mit solcher berechnenden Klugheit auszugeben, daß die Insulaner zuletzt nicht selten beides Empfangene gar nicht mehr von einander zu unterscheiden vermochten und in Zweifel waren, für was von den beiden Sachen sie ihr Cocosnußöl und ihre Perlen und Muschelschalen eigentlich zu Markt gebracht, und ob sie ein gutes oder schlechtes Geschäft dabei gemacht.

Bruder Smith hatte auch lange nicht das Schroffe, Abstoßende des finsteren Rowe, ja selbst des schwärmerischen Dennis. Bei dem Gebet stand besonders der Letztere wie ein zürnender Geist, bereit Gottes Zorn auf Jeden niederzudonnern, der anders dachte oder sprach als er, während Bruder Smith mit ruhiger Ueberlegung die praktische Seite des Christlichen Glaubens nicht allein nicht versäumte, sondern sogar nach außen drehte. Der Eine gewann, der Zweite erhielt die Heiden dem Christenthum.

Brower und Mc. Kean waren ein Mittelding der Beiden, mehr an der Form wie dem Sinne des Gan zen hängend; Smith wand sich zwischen Allen durch. Mit einem anerkennungswerthen Scharfblick der Charaktere, zwischen denen er sich befand, war er Schwärmer oder Enthusiast, Mann der Form oder des einfachen Glaubens, der in dem Glauben gerade den Formen blindlings folgt, aber diese nur eben vom Glauben abhängig macht, nicht diesen ihnen unterwirft. Nie jedoch verlor er den Nutzen irgend einer Stunde aus dem Auge und unermüdlich im Sammeln für seinen heiligen Zweck, wuchsen ihm die Bedürfnisse aus dem Boden, und wurden zu Bäumen, die ihre Früchte im reichen vollen Maaß auf ihn zurück und nieder schüttelten.

Auch er war der gedrohten Oberherrschaft Frankreichs in innerster Seele abgeneigt, aber nicht ganz allein mit jener geistigen Ueberzeugung, mit der Bruder Dennis den Untergang der Gerechten vorher kündete, wenn sie sich durch die Irrlehren verführen ließen vom rechten Pfade abzuweichen, sondern mehr fast im merkantilischen Interesse. Die Franzosen hatten nämlich unter dem Schutz ihrer Kanonen angefangen, eine Quantität der verschiedensten, bis jetzt von ihm mit Vortheil abgesetzten Waaren, auf die Insel geworfen, deren Preise er früher allein bestimmen konnte, während sich ihm jetzt dadurch eine in der That nicht unbedeutende Concurrenz eröffnete. Bunt und ordinär gedruckte Kattune, für die er bis jetzt mit Leichtigkeit einen halben Dollar per Yard erhalten, verschleuderten leichtsinnig junge Franzosen um die Hälfte, und das Volk hätte von einem Heiden gekauft, wenn es die Waare billiger bekommen, wie viel mehr nicht von den »neuen Christen«. Die Eindringlinge bezahlten außerdem für die Produkte der Indianer weit mehr, als sie vernünftiger Weise hätten zahlen sollen, wenn sie sich nicht den Markt für spätere Zeiten verderben wollten. Es war keine Ordnung in der Sache, und der Kaufmann ging mit dem Christen Hand in Hand, der Evangelischen Kirche den Sieg zu erflehen über die »Baalspriester« wie sie gewöhnlich von den

Kanzeln genannt wurden.

Doch zurück zu unserem Schiff, das die Aufmerksamkeit der am Strand Stehenden auf das Peinlichste spannte, und immer noch mit den kahlen Masten gesonnen schien vorbei zu streichen, ohne auch nur einmal die Farbe seiner Flagge zu zeigen.

»Segne meine Seele!« rief ein dicht am Strand stehender Neger, der früher einmal von einem Wallfischfänger auf irgend einer Insel entsprungen war und seinen Weg nach Tahiti gefunden hatte, wo er jetzt bei den Eingeborenen, theils seiner außerordentlich glänzenden schwarzen Farbe, theils seiner Wohlbeleibtheit wegen als eine Art Autorität in Seemännischen Fällen galt — »segne meine Seele, wenn ich nicht glaube der Bursche will einlaufen. Wenn er das bei der See versucht kann er sich darauf verlassen daß er heute in `Davys locker` (Seeausdruck für Unterwelt) zu Nacht speist, denn kein Dampfschiff könnte sich frei von den Leeriffen halten.«

»Und was für ein Segel glaubst Du daß es ist, Pompey?« frug ihn Tati, der Häuptling, der unfern von ihm stand und das Fahrzeug mit finsterem Blick betrachtet hatte.

»Englisch, `by God` Massa,« rief der Neger rasch, der den Häuptling kannte — »englisch, jeder Zoll von ihr[D] — und ein Dorn wahrscheinlich in Massa Gumbo's[E] Augen da drüben, der jetzt zwischen zwei Feuer kommt, wenn er den Schwarz-Röcken einheizen und Land pachten will von Königin Pomare, haw, haw, haw. Nun sollte noch ein Franzmann dazu kommen, dann giebt's Spaß; aber dies Kind ging in die Berge, Massa, denn wenn sie hier mit

den eisernen Bällen an zu spielen fingen, würd' es Manchem zu warm in seinem Rocke werden.«

81

»Die Reine blanche ist's,« lautete aber eine andere Meinung, die bald wie ein Lauffeuer durch die Menschenmasse lief, denn der gefürchtete Admiral Du Petit Thouars war schon lange wieder im Hafen erwartet worden, und trotz den zuversichtlichen Behauptungen der Missionaire daß England ihnen jedenfalls Schutz und Hülfe senden werde, gegen den Römischen Feind, traute man doch den Kanonen des Letzteren nicht, der die Stadt jetzt schon zwei Mal mit seinen eisernen Flanken bedroht und sie gezwungen hatte, seine Bedingungen anzunehmen.

Der Französische Consul hatte gegen die letzte Verhandlung protestirt und war zornig fortgegangen; welchen Bericht würde er dem Französischen Admiral machen? — und die Königin mußte es dann wieder entgelten, wie schon früher.

»Da — dort geht die Flagge vom Talbot!« rief da Pompey plötzlich — »und da die Privatsignale — er wird den Andern vorm Einlaufen warnen wollen.«

»Dort kommt was Buntes an Bord draußen!« schrie ein Eingeborener, der trotz dem noch heftigen Wehen und Schaukeln des Baumes auf eine Palme geklettert war, einen bessern Ueberblick zu gewinnen — »gleich wird's heraus sein!«

»Da kommt die Flagge — alt England für immer!« jubelte ein junger Bursch, ein Seecadet des Talbot der auf Urlaub an Land gewesen war, wie der Sturm begonnen — »dort weht der Union Jack und Monsiehr Crapo hat sich zu früh gefreut wenn er glaubte es käme ein Landsmann.«

»Englische Flagge — Englische Fregatte!« schrie und wogte es aber auch jetzt am Land durcheinander, die Missionaire auf der Verandah drückten einander die Hand, und ein großer Theil der Insulaner jubelte allerdings dem fremden Schiffe entgegen, Manche aber auch von Tati's Anhang schauten gar zornig drein, und sahen die Parthei schon wieder Sieger, die ihnen bis dahin immer störend und hemmend im Weg gestanden.

Die beiden Englischen Kriegsschiffe hatten indessen rasch verschiedene, nur ihnen bekannte Signale gewechselt, und die fremde Fregatte hielt noch fortwährend auf die Mündung des Hafens zu, als ob sie die Einfahrt, trotz Wind, Wogen und Coralle, erzwingen wolle; wenn aber auch der wirkliche Sturm nachgelassen hatte, wehte der Westwind doch noch viel zu stark das Einlaufen in den Hafen, wären selbst die furchtbaren Brandungswellen nicht gewesen, wagen zu dürfen und die Fregatte, die auch vielleicht nur diese Stellung angenommen ihre Signale ordentlich und deutlich auswehen zu lassen, fiel wieder vor dem Winde ab, braßte ihre Marssegel vierkant und flog, fast vor Top und Takel nur, aus dem Bereich der gefährlichen Klippen, draußen vielleicht wieder beizudrehen und das Rückwechseln des Windes in den gewöhnlichen Passat, der gar nicht lange mehr ausbleiben konnte, abzuwarten.

So lange die Signale noch dauerten, hatten sich die Eingeborenen ziemlich ruhig gehalten; nur einige der der Königin und den Missionairen ergebenen Häuptlinge, besonders Aonui und Potowai waren hinauf in das Haus gegangen, wo sie die frommen Männer versammelt sahen, deren Meinung über das Englische Kriegsschiff, das jedenfalls einzukommen beabsichtigte, zu hören. Die Missionaire hatten nur eine Stimme darüber; sie hofften daß es ihnen günstig lautende Nachrichten von England bringen würde, ja daß vielleicht Bruder Pritchard selber an Bord sei, die Rechte der Insulaner zu bestätigen und mit der gesandten Macht zu beschützen.

Das war genug, wie ein Lauffeuer zog sich die frohe Botschaft durch die einzeln am Strand zerstreuten Gruppen:

»Das Kriegsschiff ist für uns gekommen; die Franzosen haben Nichts mehr auf den Inseln zu befehlen — der Vertrag den sie abgeschlossen haben, und der nur dahin berechnet war uns zu ihren Sclaven zu machen und das Götzenthum wieder ein zuführen, ist vernichtet und keine Flagge soll hier mehr wehen als die Tahitische und Englische!«

Aonui war der Wildeste zwischen ihnen.

»Brüder, der Tag der Vergeltung ist erschienen!« schrie er, auf einen Haufen dort aufgefahrenen und zum Ausarbeiten von Canoes bestimmten Holzes springend, von dem aus er die unter ihm Stehenden leicht übersehen konnte, »die Beretanis kommen — die uns die Bibel gebracht haben, bringen uns jetzt auch Kanonen unsere Bibel zu vertheidigen — die Beretanis sind gut — wir wollen Nichts weiter — wir haben die Bibel und die Feranis können gehen, wir halten sie nicht — wir wollen ihnen Freude wünschen — aber nicht hier, irgend wo anders. — Wir haben die Feranis lieb — sehr lieb — es sind auch unsere Brüder — aber nicht so Brüder wie die Beretanis; andere Art. Die Beretanis haben uns die Bibel gebracht, die Feranis wollen sie wieder nehmen. — Feranis haben viel Platz wo anders — wir wollen ihnen Freude wünschen.«

Das etwa war der Sinn der Rede, die der Häuptling, die einzelnen Sätze immer aufs Neue wiederholend, seinen Landsleuten vorschrie, denn der um ihn wogende Tumult dauerte indessen fort und er konnte ihn mit seiner Stimme nicht beschwichtigen, er mußte ihn selbst übertönen; aber den Sinn ver standen sie doch, den ungefähren Sinn des Ganzen wenigstens, und von Mund zu Mund lief der Ruf: »Fort mit den Feranis, fort mit der Flagge, wieder an Bord mit den Priestern die uns die neuen Götzen auf die Berge gestellt haben, den alten zum Trotz, und uns unseren Glauben nehmen wollen und unser Land und die Bibel. Wir haben die Bibel wir verlangen nicht mehr!«

»Bin nur neugierig« sagte Pompey, der Neger, zu einem zufällig neben ihm stehenden Seemann, unserm alten Bekannten, dem Iren Jim — »was sie heute wieder für Dummheiten anrichten werden, Mister — seht nur einmal wie die schwarz gekleideten Gentlemen da hinten so eifrig gegen einander die Hände und Arme werfen, und streiten — sie hacken Alle auf den Einen ein mit den weißen Haaren, der wird wohl der einzige Vernünftige unter ihnen sein.«

»Und wie so, mein Bursche?« frug Jim O'Flannagan der mit den Augen der Richtung gefolgt war, die ihm der Neger angab, und den Blick jetzt forschend auf den allerdings sehr heftig mit einander gesticulirenden Missionairen weilen ließ — »es geht ja Alles so hübsch und trefflich wie es nur gehen kann.«

»Hübsch und trefflich? — hm, ja, — Manchem gefällt's so,« sagte der Neger und betrachtete sich den Fremden etwas genauer, ohne daß Jim etwa darauf geachtet hätte — »aber hallo Mister,« setzte er plötzlich hinzu, »haben wir nicht einander schon einmal da drüben bei Mütterchen Tot getroffen?« Der Ire lachte.

»Ich bin überall zu finden wo es gute Gesellschaft giebt,« sagte er mit einem etwas zweideutigen Blick auf seinen schwarzen Gefährten, »aber Freund, habt Ihr eine Idee wo die Geschichte hier hinaus will? — wie mir scheint wollen die guten Leute alle Franzosen ohne weitere Säumniß aufpacken, und an Bord der Jeanne d'Arc schicken?«

»Toll genug wären sie dazu,« brummte der Schwarze, »und das hier wär' auch nicht der erste derartige dumme Streich, den sie machten; wenn's Jemand gut mit ihnen meinte, sollt' er's verhindern.«

»Wen geht's denn 'was an?« lachte der Ire, »dafür haben sie

auch ihre Seelsorger ihnen den richtigen Weg zu zeigen —
hallo, kennt Ihr die Beiden da, die scheinen's eilig zu
haben.«

»Das sind die beiden ersten Häuptlinge der Insel, Tati und
Utami,« sagte der Neger schnell, »wenn die ihren Weg
hätten, wüßt' ich wen sie vor allen Dingen auf das erste
beste Schiff packten und nach Leewärts schickten.«

»Kann mir's denken,« sagte der Ire trocken, »'s kommt nur
darauf an jetzt, wer zuerst ein Schiff frei hat, Engländer oder
Franzose, und dem lieben Gott bleibt jetzt die Wahl
vollkommen offen, wen er hier behalten will, Katholiken
oder Protestanten.«

»Wenn sie den Feranis hier was zu Leid thun, schießt ihnen
der Franzose den ganzen Bettel zusammen — und ich habe
da drüben auch ein kleines Häuschen stehn,« meinte der
Neger.

»Wenn's hinter dem Berge läge könnt' er aber anfangen
wann er wollte?« frug Jim, mit einem Seitenblick auf den
Neger, den dieser mit einem breiten Grinsen, das zwei
Reihen prachtvoller Zähne aufdeckte, beantwortete.

Die Aufmerksamkeit der Beiden wurde aber bald für das
Haus in Anspruch genommen, in dem sich die Missionaire
befanden, denn dorthin drängte das Volk und schien von
diesen eine bestimmte Leitung ihres Unmuths, dem sie selber
eigentlich noch nicht recht Ausdruck zu geben wußten, zu
verlangen.

»Nieder mit der Flagge der Feranis!« tönte der Schrei — »fort
mit den Priestern — England hat seine Schiffe zu uns
geschickt uns zu beschützen, wir wollen nichts weiter mit
den Wi-Wis zu thun haben — fort mit ihnen — fort!«

»Das thut kein Gut,« sagte da, in der Sprache der Insel, ein schlanker Mann mit starkem Backen- und Schnurrbart, der an dem Iren und Neger mit den, schon vorher von ihnen bemerkten Häuptlingen rasch vorbeischritt — »das thut wahrlich kein gut, und sie werden sich die Folgen ihres thörichten Handelns später selber zuzuschreiben haben.«

»Die Missionaire treiben's zum Aeußersten in ihrem stolzen Wahn,« sagte Tati.

»Und ihre kurzsichtige Politik wird ihnen das geistliche wie ihrer armen Königin das weltliche Regiment rauben,« sagte der erste Sprecher; »die einzige Rettung die dem Lande noch blieb, war eine vernünftige Mäßigung, die Missionair wie Franzose zugleich im Zaum gehalten hätte.«

»Sagt das den Priestern, Consul Mörenhout, und sie zucken die Achseln und bedauern bei der Sache nichts thun zu können, da sie sich nie in die Politik dieses Landes mischten.«

»Heuchler!« zischte der Consul zwischen den Zähnen durch und schritt jetzt, die Häuptlinge verlassend, rasch der Verandah zu, an deren Treppe er eben den beiden Missionairen Dennis und Rowe begegnete, die, von Nelson und Smith gefolgt, gerade niederstiegen. Als Mr. Rowe den Französischen Consul auf sich zukommen sah, blieb er stehen und sagte, noch ein paar Stufen höher als dieser, mit unendlicher Milde und Freundlichkeit auf ihn niederblickend:

»Und was führt unseren sehr ehrenwerthen Freund in solcher Aufregung zu uns?«

»Mr. Rowe,« erwiederte aber der Consul, ohne auf Ton oder Bemerkung der Frage einzugehen, und rasch die Stufen, selbst an dem Geistlichen vorbei, hinaufsteigend — »ich möchte ein paar Worte mit Ihnen und den übrigen Herren sprechen; aber augenblicklich sprechen« — setzte er rasch und ungeduldig hinzu, als er sah wie die geistlichen Herren noch unschlüssig zögerten. »Es gilt auch jetzt nicht die Privat-Interessen eines Protestantischen oder Katholischen Priesters,« fuhr er gereizt und heftig fort, »es gilt die Interessen, das Wohl dieses Landes, dessen Entscheidung Sie nun einmal — mit welchem Rechte soll hier unerörtert bleiben — in die Hand genommen. Ihnen allein ist es jetzt überlassen Alles noch friedlich zu Ende zu führen, oder auch einen Krieg heraufzubeschwören, der die traurigsten furchtbarsten Folgen haben müßte.«

Die Missionaire blieben erst stehn und drehten dann mit dem aufgeregten und gereizten Mann um, blieben aber oben auf der Verandah, wo sich die übrigen bald um Mr. Rowe und den Französischen Consul sammelten, und der Erstere sagte freundlich:

»Sie scheinen sich in der Person zu irren, verehrter Herr; wir Alle sind Männer des Friedens, denen es wahrlich nicht einfallen wird muthwillig, wie Sie meinen, einen Krieg heraufzubeschwören. Greift das Volk zu den Waffen, ein ihm unerträglich werdendes Joch abzuschütteln, oder selbst erst der Gefahr auszuweichen, seinen Nacken darunter gebeugt zu bekommen, was können w i r, einzelne und unbewaffnete Männer dafür oder dawider thun? ja d ü r f t e n wir das Volk zurückhalten, selbst w e n n wir könnten, wo wir es auf der einen Seite von einer Religion bedroht sehen, die unserer schwachen Meinung nach zu ihrem jetzigen und späteren Verderben führen müßte, während wir es in Händen haben, sie wenigstens auf ein einstiges Heil vorzubereiten.«

Der Consul schritt rasch und ärgerlich auf der Verandah auf und ab, erwiederte aber kein Wort — er fühlte daß ihm bei der ersten Sylbe die er laut spräche, die Galle überlaufen müsse, und wollte jetzt in diesem, vielleicht für spätere Zeiten höchst wichtigen Augenblick Alles vermeiden, was ihm später vielleicht als Uebereilung oder Hitze hätte können zur Last gelegt werden.

»Und weigern Sie sich wirklich?« sagte er endlich nach einer längeren Pause, und in der That erst, als der Ehrwürdige Mr. Rowe schon wieder Miene machte die Verandah zu verlassen — »das blinde, mit allen Europäischen Verhältnissen unbekannte Volk von einem übereilten Schritt, wie das Niederreißen der Französischen Flagge zurückzuhalten? — bedenken Sie nicht, daß sich dieselben traurigen Scenen der Französischen Fregatte in Monaten vielleicht schon wiederholen, und Sie selbst dann in die mißlichste Lage der Welt bringen können?«

Der Ehrwürdige Mr. Rowe warf den Kopf stolz empor, und sagte mit vielleicht absichtlich sehr lauter Stimme:

»Weder Ihre Ueberredung Herr Consul, noch Ihre Drohungen können uns zu einem Schritt bewegen, den wir für unverträglich mit unserem Amte halten. Nicht die Politik, sondern die Religion dieses Landes brachte uns an diese Küste, und Frankreich hatte vielleicht einmal die Absicht den Protestantismus, da es ihm nicht durch die Lehre seiner Priester gelang, mit Feuer und Schwert auszurotten; aber die Zeit ist Gott sei Dank vorbei. Der Englische Consul ist, wie Sie wissen schon vor längerer Zeit nach Großbritannien gegangen, dort den Schutz unserer Confession, die Erhaltung unserer schwer erworbenen und verdienten Rechte zu sichern, und Sie sehen da draußen in See in jenem hellblinkenden Segel die Antwort unserer Nation. Monsieur Du Petit Thouars wird sich einen andern Wirkungskreis für seine Heldenthaten suchen müssen, denn nicht mehr blos mit wehrlosen Indianern und ihren friedlichen Lehrern und Fürsten hat er es von jetzt an hier zu thun.«

Mörenhout biß sich auf die Lippen, blieb einen Augenblick,

wie noch etwas überdenkend, stehen, und wollte dann, ohne weiteres Wort, die Treppe wieder niedersteigen, als der alte ehrwürdige Mr. Nelson seinen Arm ergriff und freundlich sagte:

»Gehen Sie noch nicht, Consul Mörenhout; ein gutes Werk darf nicht so leicht aufgegeben werden, und ich halte die Absicht dafür, in der Sie hergekommen.«

»Mr. Nelson spricht als ob dieses sogenannte »gute Werk« in unseren Händen läge,« sagte Mr. Rowe gereizt.

»Und das ist wahr!« rief aber der alte Mann in edlem Eifer erglühend, und die Hand ausstreckend gegen die unten tobende Schaar. »Sündlich wäre es von uns behaupten zu wollen, daß wir die Macht n i c h t haben das Volk zum Guten zu leiten und in den Schranken der Mäßigung zu halten; ebenso wie es, in der jetzt überdieß gereizten Stimmung, einem leichtsinnigen unglückseligen Schritt entgegen zu treiben. Wir als die Lehrer des Volkes d ü r f e n nicht entscheiden ob Englische ob Französische Flagge das Recht habe hier zu wehen — unser Ziel ist, die Eingeborenen zu Christen, nicht zu Engländern oder Franzosen zu machen, und ihren Häuptlingen, von unseren Consuln aber nicht von unseren Kanzeln unterstützt, bleibt es dann überlassen, sich die Unabhängigkeit ihres Landes zu wahren.«

»Es giebt Verhältnisse,« fiel ihm hier Bruder Rowe in's Wort, der den aufsteigenden Grimm nicht länger bemeistern konnte, »bei denen ein solches Zaudern in der guten Sache, das die Eingeborenen ihrem bösen Geschick und den Gräueln des Pabstthums überließe, Verrath genannt werden könnte.«

»Wir haben den fremden Priestern vorgeworfen« entgegnete Nelson ruhig, »daß sie uns geschimpft und unsere Religion geschmäht haben; machen wir es besser, wenn wir von Gräueln des Pabstthums reden? Ich bedauere das Eindringen jener fremden Lehre, die unsere Beichtkinder irre machen, und Zweifel bei ihnen erwecken muß, aber ich möchte sie nicht mit dem Schwert bekämpft, möchte das Schwert nicht in unserer eigenen Mitte geschliffen sehen.«

»Daß Bruder Nelson die neue Lehre nicht mit dem Schwert bekämpft sehen möchte, hat er allerdings schon bewiesen,« sagte Mr. Rowe.

»In dem was ich gethan, steh' ich vor meinem Gott gerechtfertigt,« erwiederte Nelson, ohne ein Zeichen von Bitterkeit, »der Menschen Urtheil muß ich mich unterwerfen.«

»Wehe über Israel!« seufzte da der ehrwürdige Mr. Brower und schüttelte trauernd mit dem Kopf, »das ist die kalte Gluth, die fremde Herzen erwärmen will, und nicht einmal im Stande ist, das eigene Feuer hell und lohend anzufachen. Wehe über die Säumigen, die da zögern und die Stunden zählen zum Tag, und nicht wirken wollen so lang es noch Nacht ist; wehe über die Zaghaften am Tage des Gerichts, und wie Gottes Donner noch mahnend an der Erde Vesten rüttelt, wird er ihnen ein Zornesruf in den Ohren sein!«

Mr. Mörenhout der das Gespräch, oder vielmehr den Streit der Geistlichen mit kaum zu zähmender Ungeduld bis jetzt angehört, und sich gewaltsam hatte zurückhalten müssen, seinem Unwillen nicht Luft zu machen, dabei aber noch immer hoffte eine vernünftigere Ueberlegung doch Raum gewinnen zu sehen, mußte nach den letzten Worten des fanatischen Priesters jeden solchen Glauben schwinden lassen, und nur noch einen letzten Versuch zu machen sagte er mit gezwungener Ruhe, der man aber das Gewaltsame wohl anmerken konnte:

»Und so weigern Sie sich denn, meine Herren, den Frieden mit Frankreich aufrecht zu erhalten? — weigern sich dem Volk das Gefährliche, ja das Wahnsinnige solcher Handlung vorzustellen?«

»Weigern, Herr Consul,« unterbrach ihn Rowe entrüstet, »wir haben Nichts mit der Politik dieses Landes zu thun — mit jedem derartigen Antrag muß ich Sie an die Königin selber weisen.«

Mörenhout wollte noch etwas erwiedern — er öffnete schon den Mund und that einen Schritt auf den Missionair zu, der sich dem gereizten Blick des Mannes mißtrauisch aber doch muthig entgegenstellte; dann aber, wie sich eines Besseren besinnend, drehte er sich scharf auf seinem Absatz herum, blieb einen Moment, den vorn ausdehnenden Platz mit den Blicken überfliegend stehen, winkte nach einer Stelle hinüber, wo Tati und Utami mit dem jetzt zu ihnen gekommenen Paofai standen, und schritt dann, während sich ihm die drei Häuptlinge anschlossen, rasch und heftig mit ihnen gesticulirend, am Strand hinauf.

Fußnoten:

[D] Die Engländer und Amerikaner nennen alle Arten von Fahrzeugen weiblich und wie der Matrose behauptet aus einem allerdings nicht gerade schmeichelhaften Grund für das schöne Geschlecht: weil die Takelage, Segel etc. mehr koste als alles Uebrige.

[E] Gumbo's, der Spottname der Franzosen in Louisiana, nach einem dort bereiteten Lieblingsgericht derselben.

Capitel 5.

Die Königin Pomare.

Der Sturm hatte nachgelassen, aber noch schleuderte der West den Wellenschaum gegen das Leeufer[F] der Insel, und die schweren Palmenwipfel, die den Palast Aimatas, der vierten der Pomaren, umgaben, schwankten herüber und hinüber und schüttelten die schweren Tropfen aus der Fruchtgeschmückten Krone.

Der Palast der Pomaren — ein Zauber lag sonst auf dem Heiligthum, das ein frohes gutmüthiges und deshalb auch leichtgläubiges Volk mit allem ausgeschmückt, was seine Phantasie nur Großes und Erhabenes zu erfinden vermochte.

Was lag daran ob nur Bambusstäbe das leichte Dach von Pandanusblättern stützten, nur feingeflochtene Matten und selbstgewebte Tapa den inneren Raum zierten und verhingen — was lag daran ob die Häuptlinge aus einfachen Calebassen ihren Brodfruchtpoe verzehrten und den Saft der Cocosnuß dazu tranken, sie waren die von Oro beschützten Fürsten, und der Grund schon heilig, den ihr Fuß betrat.

Und jetzt? — Der Verkehr mit den Europäern hatte die alten einfachen Sitten der Insulaner verdrängt — die Missionaire, anstatt sich ihrem einfachen Leben anzupassen, lenkten die Gier dieser sonst so anspruchslosen bescheidenen Wesen auf die fremden Sachen die sie in Masse mitgebracht; der Schutz der Könige selber ward durch Geschenke — tolles Zeug das nur bunt drein schaute und zu weiter Nichts diente als den Platz ungemüthlich, unheimlich zu machen auf dem es stand — zu erhalten gesucht, und wie sich die Fürsten mehr

94

den Fremden hingaben, deren eigenthümliche Geschenke sie gewannen, wie sie von ihrer Höhe niederstiegen und ihre Götter selbst zuletzt gegen Glasperlen und andere bunte Sachen eintauschten, einen anderen Gott anzuerkennen, den ihnen jene schwarzen finsteren Männer brachten, da war die königliche Macht dahin, wenn auch der äußerliche Prunk noch blieb, ja für den Augenblick, wie das letzte Aufflackern einer Lampe, vielleicht noch auf kurze Zeit erhöht und verstärkt wurde.

Was die Königliche Majestät auf den Sandwichs Inseln, wo Republikanische Missionaire zuerst Gottes Wort hinüberbrachten, erhob, daß nämlich die Glieder der Königlichen Familie, besonders die Frauen[G] der Christlichen Religion anhingen, und sie mit dieser Macht auch das Volk dahin brachten sich zuletzt, wenigstens äußerlich, dem neuen Cultus zu unterwerfen, das hatte auf den Gesellschaftsinseln, wo die Priester einer Monarchie zuerst mit dem Kreuz und der Bibel landeten, die entgegengesetzte Wirkung in dem starren Trotz den die Pomaren, in ihren Herzen wenigstens, von je der Christlichen Religion entgegensetzten, bis in späteren Jahren, und auch eigentlich erst durch Krankheit geknickt und in der Hoffnung mit Hülfe der Weißen die Zügel seiner Regierung wieder fester in die Hand nehmen zu können, der zweite Pomare zur christlichen Religion übertrat, sonst aber seine Sitten, und sehr wahrscheinlich auch im Inneren seinen alten Glauben, ziemlich beibehielt.

Die Fürsten, die man bis dahin für übernatürliche Wesen gehalten, wurden Menschen, die Götter, die bis dahin die Schicksale der Völker regiert und die Hand gehalten hatten über Land und See, wurden zu Stücken Cocosholz, — der Glaube, die Furcht, ja das Schlimmste von Allem, die Liebe des Volkes war ein Wahn, ein schöner Traum gewesen, und daß eben das Volk dann zu Extremen übersprang, läßt sich denken.

Das schlichte Bambushaus, zu dem der Tahitier sonst als dem Herrschersitz seiner Könige mit scheuer Ehrfurcht aber auch mit Liebe aufgeblickt, war verschwunden, und an dessen Statt stand ein Europäisches Gebäude mit Schindeln gedeckt, mit Verandah und Treppe, mit Thüren und Glasfenstern da, die Wände dicht und der kühlen Seebrise undurchdringlich, das Dach fremd und unnatürlich in die schlanken Palmen hineinstarrend — das Innere dabei wild und geschmacklos mit bunt und toll durch einander geworfenen Geschenken verschiedener Schiffe und Länder ausgeschmückt oder eher verstellt, mit Porcellan und Glas, mit Bronze und Messing, versilberten Leuchtern, vergoldetem Schmuck, mit Servicen und Geschirren, so geschmacklos als verwirrt geordnet oder besser gesagt aus dem Weg gestellt.

Die natürliche Majestät des Ganzen war gewichen und eine gezwungen gekünstelte jetzt nicht mehr im Stande selbst in den Augen des Eingeborenen zu imponiren. Die Ehrfurcht deshalb, die er dem schlichten Bambus und der einfachen Tapa gezollt, und die sich selbst auf die Pandanus-Matte erstreckte die der Fuß berührte, weigerte er dem kostbaren Teppich und all jenen tausend und tausend »Kostbarkeiten,« die er staunend anstarrte, an denen er aber kalt, ja nicht selten mit einem Lächeln auf den Lippen, vorüberging. Er kannte die Quelle aus der es floß, Pomare ging nicht mehr mit Oro Hand in Hand und vor dem neuen Gott, wie ihnen die fremden Lehrer oft und oft gesagt, waren ja alle Menschen gleich — das Bischen Staat dabei hatten die Fremden mitgebracht, als Geschenke festen Fuß auf den Inseln zu fassen, es war Nichts darunter, vor dem man hätte Ehrfurcht haben können.

Und rücksichtslos wie der Menschen Hand an dem

Hermelin der Majestät gerissen, und nach der Krone schon die Faust ausgestreckt, die Aimatas Stirn umzog, so hatte der Sturm in seiner tobenden Lust auch seinen Muth an dem geweihten Platz gekühlt und hineingegriffen in das Heiligthum.

Wo eine Anzahl dichter herrlicher Palmen auf etwas offener Stelle wachsend, früher das Bambushaus der Königin überschattet, und einander dabei zugleich Schutz und Schirm bieten konnten gegen die tollen Windgeister, die zu Zeiten über die Berge rasten, da hatten die meisten dieser stattlichen Bäume, dem größeren Gebäude Raum zu geben, weggeschlagen werden müssen, und die einzelnen, zurückgebliebenen, waren nicht mehr im Stande dem wilden West zu trotzen, wenn er den rasenden Ansprung nahm gegen sie, die wehenden Blätter ihrer Krone faßte und die Wipfel niederbog, scharf und gewaltig, bis fast zum Boden hin. Hei wie sie da oft zurückschnellten, in Grimm und Unmuth, dem tobenden Sturm gerad' in die Zähne, und die wehende Krone schüttelnd in zornigem Trotz; vergebens — wieder und wieder sauste die Windsbraut heran, faßte die mächtigen Bäume und drückte sie in ihrem tollen Spiel zur Erde nieder bis sie die herrlichste geknickt und mit schwerem Fall zu Boden geschmettert, weit und zerstörend hinein in Banane und Brodfruchtgarten. Und dann, wie ein unartig Kind, das sein Spielzeug zerbrochen und bei dem Fall schon die Strafe fürchtet, brauste der Sturm und tobte dahin, über die mächtigen Waldeswipfel, daß sein Rauschen und Donnern weit hinein drang in Berges Schlucht und Hang; aber am Bo den lag die Palme zerknickt und todt, der starre aufgespaltene Stamm kahl und vorwurfsvoll zum Himmel deutend, und der Wipfel selbst ein traurig Bild zertrümmerter, königlicher Kraft — so viel sprechender hier, an der Schwelle der Pomaren.

Und wie der Sturm schwieg, wogte und drängte draußen

das Volk in wilderem unaufhaltsamerem Schwarm, zum ersten Mal wieder eine Macht fühlend, die ihm bis jetzt genommen, zum ersten Mal wieder von denen aufgefordert selbstständig zu handeln, die bis jetzt mit ängstlicher Sorgfalt jeden ihrer Schritte überwacht, und die Bibel drohend entgegengehalten jedem freieren, kraftbewußten Wort.

Das Volk sprach, und der Palast lag verödet; die Thüren standen offen, oder schlugen im Zug hin und wieder, die im Inneren angebrachten Europäischen Vorhänge und Gardinen flatterten und wehten unordentlich aus, und die Eïnanas Pomares, die dienstthuenden Hoffräulein der Fürstin selber hatten sich in Furcht und Neugierde theils mit hinaus an den Strand gedrängt, das fremde Schiff und das erregte Volk zu sehen, theils standen sie mit flatternden Locken und Gewändern über die Verandah zerstreut, ihrer Pflichten nicht weiter achtend, sich ihre Hoffnungen und Befürchtungen mitzutheilen.

Pomare war in ihrem Gemach allein und die Königin stand, an ein Fenster gelehnt, die linke Hand auf eine geöffnete Bibel, die neben ihr auf einem kleinen Tischchen lag, die Stirn sinnend in die rechte Hand gestützt, regungslos und schaute in tiefem Brüten hinaus über die zerschüttelten Baumwipfel, die ihre Zweige noch nicht wieder zurechtgefunden aus dem kaum vorübergebrausten Sturm, und wie ängstlich die weiten grünen Arme ineinander rankten, einem noch immer mißtrauisch befürchteten neuen Anprall zu begegnen.

Es war eine schlanke edle Gestalt, mit nicht gerade schönen aber doch wohlthuenden Zügen, und besonders feurigem lebendigem Auge, dessen Brauen sich nur jetzt, in Sinnen und Unmuth vielleicht, fester und härter zusammengezogen wie es sich sonst mit den voll und freundlich geschnittenen

Lippen vertrug. Sie ging ganz in die Landestracht gekleidet, nur daß kostbarere Stoffe ihre Gestalt umschlossen, — der pareu war von feinem gelb und roth gestreiften und mit kleinen Silberblumen durchzogenem Gewebe, und der obere, erst nach der Bekanntschaft mit den Europäern angenommene weite und vorn bis zum Gürtel offene Rock, der nur am Handgelenk durch zwei Perlmutterknöpfe zusammengehalten wurde, war von schwerer blaßrother Seide, um die Hüften durch eine goldene emaillirte Spange zusammengehalten. Die Haare trug sie in natürlichen Locken, durch die aber, vielleicht ein wenig kokett auf die Krone anspielend, ein schmaler goldener Reif gezogen war, vortrefflich gegen die rabenschwarze Fülle der Locken abstechend, die ihre Stirn umspielten. An den Fingern blitzten zwei etwas starke, goldene Ringe, der den Eingeborenen überhaupt liebste und ehrenvollste Schmuck; ihre Füße aber waren nackt.

Viele Minuten lang blieb sie in der beschriebenen Stellung, starr und regungslos und nur manchmal war es, als ob sie ungeduldig hinaushorche nach dem dumpf selbst bis zu ihr herüberwogenden Lärm, indeß die Finger der linken Hand bewußtlos in dem heiligen Buche blätterten.

»Sie kommen, Pomare, sie kommen,« rief da plötzlich Eines der Mädchen, den Kopf eben nur zur Thür hereinsteckend und dann wieder, gerad so rasch verschwindend.

»Aramai, Eina!« rief aber die Königin, sich zornig nach der Thür herumdrehend, in der jetzt, etwas beschämt, das junge schöne Mädchen wieder erschien und schüchtern stehen blieb — »ist das jetzt Sitte hier bei mir geworden, daß Ihr draußen herumlauft, Ihr Tollen, und eben zu mir hereinstürmt und mir Euere Botschaft unter das Dach ruft, als ob ich herübergeweht wäre von den Inseln zu windwärts? — wer kommt? waihine und wo sind Deine

Gefährtinnen?«

»Tati, der Häuptling, Pomare, mit dem weißen bösen Ferani,« sagte das Mädchen etwas ängstlich — »und noch viele viele andere Tanatas.«

»Und die Eïnanas?«

»Stehen draußen und sehen hinaus.«

»Was will Tati von mir?« frug die Königin finster, mehr mit sich selbst redend als zu dem Mädchen gewandt.

»Böse Ferani ist bei Mitonares gewesen,« sagte da das Mädchen leise und schnell — »hat sich gezankt mit Mitonares und kommt jetzt zornig und bös zu Pomare.«

Ein verächtliches Lächeln zuckte um Pomares Lippen, daß die Eïnana den Ferani fürchtete, aber die Botschaft selber beunruhigte sie doch. Der Französische Consul verkehrte nie mit den Protestantischen Geistlichen, die ihn, wie er recht gut wußte, haßten und verabscheuten — was hatte er dort zu thun, wenn nicht jene etwas gegen ihn, gegen seine Nation unternommen, und warum wußte sie noch Nichts davon?

»Die Mitonares haben das Englische Schiff gesehen und glauben sich nun Herren dieses Landes,« murmelte sie leise vor sich hin — »aber noch nicht — noch nicht — und das Alles sagt die Bibel, Alles, Alles was sie wollen.«

Lautes Sprechen auf der Verandah drang von dort herein, und die Eïnanas, die bis jetzt draußen herum gestanden, schlichen leise in's Zimmer, während Eine von ihnen die Ankunft des »Ferani Me-re-hu« mit Tati dem Häuptling meldete. Noch ehe aber Pomare nur die Erlaubniß seiner Einführung geben konnte, wurde die Thür wieder, mehr aufgerissen als geöffnet, und der Consul betrat rasch von

Tati langsam und wie scheu gefolgt, das Gemach.

»Habt Ihr die Sitte verlernt, Consul Me-re-hu!« rief ihm aber Pomare gereizt entgegen, noch ehe er den Mund öffnen konnte zu seiner Vertheidigung, »daß Ihr zu einer Frau — daß Ihr zu Pomaren in das Haus dringt, als ob Ihr daheim wäret in Eurer eigenen Hütte? — noch haben Euere Kriegsschiffe meinen armen Thron nicht umgeworfen, und Euere Soldaten mein Volk erschlagen, oder Euere Priester es bethört — geht fort von hier, Ihr seid ein unruhiger böser Mann — und was will Tati von seiner Königin, daß er mit dem Fremden über ihre Schwelle bricht, wie ein Dieb bei Nacht?«

»Nicht meinetwegen komme ich, kommt Tati hier zu Dir, Pomare!« unterbrach sie hier Mörenhout, ohne Tati Zeit zu geben, sich selber zu vertheidigen — »Deinet-, Deines Reiches wegen sind wir hier, das Deine tollen Priester im Begriff sind zu verderben.«

»Consul Me-re-hu!« rief Pomare entrüstet.

»Ja Pomare!« fuhr aber der Franzose in zornigem Eifer fort, »und wiederholen muß ich's Dir, daß Deine Priester in diesem Augenblick selbst daran arbeiten den Bruch unheilbar zu machen, den sie zwischen diesem Land und Frankreich reißen. Auf die Bibel gestützt, der sie in blindem Eifer, nicht rechts nicht links sehend, anhängen, predigen und schreien sie daß sie dieser folgen, während es im Grund nur ihre eigene starrköpfige Meinung ist, der sie das Banner vorantragen. Gottes Zorn wollen sie dabei in ihrer Macht haben, während in ihrem eigenen Lager Unfriede, Streit und Feindschaft, Neid und Habsucht herrschen.«

»Und seid Ihr nur hier hergekommen meine Prediger und Gottes Wort zu lästern, Consul?« frug die Königin kalt.

»Hierher gekommen Dich zu bitten ihren Uebermuth zu

steuern!« rief Mörenhout, »Dich zu warnen ihrem Einfluß, der der Französischen Nation ein durchaus feindlicher ist, gerade jetzt, wo sie in kurzsichtigem Triumph den Sieg in Händen zu haben glauben, nicht zu viel Raum zu geben.«

»Warnen,« wiederholte Pomare verächtlich, und drehte dem Consul halb den Rücken — »und was sagt Tati? hat der erste Häuptling Tahitis dem Fremden das Wort überlassen?« fuhr sie aber rascher fort als sie diesen mit verschränkten Armen und finsterem Blick still zur Seite stehen sah.

»So lang er das rechte spricht, warum nicht?« sagte der Häuptling ernst — »es ist dasselbe um das ich Pomare bitten wollte — er hat es Dir kund gethan.«

»Und was wollt Ihr von mir?« rief die Königin, jetzt wirklich beunruhigt durch das ernste Aussehen der Männer, »was ist geschehen, was haben die Mi-to-na-res gethan?«

»Die Mi-to-na-res thun nie etwas,« sagte der Consul, aber jetzt weit ruhiger als vorher, »sie stecken sich nur hinter die Masse, reizen mit ihren Reden das Volk auf, und sind dann unschuldig wie die Kinder, wenn der Saame aufgeht, den sie erst selbst gepflanzt.«

Die Königin machte eine ungeduldige Bewegung und Tati, der wohl sah daß der Consul, in seinem Zorn über die Missionaire gar nicht zum Hauptpunkt kam, fiel da ein:

»Sie sind unklug genug das Volk dazu zu treiben, daß es die Französische Flagge niederreißt.«

»Und welches Recht hat sie, hier zu wehen?« frug Pomare rasch.

»Dem mit Dir selbst geschlossenen Vertrage nach!« rief der Consul.

Tati biß sich auf die Lippen und entgegnete nur trocken:

»Das Recht des Stärkeren, ich weiß von keinem anderen.«

»Von keinem anderen?« frug der Consul erstaunt, und drehte sich rasch nach dem Häuptling um — »habt Ihr nicht selber mit den Vertrag unterschrieben, der ihm es sichert?«

»Eben weil Ihr die Stärkeren seid habt Ihr das Recht,« sagte der Häuptling finster, »denn der Vertrag war in anderem Sinne, als Ihr ihn auszubeuten wünscht, und wäret Ihr ein kleines Reich wie wir, würde die Frage gar nicht sein um ja und nein, die Kriegskeule möchte dann entscheiden welches Landes Flagge in der Brise flattern dürfte. So aber, und weil mir ahnt was Ihr begehrt, nicht etwa weil ich ein Freund des Königs der Feranis bin, komme ich hierher und verlange von Dir, Pomare, das Volk zurückzuhalten, daß es nicht muthwillig wieder fremden Schiffen die willkommene Gelegenheit bietet die Hand nach diesem Reiche auszustrecken. Die Priester tanzen um ihr Heiligthum und sehen in die Flamme — bis sie eben nichts weiter sehen und für alles Andere, was außer ihnen vorgeht, blind sind; was kümmert sie Pomare oder Tahiti, wenn sie Leute finden die in ihrem großen Buch lesen und ihnen Früchte und Cocosöl bringen. Kaufleute von dem Lande der Feranis sind gekommen und sie haben Nichts gesagt — Priester kommen jetzt von dort, und sie schreien daß Gott das Land mit Feuer und Schwefel ausrotten würde; warum? weil die anderen Priester auch Ferkel haben wollen zum Backen, und Brodfrucht zum Rösten — weil sie auch Worte eintauschen wollen gegen Körbe voll Früchte und Hühner und Schweine.«

»Aber wie kann ich's hindern?« sagte Pomare unschlüssig — »Ihr wilden Männer selber habt mich in ihre Hände gegeben, mit Euerem Zorn und Ehrgeiz, und ich will mich dem Ferani nicht beugen.«

»Und wer sagt daß Du es sollst?« rief Tati schnell — »aber eben so wenig der Flagge der Beretanier.«

»Die frommen Männer künden das Wort Gottes, nicht Beretaniens,« entgegnete Pomare.

»Ei beim Donner, laß sie das denen sagen die es glauben!« trotzte der Häuptling — »ihr eigener Bauch ist ihr Gott, und die Bibel halten sie vor, ihn zu verstecken. Waren die Häuptlinge in alten Zeiten den Göttern oder den Priestern unterthan? und wäre der neue Gott so wenig mächtig, daß wir vor sei nen Dienern nur allein die Furcht und Ehrfurcht haben sollten?«

Die Königin wollte reden, aber das Wort gebrach ihr in dem Augenblick, dem zu erwiedern, und der Häuptling fuhr mit ruhiger, ja fast bewegter Stimme fort:

»Ich weiß daß sie alle Deine guten Eigenschaften, aber auch all Deine Schwächen in das Feld gerufen haben, ihnen zu dienen; Dein gutes Herz gewann Dich ihrem Gott, Dein Stolz, das Erbtheil Deines Stammes unterstützte sie in dem Kampf mit Deinen Feinden. — Sieh mich nicht so an, Pomare, ich gehörte nie dazu, und wenn auch das Blut meiner Väter, der alten und rechtmäßigen Fürsten dieser Inseln in meinen Adern rollt, und mich Deinem Stamm gegenüberstellte, hab ich Dich selber stets geachtet und — verehrt; aber weh, tief im Herzen weh thut es mir den Häuptlingsstab aus unserer Faust gerissen zu sehen, nicht eine andere würdige Hand zu schmücken, sondern einer Schaar Fremder zum Stock zu dienen, mit dem sie ihre Heerde zusammentreiben. Mit Zorn und Schmerz füllt mich der Gedanke jene finsteren Priester in unserem schönen Lande herrschen zu sehen, weil wir selber nicht einmal den Muth hatten, uns nur einander die Hand zu reichen.«

»Aber ihre Religion ist die des Friedens,« sagte Pomare.

»Und ihre Worte, ihre Lehre die des Kriegs!« rief der Häuptling mit wieder zusammengezogenen Brauen — »was auch stehen sie zwischen uns, wer gab ihnen das Recht zu entscheiden und zu richten in diesem Land? — die Bibel? — wir haben sie jetzt selber, nicht i h r Verdienst ist es daß sie hier hergekommen, wenn sie selber überhaupt Wahrheit ist, denn die Priester beweisen aus ihr, daß sie Gott selbst gesandt. So nimm die Zügel wieder in die Hand, Pomare, wähle die, so es gut und redlich mit dem Lande meinen, die aber auch an dieser Küste geboren sind, zu seinen Richtern, und hier mein Wort, meine Hand, daß Tati nie ein Korn von Eifersucht mehr in seinem Herzen nähren und Dir treu und ehrlich zur Seite stehen wird mit besten Kräften.«

»Sag es ihm zu, Pomare, er meint es gut mit Dir,« bestätigte hier der Franzose des Häuptlings Worte, die Königin aber, die schon halb unschlüssig gestanden, und den Blick, wie im inneren Kampf an den Boden geheftet hielt, sah plötzlich zu dem Fremden auf und sagte finster:

»Dein Rath, Me-re-hu, hat noch nie diesem Lande gut gethan; Du sprichst nicht mit Tati, indem Du für ihn sprichst.«

»Ich verstehe Euere Wortspiele nicht,« sagte der Consul unwillig, den die Zurückweisung der Indianerin verdrossen — »aber ich weiß daß es Tati gut mit Dir meint, und daß ich selber in diesem Augenblick weniger im Interesse Frankreichs als dem Deinigen spreche — willst Du Nichts wissen davon, so thue meinetwegen was Du nicht lassen kannst, schreib Dir dann aber auch selber die Folgen zu.«

»Ich habe bei dem was ich je beschloß noch nie die Folgen gefürchtet,« sagte Pomare ruhig — »aber was wollt Ihr daß ich thue, was ich verhindern soll? — Ihr sprecht Beide wild auf mich ein und macht mich irre, anstatt mich aufzuklären.«

»Verhindern sollst Du,« rief der Consul da, »daß Deine Leute, in Deinem Namen die Flagge Frankreichs niederreißen und die Deinige dafür wehen lassen.«

»Und wessen Flagge hat das meiste Recht dazu?« frug Pomare, dem Französischen Consul fest in's Auge sehend.

»Das meiste Recht die Deine, allerdings,« fiel aber hier Tati ein, ehe Mörenhout etwas darauf erwiedern konnte, »aber nicht die meiste Gewalt, Pomare, und nicht muthwillig sollst Du Dir einen Feind schaffen, wo Du Dir keinen Freund dafür gewinnst, Dir beizustehen.«

»Habt Ihr das Englische Schiff gesehen?« frug Pomare rasch und mit triumphirendem Lächeln — »habt Ihr gesehen, wie es hier einlaufen wollte und nur durch den Westwind und die Brandung daran verhindert wurde? — wißt Ihr was es bringt?«

»Nein, so wenig wie die Mitonares,« sagte Tati unwirsch, »die Schwarzröcke behaupten freilich es brächte mit seinen Kanonen Frieden für diese Inseln, aber ihre Köpfe reichen auch nicht höher als die unseren, und sie können nicht sehen was im Bauch des Schiffes liegt, ob Frieden, ob Krieg, oder wahrscheinlicher noch volle Gleichgültigkeit wie wir es treiben hier auf den Inseln. Was wissen die Capitaine solcher Schiffe von der Politik unseres oder ihres Landes, wenn sie nicht ganz besonders abgeschickt werden? so wenig wie unsere Fischercanoes wissen, was Pomare denkt oder thut.«

»Aber wenn die Mitonares nun doch recht hätten?« sagte Pomare, mit einem halb triumphirenden Seitenblick auf den Französischen Consul.

»Du zögerst hier mit solchen Vermuthungen,« rief aber

dieser jetzt ungeduldig, »bis draußen geschehen ist, was wir hier verhindern wollen; hörst Du den Lärm, das Toben Deiner frommen christlichen Unterthanen? — wenn die französischen Kugeln hier herüberschmettern, wirst Du zu spät bereuen unsere Bitten nicht erhört zu haben.«

»Nennt Ihr das bitten, wenn Ihr mit Kanonen droht?« rief unwillig Pomare.

»Und weisest Du uns ab?« frug Tati leise.

»Nein Tati, nein,« sagte Pomare schnell, sich zu ihm wendend und seine Hand ergreifend, »gehe Du nicht fort im Unmuth von hier, denn ich fühle wie schwer es Dir geworden zu mir zu kommen. Ach wenn wir selber unter einander einig wären, wenn nicht Neid, Haß und Eifersucht uns entzweite, wir könnten ein festes Reich bilden, selbst gegen den stärksten Feind. Unsere Berge sind hoch, unsere Schluchten steil, und daß unsere jungen Leute kämpfen können haben sie in früheren Schlachten bewiesen; aber wie die Religion unsere Familien entzweite, und den Bruder gegen den Bruder in den Kampf rief, so hat ein Mißverständniß jetzt vielleicht auch die Stämme selber einander entfremdet, und Pomare wird nimmer die Hand zurückstoßen, die sich ihr freundlich entgegenstreckt — nur der Drohung kann ich nicht weichen, vielleicht weil ich eine Frau bin, und mache Du mir denn Vorschläge, wie wir am Besten einig und friedlich zusammen stehen, ohne aber auch dem Ferani einen Rang zu gönnen der ihm nicht gebührt, den ich nicht von ihm gefordert habe — unser Beschützer zu sein.«

»Der da oben im Himmel wohnt, wie auch sein Name sein mag,« sagte Tati ernst, »weiß daß ich dem Ferani nicht seiner selbst wegen die Hand geboten, die stolzen Mitonares trieben mich dazu; aber willst Du mit Deinem Volk Hand in Hand gehen, so laß jetzt kein eigenmächtig tolles Handeln den Fremden beleidigen, bis wir uns friedlich mit ihm verstanden. Was unsere Eifersucht hier gefehlt, kann jetzt noch die Eifersucht der beiden fremden Nationen, der Beretanis und Feranis, wieder ausgleichen, wir haben beider Gierde gleich zu fürchten.«

»Die Beretanis haben uns noch nie gedroht,« sagte Pomare.

»Ich will nicht urtheilen über sie — ich kenne sie nicht,« sagte der Häuptling finster, »aber je mächtiger sie sind, desto mehr entfernt haben wir uns von ihnen zu halten — der Hai theilt keine Beute mit dem Delphin.«

»Ich habe nicht befohlen der Fremden Flagge niederzureißen,« sagte Pomare nach kurzem Sinnen — »sprich mit den Mitonares, Tati, sie werden es nicht dulden.«

»Die Mitonares,« sagte der Häuptling höhnisch, »und zu ihnen schickst Du mich, Dein Reich zu regieren, vielleicht bei ihnen anzufragen, was sie für gut finden zu thun, ob Pomare herrschen soll oder ein Priester auf Tahiti? eher möge die Zunge hier verdorren.«

Wilder tobender Lärm und lautes Jauchzen scholl in diesem Augenblick zu ihnen herein, und ein Läufer der Königin, der oben über Papetee postirt gewesen, den Lauf des fremden Schiffes zu bewachen, kam, unterwegs schon die frohe Nachricht verbreitend, jetzt zurück, Pomaren zu melden daß das fremde Kriegsschiff, von den Riffen frei, gewendet habe, und nun Segel setze den Hafen, so wie der Westwind nachlasse, zu erreichen. Zugleich aber wurden auch draußen Stimmen laut und der ehrwürdige Mr. Rowe, von dem Bruder Brower gefolgt, öffnete, ohne vorher eine Meldung für nöthig zu halten, rasch die Thür, auf deren Schwelle er jedoch überrascht stehen blieb als er die beiden, seinen Interessen so feindlichen Männer hier erblickte.

»Pomare mag der freudigen Botschaft verzeihen,« sagte

rasch gefaßt und mit einem freundlich demüthigen Ausdruck in den Zügen, trotzdem aber auch mit einem rasch vorübergehenden, aber doch scharfen und etwas boshaften Seitenblick auf den Consul Frankreichs, der ehrwürdige Mr. Rowe, indem er nach den vorn hinausführenden und jetzt verhangenen Fenstern zeigte, »da draußen wogt und drängt ein fröhliches, glückliches Volk, ein Volk dem heute sein bedrängter Glaube wiedergegeben.«

»Was giebts, was ist es?« frug die Königin schnell.

»Einzelne wollen auf dem Englischen Kriegsschiff das wieder gewendet hat und hier her zu steht,« fiel Bruder Brower in die Rede, »neben der Englischen die Tahitische Flagge erkannt haben.«

Der Königin Augen glänzten in befriedigter Eitelkeit, und ihr Blick flog rasch von Tati auf den Consul Frankreichs hinüber, der aber nur den Missionair scharf beobachtete und aus dessen Zügen die Wahrheit oder versteckte List herauszulesen suchte — es war ihm unwahrscheinlich daß ein Englisches Kriegsschiff, noch Meilen weit vom Hafen entfernt, die Landesflagge eines so kleinen Inselstaates neben der eigenen Flagge hissen sollte, — und was dann war der Zweck einer solchen Erfindung?

»Einzelne?« wiederholte er fragend, das Wort scharf betont, »und darüber erheben die Kanakas draußen einen solchen Lärm, daß Einzelne irgend ein Privatsignal des Kriegsschiffes für die Tahitische Flagge genommen haben?«

»Das Volk begrüßt den Freund und Beschützer seines Glaubens,« erwiederte der Geistliche, halb abgewendet von dem Consul, dem eigentlich die Erwiederung galt — »es weiß sich jetzt frei von jeder Angst und Besorgniß, und hat keinen Feind weiter zu fürchten.«

»Gott schütze es vor seinen Freunden!« sagte Mörenhout finster.

»Wir können gehen, Me-re-hu!« sagte Tati, der indessen an die verhangenen Fenster getreten war, und den Vorhang zurückgeschoben hatte, während er nach außen deutete, »da seht.«

Alle wandten sich dorthin, wo am Strand ein bunter Zug von Männern und Mädchen, hie und da mit englischen Matrosen gemischt, niederwogte, voran dem Zuge aber sprang ein halbnackter Bursche, jubelnd und jauchzend die zerrissene Französische Flagge tragend, die er um den Kopf schwenkte und mit wilden Gesticulationen, denen das Beifallsgetobe der Menge nicht fehlte, eine ihrer gewöhnlichen Hymnen, die natürlich zu Volksmelodieen geworden waren, sang, und sich nur dazu seine eigenen Worte extemporirte.

»Ich glaube fast daß die Leute Herrn Mörenhout suchen,« sagte der ehrwürdige Bruder Rowe mit einem nichts weniger als ehrwürdigen Lächeln, »ihm die Reste seines Reiches zuzustellen.«

»Alles Blut das dieser Handlung folgt komme über Sie und Ihre Genossen!« rief aber der Consul mit zornblitzenden Augen, und verließ rasch das Gemach.

Tati zögerte noch, er sah nach der Königin hinüber, aber Pomare hielt, in Schaam und Unmuth, den Blick an den Boden geheftet, und sah nicht zu ihm auf: da seufzte der Häuptling tief tief auf, und verließ, ohne den Priester auch nur eines Blickes zu würdigen, langsam das Haus. Der Prediger aber faltete die Hände, und die Augen zur Decke erhebend begann er, ohne die Gegenwart Pomares weiter zu beachten, mit lauter und brünstiger Stimme ein Dankgebet, des Inhalts, daß Gott die Götzenbilder nun zerstöret hätte mit mächtiger Hand, den Feind ausgetrieben, der seinen Namen verleugnet, und Hülfe gesandt habe seinem Volke in der Noth, es zu erlösen von der Gefahr und frei und glücklich zu machen in Seinem Glauben.

Pomare unterbrach ihn mit keiner Sylbe, und während sich die mit den Missionairen hereingekommenen Eïnanas leise und geräuschlos der Thür zuschoben und durch dieselbe verschwanden, den lärmenden Zug draußen mit anzusehen, der ihnen interessanter war, als das Gebet des finsteren Mannes, stand Pomare still und regungslos und nur ihr Blick hob sich endlich langsam und scheu zu dem Antlitz des fanatischen trotzigen Priesters, der hier Demuth gegen Gott heuchelte, dessen eigene Gebote der Liebe und des Friedens er eben mit Füßen getreten.

»Wer gab den Befehl, die fremde Flagge niederzureißen?« sagte sie endlich mit leiser, vor innerer Bewegung zitternder Stimme, als der Betende schwieg und die Blicke nur noch wie in Verzückung an der Decke haften ließ.

»Der Herr,« antwortete der Geistliche mit vertrauungsvoller Stimme, ohne den Blick zu der Fragenden niederzusenken — »Deine Feinde sind geworfen, Pomare, denn der Herr ist mit Dir!«

Pomare biß sich auf die Lippen, sie rang mit sich dem Priester gegenüber als Königin aufzutreten, den Fremden fühlen zu lassen daß er mit der Fürstin dieses Landes spräche, in deren Zimmer er sich gedrängt und deren Reich er nicht der Bibel, nein sich selber und seinen Genossen unterworfen hatte; aber die alte Scheu vor dem Uebernatürlichen, als dessen Vertreter sie die finsteren Fremden sah, war auch selbst jetzt zu stark, und sich abwendend sagte sie nur mit zitternder, tief erregter Stimme:

»Gott gebe es; aber ich fürchte Ihr habt nicht gut gethan.

Mein Volk ist entzweit, mein Reich bedroht, und was bin ich selber schon, wenn erst fremde Kriegsschiffe sich um die Oberherrschaft dieser Insel streiten? — Nein, nein,« rief sie rasch, als der Geistliche schon die Hand zu neuer Rede hob, »sprich mir nicht jetzt wieder all Deine schon so oft gehörten Klagen und Drohungen — sage mir jetzt nicht die Verse Deines Buchs, das Du bis auf den letzten Buchstaben auswendig kannst; ich begreife Dich doch nicht und mein Herz ist jetzt recht voll und schwer — ich fürchte mir ist heute ein großes Leid geschehen, und hättest Du mich mit Tati versöhnen lassen, es wäre besser für Tahiti gewesen. Geh jetzt, da draußen seh' ich Deine Brüder — ich glaube sie wollen zu mir, aber ich will sie jetzt nicht sprechen, die Zeit muß entscheiden ob Ihr bös gethan habt oder übel, aber mir ist recht traurig zu Sinn. — Geh' jetzt, sag' ich,« rief sie entschiedener, als der geistliche Herr sich noch immer nicht abweisen lassen wollte, und ihr Fuß stampfte zornig den Boden — das Blut der Pomaren gewann die Oberhand.

»So möge Dich der Herr erleuchten,« sagte der fromme Mann, »möge Dir seinen Frieden geben und Seine Sanftmuth und Dich erkennen lassen was er an Dir gethan in Seiner Liebe und Herrlichkeit — Amen.« Und mit gefalteten Händen und vorwärts geneigtem Haupt verließ er langsam das Gemach. Pomare aber schloß die Thür, stützte die Stirn in ihren Arm und weinte bitterlich.

Draußen indessen hatte ein wilderes Spiel stattgefunden, als selbst Mörenhout vermuthet; von den Missionairen war nämlich der ehrwürdige Bruder Smith mit nach der über Papetee ausstreckenden Landzunge gegangen, dort die Bewegungen des fremden Kriegsschiffes rascher und deutlicher übersehen zu können. Mit einem guten Glas bewaffnet erkannte er denn auch bald daß das Schiff plötzlich wieder beidrehte und trotz des noch hohen Seegangs, und nur erst einmal von den Klippen frei, wieder Segel auf Segel setzte, nicht einen Fußbreit mehr aufzugeben, als es gezwungen war. Jedenfalls schien es nach Papetee bestimmt, dem es auch wieder zuhielt, und neben der noch wehenden Flagge stiegen jetzt mehre Signale auf, von denen eines allerdings der Tahitischen Flagge glich, auf die Entfernung hier aber kaum genau bestimmt werden konnte.

Die Missionaire sind von je her nicht ihrer nautischen Kenntnisse wegen berühmt gewesen, wie sie denn auch, um das Kap der guten Hoffnung die Inseln erreichend, den Tag nicht zählten den sie auf dem 180sten Grad von Greenwich aus gen Osten segelnd, gewannen, und den Insulanern den Sonnabend für den Sabbath brachten, wodurch später eine heillose Confusion entstand. Ob nun Bruder Smith auch hier die Tahitische Flagge wirklich zu erkennen glaubte, oder ob er seine sonstigen Absichten dabei hatte den ihn umstehenden Insulanern eine, wie er sich wohl denken konnte, freudige Nachricht mitzutheilen, kurz von ihm zuerst ging das Gerücht aus, das Englische Kriegsschiff das wieder auf den Hafen zu halte, zeige die Tahitischen Farben, und das genügte natürlich, dem jauchzenden Volk die frohe Kunde zu bringen daß die Schiffe der Beretanier ihnen beistehen würden gegen den jetzt gebrochenen Uebermuth der Wi-Wis — wie sie nun wieder trotzig und lachend genannt wurden.

Von Mund zu Mund lief die Mähr, und wie das mit allen derartigen Gerüchten ist, wurde bald übertrieben in's Unmögliche. Nicht mehr blos ihre Flagge, ihre Religion zu schützen gegen die Uebergriffe der Papisten, nein auch frühere Unbilden sollte sie rächen. Die Wi-Wis mußten jetzt das Geld wieder herausgeben, daß sie erpreßt, und Pomare

113

bekam von den Beretanis, als Schadenersatz, das Französische Kriegsschiff, die Jeanne d'Arc geschenkt, die gerade im Hafen vor Anker lag. Wie Kinder lachten und schwatzten die Insulaner durcheinander, träumten sich ihre Lieblingsbilder herauf, am hellen Tag und bauten sich Schlösser so bunt und farbenreich in die Luft, daß sie die Zukunft darüber vergaßen und Vergangenheit und, überhaupt nur gewohnt den Augenblick zu benutzen, dem nach auch handelten.

Während ein Theil anfing eine alte Tahitische Hymne nach dem Takte eines weit älteren Englischen Liedes »old hundred« abzusingen, sprang eine andere Gruppe, in ihrer Herzensfreude selbst die Gefahr nicht achtend von den Missionairen dabei überrascht zu werden, zu ihrem Nationaltanz an, und der Klang der Trommel mischte sich mit dem frommen Lied der Singenden in wunderlicher, eigenthümlicher Weise.

Anders aber und wilder gestaltete sich die Versammlung am unteren Theil von Papetee; etwa zweihundert Schritt von da entfernt, wo die Französische Flagge, vor dem Hause des Consul Mörenhout, zwischen einer kleinen Gruppe hochstämmiger Cocospalmen und über ein Dickicht dunkelgrüner Brodfruchtbäume auswehte, hatten sich Einzelne der Missionaire, unter ihnen Dennis und Brower, gesammelt, und sprachen auf dem offenen Platz in lautem Gebet ihren Jubel aus über den Sieg der Bibel gegen das Pabstthum. Viele der angesehensten Häuptlinge standen in ihrer Nähe, unter ihnen Aonui und Teraitane, wie der noch immer halb wilde und trotzige Fanue, und wenn Einzelne auch gern in ihren Jubel mit einstimmten, fraß es Andere wieder am Herzen daß eben fremde Schiffe bei ihnen den Ausschlag geben sollten, und nicht mit Unrecht sahen sie die Priester als die gerade an, die fremden Einfluß herbeigezogen hatten ihre Privatangelegenheiten zu regeln, ihre Gesetze zu bestimmen, und mit einem Wort, ihr Land zu regieren.

»Aufs Neue!« rief da der ehrwürdige Bruder Dennis in seinem glühenden Eifer für das Wohl seiner Kirche, »aufs Neue hat der Herr der Heerschaaren seine Hand ausgestreckt über die Häupter der Gläubigen, und er wird die zum zweiten Mal in diesen Bergen aufgerichteten Götzen zu Boden schleudern, wie er sie das erste Mal seine Macht und Allgewalt hat fühlen lassen. Noch weht da drüben die dreifarbige Fahne der Papisten, noch flattern die feindlichen Farben in der scharfen Brise, aber wie der stürmische West in kurzen Stunden dem stillen herrschenden Passat weichen wird und muß, so wird auch jenes Schiff da, dessen weiße Segel unserer gastlichen Küste jetzt entgegenblähen, unser Land von dem Schimpf reinigen, einer anderen Macht zu gehorchen als der Bibel, einer andern Gewalt unterthan zu sein, als dem Lamm Gottes und dessen unendlicher Huld.«

»Wenn denn das Wehen jener Flagge Euch so entsetzlich härmt,« rief da Fanue, der jetzt bis dicht hinan zu dem Betenden getreten war und mit untergeschlagenen Armen und fest auf einander gebissenen Zähnen den Gesticulationen des frommen begeisterten Redners zugeschaut hatte, »ei zum Wetter, warum faßt Ihr sie nicht und werft sie zu Boden?«

»Das ist unsere Pflicht!« rief aber da, dazwischentretend, der den Missionairen ganz ergebene Aonui — »nur eine Pflicht der Dankbarkeit war es, an die uns die Rede des würdigen Mannes mahnt, England nicht durch das stolze Wehen jener Flagge länger beschimpft zu sehen.«

»England?« rief Fanue laut und trotzig, den Häuptling mit zürnendem Staunen betrachtend.

»Ja England!« wiederholte aber dieser, unbekümmert um

den Zorn seines Landsmannes, »England, das uns zu Menschen gemacht, das unsere Seelen ewiger Qual entriß, und uns die Bibel sandte, die heilige Schrift, das Buch Gottes, Freunde, das Wort von Seinem eigenen Mund diktirt. Wir haben Alles damit erlangt was wir brauchen, und in uns selber zurückgezogen, kann die feindliche Macht unsere Körper tödten, aber unsere Seelen sind unsterblich, und liegen außer ihrem Bereich. Deshalb aber schon wäre es schlecht, wäre es undankbar von uns, das Land, was uns so reich, so glorreich beschenkt, auf unserem Grund und Boden, vor unserer Thüre beleidigt zu sehen, und im Vertrauen auf Jehovas Schutz bin ich bereit, die stolze Flagge, die über Baals Götzendienste weht in den Staub zu werfen.«

»Halt Aonui!« fiel ihm hier, seinen Arm ergreifend, der schon dem Worte die That wollte folgen lassen, der bedächtigere Teraitane in die Rede, »das wäre voreilig und — unvorsichtig gehandelt. Ich schütze den Freund, wenn er abwesend ist und sich nicht selber schützen kann, weshalb jetzt? — England hat seinen Vertreter hier — eine eigene Flagge und zwei große Schiffe, und wenn es sich beleidigt glaubt, mag es selbst die fremde Flagge niederwerfen.«

»Und seine eigene dafür aufpflanzen, nicht wahr?« rief rasch Fanue.

»Die Englische Flagge ist noch stets eine Flagge der Liebe und des Friedens gewesen,« fiel hier freundlich, den Streit der Insulaner zu beschwichtigen, der ruhigere Missionair Brower in die Rede.

»Aber dieß ist Tahitischer Grund und Boden,« zürnte Fanue, »was würde die Königin der Beretanis sagen, wenn wir hinüberkommen wollten in ihr Land, und Pomares Flagge aufpflanzen, auf ihren Wällen? — Sie würde sagen: was wollen die fremden Männer hier in meinem Land?

116

schickt sie fort denn ich habe selber eine Flagge.«

»England hat uns die Bibel gebracht,« sagte aber auch Potowai, ein anderer Häuptling, der hinzutrat, »und wenn ich je ein anderes Land als über uns stehend anerkennen werde, so kann und soll das immer nur England sein.«

»Aber Brüder, liebe Brüder,« rief da Dennis in frommer Begeisterung, »wohin verirren wir uns? — und glaubt Ihr daß wir, Euere Lehrer, etwas anderes wollen können als Euer Wohl? — Handelt es sich denn hier darum, der Englischen Flagge Euch unterthan zu machen, oder Euere eigene von Schmach und Knechtschaft zu retten? — wollen wir Euch denn England unterwerfen, und nicht vielmehr Euch frei machen, im Geist und in der Wahrheit, und keinen Zwang dulden, weder auf Euerer Seele, noch auf Eueren Körpern, als den, den Euch Gottes Liebe selber auferlegt, »denn mein Joch ist leicht,« sagt der Herr. Mit der Einführung aber der fremden Baalsdiener, mit ihren Rauchpfannen und ihrem Bilderdienst, der sich nicht halten konnte hier auf den Inseln, zwischen den frommen Bewohnern, die ihren Gott erst einmal erkannt, ist jene feindliche Flagge aufgerichtet, und nur erst wieder mit ihrer Wegnahme können wir, Euere Lehrer, je wieder hoffen Eueren Geist all jenen feindlichen Eindrücken fern zu halten, der sich jetzt in so gewaltiger Kraft geltend macht.«

»Nun dann werft sie selber nieder!« brummte Fanue trotzig — »weshalb uns dazu brauchen wollen?«

»Das ist kein Amt der Diener Gottes!« sagte da Bruder Brower schnell — »wir haben es stets vermieden uns in die politischen Verhältnisse dieses Reiches einzumischen, und werden jetzt nicht — «

»Das lügst Du stolzer Priester,« schrie ihm aber da der Häuptling entgegen, mit glühenden Augen den trotzig emporfahrenden Missionair messend, während seine Freunde auf einer, die dem Geistlichen anhängenden Eingeborenen auf der anderen Seite dazwischen traten, Frieden zu halten unter den beiden Streitenden.

Der beleidigte Missionair wollte im Anfang, und vielleicht auch mit gereizter Rede etwas darauf erwiedern, Dennis aber ergriff seinen Arm und flüsterte ihm leise einige Worte zu, und selbst wohl das Unschickliche heftiger Worte einsehend, sagte er gleich darauf ruhig und mit milder Stimme:

»Herr vergieb ihm, denn er weiß nicht was er thut!«

Eben diese Ruhe aber reizte den alten greisen Häuptling, und Aonui und Potowai, die ihn zu besänftigen suchten, von sich werfend, rief er laut und trotzig:

»Rolle nur Deine Augen, und wirf Dich in den Staub vor Deinem Gott; mache das Volk dabei glauben daß Du vom Geist erleuchtet, und Dein Mund ein Orakel seines Willens sei — spiele Dein Spiel, wie es Dich freut, aber wolle nicht Männer kirren mit falschem Trug. Dein Gott hat gedonnert und geblitzt, wie es unsere Götter thaten vor ihm, aber er schleuderte seine Donnerkeile zwischen die feis in den Bergen, und die Du seine Feinde nennst, blieben unberührt — sollen wir unser Blut daran setzen, wo er selber seine Waffen nur im Scherze braucht? — wenn wir die Streitaxt aufgreifen, die begraben sein müßte für immer, wenigstens zwischen Euch, wäre Euere ganze Religion nicht eine Lüge, so geschieht es für unser Land, nicht für Eueren Glauben, und Gottes Zorn, ich mag über dem weder die Flagge Beretanis noch der Feranis wehen sehen! Ihr aber« — sich jetzt zu seinen Landsleuten wendend, von denen Einige im stummen Entsetzen und mit emporgehobenen Händen standen, zürnte er laut — »ruft mich, wenn Ihr mich braucht, nur nicht zum Singen und Beten, sondern wenn es gilt, das Vaterland wieder rein zu fegen, von Allem was fremd und feindlich ist, und Fanue ist Euer Mann; aber hierher taugt er nicht!« und mit den Worten, den Tapamantel fester um sich ziehend, verließ er rasch und zornigen Schrittes den Trupp.

»Ein wilder Geist, ein unbändiger Geist, den der Herr erleuchten, und auf ihn das Licht Seiner Gnade recht bald ausgießen möge,« sagte Brower mit einem frommen Blick nach oben, »ich will recht warm und brünstig für ihn beten.«

»So Dich Dein Auge ärgert, reiß es aus!« zürnte aber Dennis, mit dem linken Arm die Bibel, die er damit hielt, fester an sich ziehend, die Rechte dorthin gestreckt, wo der zornige Indianer eben verschwunden war, und die Zurückgebliebenen noch standen ihm nachzuschauen, »und wie der dürre Feigenbaum aus dem Boden gehoben, und in's Feuer geworfen werden muß, so sollen die Glieder dieser Kirche gerichtet werden, die abtrünnig und dürr am Stamm stehen.«

»Und glaubt Ihr, Brüder, daß wir Anderen eben so denken wie Fanue?« schrie Aonui jetzt in wilder Begeisterung — »glaubt Ihr, daß wir nicht sterben könnten für den Glauben, für den Jesus Christus vor uns gestorben ist? — Jene Flagge da weht feindlich auf uns herüber, feindlich auf die Bibel, die wir als Gottes Wort erkennen, und an uns ist es, nicht an den Beretanis, das zu entfernen, das uns störend hier in den Weg tritt. Wer nicht mit mir ist, der ist wider mich! sagt Christus — Aonui fürchtet keinen Gegner, so lange er für den Herrn streitet. So wer die Bibel liebt, der folge mir!« und mit den zuletzt wild gejubelten Worten durchbrach er die Menge, die ihm willig Raum gab, und sich ihm auch zum großen Theil anschloß, und eilte raschen Schrittes dem Hause des Französischen Consuls zu, in dessen Garten, auf einer dort aufgerichteten Stange die dreifarbige Fahne lustig in der scharfen Brise flatterte und schlug.

Der Consul war nicht im Haus, aber zwei Männer hatten kurz vorher den Platz von einer anderen Seite betreten, Mr. Mörenhout aufzusuchen — René Delavigne und der Häuptling Paofai, und standen noch an der verschlossenen Thür unweit des Flaggenstocks, als sie den herantosenden Lärm der Masse hörten.

»Hallo Paofai,« sagte René zu dem Häuptling, »der Specktakel kommt näher, und es sollte mich am Ende gar nicht wundern, wenn sie unserem Freund Mörenhout einen, vielleicht nichts weniger als freundschaftlichen Besuch abstatten wollten.«

»Sie sind zu Allem fähig,« sagte der Häuptling verächtlich; »ihre Bibel tragen sie voraus, wie wir Oro früher in die Schlacht trugen, und dann rennen sie blind und toll hinterdrein, und singen und beten und treiben, wer weiß was sonst noch für Unsinn — wenn Tahiti nicht mein Vaterland wäre, ich setzte mich noch heute in mein Canoe, und ließ mich nach leewärts treiben soweit es dem Wind gefiele — bin es fast müde hier das Spielwerk bald der Missionaire, bald der Franzosen oder Engländer zu sein.«

»Sie kommen wahrhaftig hierher zu!« rief René jetzt, der die Worte seines Gefährten wenig beachtet und nur dem rasch näher kommenden Lärm gelauscht hatte; »was können sie wollen?«

»Alles was toll und unklug ist,« sagte Paofai achselzuckend — »sie werden das Haus stürmen wollen und die Flagge niederreißen.«

»Die Französische Flagge?« rief René, mit rasch aufblitzendem Zorn, »das sollen sie beim Teufel lassen, so lange ich's hindern kann.«

»Wirst's eben nicht lange hindern können, Freund,« lachte der Insulaner — »aber — gern leid' ich's auch nicht.«

»Nieder mit der Flagge! nieder mit den drei Farben!« tobte jetzt der Haufen heran, »sie gehört auch mit zu den Götzenbildern und muß fallen!«

»Das wird Ernst,« rief René, »herbei Paofai!« und ohne weiter abzuwarten ob ihm der Häuptling folge, warf er sich mit dem ihm eigenen tollkühnen Muth allein und unbewaffnet dem jetzt gegen den Flaggenstock anstürmenden Haufen entgegen. Paofai zögerte dabei noch einen Augenblick — er sah das Hoffnungslose einer Vertheidigung, solcher Uebermacht gegenüber, und wenn er auch mit zu der Parthei seiner Landsleute gehörte, von der ein Theil jenen Vertrag mit den Franzosen unterschrieben, betrachtete er die Feranis eben nur als Mittel zum Zweck, seinen eigenen Rang wieder auf den Inseln zu erlangen, den er durch die Macht der Pomaren theilweis verloren, und nicht etwa dem Fremden Rechte einzuräumen, die seinem Stolz gerad' entgegenliefen. Das edle Gefühl aber, das noch in seiner Brust schlummerte, trieb ihn auch, dem Einzelnen gegen die Masse beizustehen, und langsamer zwar, als ihm der junge Franzose vorangegangen, und dabei lachend mit dem Kopf schüttelnd, als ob er wisse daß er jetzt einen unüberlegten Streich begehe, folgte er dem Fremden zur Fahnenstange, wo er eben zeitig genug ankam Zeuge zu sein wie René, ohne ein Wort weiter zu verlieren, den voranstürmenden Aonui aufgriff und mit solcher Kraft gegen den ihm nächst Folgenden warf, das Beide zurücktaumelten, und die Bibel des frommen Häuptlings Hand entfiel.

»Zurück!« donnerte des jungen Mannes Stimme zu gleicher Zeit — »das hier ist fremdes Eigenthum, und keinem von Euch ist das Recht gegeben es anzutasten!«

»Nieder mit dem Wi-Wi!« schrieen dagegen von hinten vor Andere, während sich Aonui, der hier kei neswegs Widerstand zu finden erwartet, erschreckt vom Boden aufraffte, und seinem Gegner in's Auge sah. Er hatte gar nicht daran gedacht mit irgend einem Menschen hier in Berührung kommen zu können, und nur durch fanatischen Eifer dahin getrieben eine Holzstange umzuwerfen, und ein Stück Zeug herunterzuholen, wußte er noch gar nicht, ob er seinen eigenen Leib in eine vielleicht thörichte Gefahr dabei bringen solle oder nicht. — Wo kam der Wi-Wi auf einmal her?

Aber auch Paofai trat jetzt hinzu, und die Nächsten mit dem Arm langsam von der Stange zurückschiebend, sagte er mit seiner weichen melodischen und zugleich so klangvollen Stimme:

»Wißt Ihr was Ihr thun wollt, Ihr Männer von Tahiti? — Ihr wollt eine Nation beleidigen, mit der Ihr in diesem Augenblick auf freundschaftlichem Fuße steht; Ihr wollt Euch einen Feind machen, der mit seinen eisernen Kugeln Euere Hütten und Palmen und Brodfruchtbäume niederwerfen und Euch verderben kann. Seid Ihr von einem bösen Geist besessen daß Ihr so tobt?«

»Er hat meine Bibel niedergeworfen!« rief in diesem Augenblick Aonui mit zornfunkelnden Augen, erst jetzt das Entsetzliche bemerkend — »der Wi-Wi hat die Bibel in den Schmutz geworfen.«

»Nieder mit dem Wi-Wi, nieder mit der Flagge!« schrie und brüllte da die Schaar wild durcheinander — »sie haben die Bibel geschändet — nieder mit den Feranis und ihren Götzen — wir wollen keinen Vertrag, wir wollen keine Freundschaft mit ihnen!«

»Auch gut,« brummte René vor sich hin, und ein Stück

Holz aufgreifend das dort zufällig lag, schlug er den Ersten der Hand an das Seil legen wollte die Flagge niederzuziehen, ohne weiter einen Ruf zu thun, damit zu Boden. Andere aber drängten nach und obgleich er, ohne Rücksicht auf sich selbst zu nehmen, blind und wild um sich herschlug, fand er sich doch bald von der Masse überwältigt, zu Boden geworfen, und aus dem Weg geschleppt, während Paofai selber, der sonst so geachtete und gefürchtete Häuptling, kaum glimpflicher behandelt wurde.

»Fort mit Dir Paofai!« schrie eine Stimme aus der Menge, und Hände streckten sich drohend nach ihm aus — »Du bist ein Freund der Wi-Wis — Du bist auch Einer von denen die uns an sie verrathen wollen — fort mit Dir. Dein Platz wäre neben der Bibel und nicht neben dem Hause von Me-re-hu, dem Feinde Tahitis — fort mit Dir!«

»Aonui — Du haftest mir für die Sicherheit dieser Flagge!« rief da Paofai, den Arm des Häupt lings ergreifend, als er fühlte wie er ebenfalls durch den andrängenden Schwarm unwiderstehlich zurückgepreßt wurde und dem Volk den Platz räumen mußte — »von Dir wird sie Frankreich wieder fordern.«

»Frankreich soll zu Grase gehen,« brummte da eine Stimme in breitem Irisch, dicht neben dem Häuptling, und die Flaggenlinie fassend zog unser alter Bekannter, Jim, die wehende Flagge unter dem Jubelruf und Jauchzen der Masse, von denen gleich zehn hinzusprangen ihm zu helfen, nieder, und im Triumph wurde die erbeutete jetzt durch die Stadt getragen.

Kaum senkte sich die Flagge, als ein Boot von der Jeanne d'Arc abstieß, an Land ruderte, die Ursache zu erfahren, und dort drohte die Corvette würde die Stadt beschießen, wenn die Flagge nicht augenblicklich wieder gehißt und mit der üblichen Ehrensalve von Tahitischer Seite begrüßt werde. Der Capitain des Talbot aber, dem die Drohung hinterbracht wurde, erklärte, in dem Augenblick wo der erste Schuß aus dem Französischen Kriegsschiff auf die Stadt fiel, seinerseits sein Feuer auf die Corvette zu eröffnen, und der Jubel Papetees bei dieser Erklärung überstieg alle Grenzen.

Die Missionaire sagten gleich, während der Talbot zum Gefecht trommelte, und Alles an Deck klar machte, Kirche an, die Indianer tanzten, ein kleiner Theil ausgenommen, dem diese Wendung der Dinge nicht behagte, und die Prophezeihungen der Missionaire, was Englands Beistand betraf, schienen allerdings Wahrheit werden zu wollen; Pomare stand nicht mehr allein, eine arme verlassene Frau, und die Geistlichen selber, als die jedenfalls indirekte, ja vielleicht sogar direkte Ursache dieser so zeitgemäßen Hülfe, stiegen bei dem Volk, das sich dem Mächtigen am liebsten unterwirft, bedeutend an Achtung.

Die angeborene Gutmüthigkeit der Insulaner ließ sie aber auch ihren Sieg nicht weiter treiben, und René wie Paofai blieben, nur erst aus dem Weg geschafft, vollkommen unbelästigt. Am anderen Morgen jedoch, mit dem wieder eingetroffenen Passatwind lief, unter dem Donner der Tahitischen, etwas mittelmäßigen Geschützstücke, und den Begrüßungsschüssen des Talbot, die Englische Fregatte der Vindictive ein, und der Jubel erreichte hier seinen höchsten Grad, als die freudige Botschaft von Mund zu Mund lief, der erwartete Geistliche Pi-ri-ta-ti (Pritchard) sei wieder mit zurückgekehrt, der ja nur deshalb nach England gegangen war, der Königin der Beretanis ihren Streit mit den Feranis vorzulegen und Hülfe von dort zu bringen. Und hatte er das nicht jetzt gethan?

Mit einem wahren Triumphgeschrei wurde er empfangen, und unter dem Jauchzen und Jubeln, ja unter den

Segensrufen Tausender an Land geführt, so daß der Ehrwürdige Mann dadurch wirklich in nicht geringe Verlegenheit gerieth. Weder er noch das Kriegsschiff brachte nämlich direkt ausgesprochene Hülfe von England, sondern nur, als Geschenk, einen Wagen für die Königin Pomare, und Zeug zu einer rothen Uniform für ihren Gemahl, den jetzt eine Zeitlang auf Imeo gewesenen jungen Häuptling.

Graf Aberdeen hatte sich damit begnügt dem jungen Staat seine freundlichen Gesinnungen zu bekunden, und die Häuptlinge erschraken allerdings als ihnen dieß endlich begreiflich gemacht wurde. Pomare schloß sich einen ganzen Tag in ihr Haus ein, denn eine neue Besitzergreifung Tahitis durch die Franzosen war nun allerdings nicht unmöglich, und ihre Sicherheit ihnen keineswegs gewährleistet worden. Was aber kümmerte das das Volk, die fröhlichen, gutmüthigen Kinder dieser Inseln? Für den Augenblick waren sie jeder weiteren Unannehmlichkeit überhoben, für den Augenblick lagen die Englischen Kriegsschiffe drohend und ihnen Schutz gewährend in ihrer Bai, und ihre Königin konnte in dem wunder lichsten Ding spatzieren fahren, das ihre kühnste Phantasie sich je gedacht — das Uebrige brachte die Zeit — weshalb sich vorher grämen? und die Predigten ihrer Geistlichen bestärkten sie bald in der frohen Hoffnung daß kein Franzose es je wieder wagen würde ihre Rechte anzutasten, ihre Religion ihnen zu nehmen, oder sie mit seinen Kanonen zu zwingen seinem Willen Folge zu leisten; was wollten sie mehr.

Fußnoten:

[F] Das westliche Ufer dieser Inseln wird stets das Leeufer genannt, da der Wind, mit nur seltenen Ausnahmen, immer von Osten kommt.

[G] Missionair Bingham spricht mit besonderer Ehrfurcht von dem würdigen »Matriarchen« Kaahumanu, der Gattin Kamehamea des Ersten — eine Frau von beinah dreihundert Pfund Gewicht.

———

Capitel 6.

Ein Ball in Papetee.

Es läßt sich denken, in welche Aufregung die kleine Colonie durch die erst beschriebenen Vorfälle gebracht wurde, denn während die Insulaner, viel zu sehr dem Frieden geneigt, bei weitem in der Majorität den Engländern zuhielten, und eine neue Religion wie ein neues Regiment schon deshalb fürchteten, als es wieder auf's Neue eine Umwälzung in ihren kaum regulirten Sitten und Gebräuchen hervorrufen mußte, bestand der größte Theil der in Papetee selber angesiedelten Fremden aus Franzosen, und deren heißes Blut revoltirte in Feuer und Flamme gegen einen Zwang, der ihnen plötzlich aufgelegt werden sollte, und um so drückender war, da sie die Hoffnung nicht einen Augenblick aufgaben, durch das nächst einkommende Kriegsschiff — und die von den Insulanern so gefürchtete Reine blanche kreuzte in diesen Gewässern — das ganze, durch die Missionaire jetzt nur künstlich aufgebaute System wieder umgeworfen zu sehen.

Es versteht sich übrigens von selbst, daß während dieser Zeit der von Du Petit Thouars allerdings nicht ganz auf rechtlichem Wege hergestellte und von den Häuptlingen gezeichnete Vertrag, zu dessen Unterschrift man selbst Pomare zwang, nicht allein nicht mehr beachtet, sondern vollständig anullirt wurde. Frei und offen predigten die Protestanten gegen das Pabstthum und die beabsichtigte Occupation der Franzosen, und die Römischen Priester, die ihre Kapelle auf einem kleinen reizenden Hügel in Mativaibai errichtet hatten, konnten sich in dieser Zeit nur auf einen sehr kleinen Kreis ihnen ergebener oder doch wenigstens nicht feindlich gesinnter Insulaner verlassen. Im Allgemeinen fürchteten die Indianer den Platz, der in seinen Ceremonieen etwas Geheimnißvolles für sie hatte, und ihnen von ihren Geistlichen in solchen Farben geschildert war, daß sie sich scheuten ihn nach Dunkelwerden zu passiren. Ja sie würden ihn zerstört und jene Priester wieder gewaltsam von dort vertrieben haben, hätten nicht Mr. Nelson vorzüglich wie auch die Brüder Smith, Brower und Mc. Kean ihr Möglichstes gethan sie von einem so unüberlegten und bösen Schritt zurückzuhalten, zu dem sie der Feuereifer des frommen Dennis, wie der unersättliche Ehrgeiz Rowes unaufhaltsam trieben.

Der Französische Theil der Bewohner hielt sich indessen vollkommen ruhig, und wenn auch Consul Mörenhout, in dem Gefühl seiner beleidigten Würde, im Anfang René antreiben wollte der Gewaltthätigkeit wegen Klage auf Schadenersatz einzureichen, die er, bei Vertheidigung der Französischen Flagge gelitten, weigerte sich dieser auf das Bestimmteste dagegen.

»Ich bin von den Indianern freundlich aufgenommen,« sagte er, »und wäre der Letzte einer einfachen Schlägerei wegen, bei der ich eben so viel, vielleicht mehr, ausgetheilt habe als bekommen, neuen Grund zu Streitigkeiten und Ursache zu späteren Forderungen meiner Landsleute zu geben. Ich hätte gescheuter sein sollen als mich in Sachen zu mengen die mich Nichts angehen.«

Die Franzosen in Papetee waren damit nicht ganz einverstanden — sie wollten vor allen Dingen wieder neue Haltpunkte für unter Englischem Einfluß ausgeübten Uebergriffe, und auch die Eingeborenen schienen mißtrauisch gegen den Fremden geworden zu sein, den sie, als den Gatten einer ihrer eingeborenen Mädchen, und in dem früheren Hause des alten Mr. Osborne wohnend, schon gewissermaßen als einen der ihrigen, gar nicht mehr als einen Wi-Wi betrachtet hatten, und der doch jetzt feindlich und gewaltthätig gegen sie aufgetreten war. Das so sehr freundliche Verhältniß, in dem er bis dahin mit ihnen gestanden, schien jedenfalls gelockert, wenn auch nicht ganz gelöst.

René hatte aber viel zu guten und leichten Muth, sich etwas derartiges groß zu Herzen zu nehmen; wie er auf der einen Seite fest gegen seine Landsleute blieb, und sich auf der anderen nichts Böses gegen die Insulaner bewußt war, verkehrte er nach wie vor mit beiden Theilen, und wußte sie beide wieder für sich zu gewinnen. Solche kleine Neckereien und Mißverständnisse dienten aber keineswegs dazu, ihn manches Andere was ihm störend in den Weg trat, übersehen zu lassen, und nur die Heimath, seine Sadie, sein kleines herziges Mädchen konnten ihm manchmal ganz jenen frohen fast wilden Uebermuth wiedergeben, mit dem er sich einem drückenden Verhältniß damals entzogen, und einem neuen Leben förmlich in die Arme geworfen hatte.

Nichts destoweniger blieb das gesellschaftliche Leben der Inseln unter den verschiedenen und so wenigen Franzosen, ein höchst freundschaftliches; eigene Interessen, ja eigene Gefahr verband die Leute auch schon fester mit einander, als es irgend etwas anderes im Stande gewesen wäre zu thun, und das leichte französische Blut schwamm überhaupt oben auf.

Besonders viel trug hierzu die Belardsche Familie bei, die sich wirklich unendliche und anerkennenswerthe Mühe gab in Papetee einen freundschaftlichen Ton zu erhalten, ja eigentlich erst zu schaffen, wo schon die Mischung der verschiedenen Racen etwas derartiges unendlich schwierig machte. Die Europäer hatten meistens all ihre alten Gewohnheiten, aber auch ihre Vorurtheile herübergebracht in eine ganz neue Welt, in die weder die einen, noch die anderen passen wollten, und konnten nur durch unermüdliche Ausdauer Einzelner, die sich der letzteren wenigstens entledigt hatten, dazu gebracht werden sich gemeinschaftlich zu amüsiren — man wollte weiter Nichts von ihnen.

Ein wirkliches Hinderniß aber für größere Gesellschaften blieb der Mangel an Europäischen oder vielmehr weißen Damen, von denen sich nur sehr wenige auf der Insel befanden, und zu einem wirklich gesellschaftlichen Leben doch unumgänglich nöthig, ja unentbehrlich waren. Mit den eingeborenen und mit Europäern fast durchschnittlich nur »oberflächlich getrauten« Frauen konnte man auch in solcher Art nicht gut verkehren; die Indianerinnen waren hübsch und lebendig, auch gutmüthig und liebenswürdig, paßten aber nirgends weniger hin als in Gesellschaft gebildeter Frauen, während mit der Protestantischen Bevölkerung, die in dieser Hinsicht fast nur aus den Familien der Missionaire bestand, ein näherer Verkehr ganz außer Frage blieb. Selbst den feindlichen Stand abgerechnet, den diese beiden Theile der Gesellschaft gegenwärtig einnahmen, hätten sie sich nie in dieser Beziehung vereinigen können, da die strengen orthodoxen Geistlichen jede Art von Spiel und Tanz schon als eine Sünde des Fleisches gegen den Geist ansahen, nur in ihrer zurückgezogen ernst gehaltenen Lebensart den Pfad zum Himmel zu finden glaubten, und von den, darin viel zuversichtlicheren Franzosen häufig verspottet, aber gewiß nie aufgesucht wurden.

Nun lag diesen aber auch daran den Eingeborenen sowohl, wie vorzüglich den Missionairen zu beweisen, daß sie keineswegs durch die im Englischen Interesse geschehenen Schritte eingeschüchtert, sondern im Gegentheil noch voll frischen Muthes wären, und noch mochten kaum vierzehn

Tage nach den vorherbeschriebenen Vorfällen vergangen sein, als Mrs. Belard, von ihren Landsleuten dabei unterstützt, fest darauf bestand, allen politischen wie gesellschaftlichen Hindernissen zum Trotz, einen Ball zu geben, und allerdings blieb ihr dabei Nichts übrig, als sich über das, wogegen sie sich lange gesträubt, wegzusetzen und eingeborene Frauen, von denen man sich ja die geachtetsten aussuchen konnte, wirklich mit dazu zu ziehen; wenn auch der Ball dadurch einen etwas wilden Charakter bekam.

Aber die Missionaire traten ihnen selbst hierbei störend in den Weg, denn diese hatten zu großen Einfluß auf den wirklich anständigen Theil der weiblichen Bevölkerung Tahitis, auf die Frauen und Töchter der ersten Häuptlinge, denen der Tanz als etwas rein sündliches, von ihren finsteren Lehrern streng verboten und mit strengeren Strafen, wo sie im Stande waren die in Kraft treten zu lassen, belegt war. Selbst Sadie fürchtete nicht allein den Unwillen der Geistlichen zu erregen, sondern ihr religiöser Sinn, vielleicht mit einer Art Scheu vor den fremden Menschen verbunden, hielt sie zurück selbst von dem Gedanken an solche Vergnügungen.

René wollte sich aber daran nicht binden, doch erst als Sadie sah und fühlte, daß sie ihm mit einer längeren Weigerung weh thun, ja vielleicht auch Unfrieden im Hause anstiften würde, fügte sie sich endlich seinem Wunsch; aber das Herz schlug ihr dabei, als sie ihm ihre Einwilligung gab, und es war, als ob sie eine unrechte Handlung begehen solle. Aengstlich suchte sie dabei nach Entschuldigungen für ihre Zusage, und ihr gutes Herz ließ sie deren bald genug finden. René war ja doch nun einmal Europäer und er mußte gewiß gern bei seinen Landsleuten sein — wußte Sadie doch selber wie glücklich es sie machte, manchmal einen Bewohner von Atiu bei sich zu sehen, und das lag doch nur solch kleine

kleine Strecke von Tahiti entfernt, und die Feranis wohnten so entsetzlich weit, sollte sie da die Ursache sein, die ihn zurückhielt?

Bei Brouards war sie deshalb auch schon, und bei Belards einmal mit René gewesen; nur noch nicht bei Mrs. Noughton, der Amerikanerin, deren kalt abstoßendes Benehmen ihrem ganzen Wesen weh that; auch René fühlte kein Bedürfniß die Leute aufzusuchen, wenn ihn nicht gerade eine Geschäftssache in ihr Haus führte.

Trotz allen ihnen in den Weg gelegten Hindernissen wußten Belards jedoch jede Schwierigkeit zu überwinden — die Franzosen wollten tanzen, und es bedurfte stärkerer Sachen als der Predigt eines Missionairs, sie daran zu verhindern. Mr. Belard gab deshalb einen Ball, und alle Franzosen Papetees wie die Officiere der noch im Hafen liegenden Jeanne d'Arc waren eingeladen.

Sadie fürchtete sich vor dem Abend, sie wußte selbst nicht warum, aber sie durfte sich nicht weigern zu gehen, denn erstlich hatte selbst Mr. Nelson seine Einwilligung gegeben, daß sie wenigstens Theil an der Gesellschaft nehmen dürfe, und dann war sogar Lefevre mit Aumama eingeladen — Monsieur Belard mußte Damen zum Tanzen haben — sie konnte sich da nicht ausschließen, durfte René nicht so kränken.

Der Vorbereitungen bedurfte es dabei nicht viele — ihre Tracht, wenn auch nach Europäischem Schnitt, war so schlicht und einfach wie nur möglich, und frische Blumen im Haar schmückten das liebreizende Antlitz der jungen Frau schöner als es Diamanten und Perlen vermocht hätten — vielleicht wußte sie das auch.

Monsieur Belard wohnte in einem reizenden kleinen Gartenhaus in der Broomroad, der nächsten Querstraße vom

Strand ab, tief versteckt zwischen breitblättrigen Brodfrucht und Papayas, von Palmen das Dach überrauscht, und den Vorhof dicht bepflanzt mit Orangen und Bananen, des Schattens wegen. Das Haus selber war leicht und luftig gebaut, hatte aber doch schon Glasfenster und grüne Jalousieen, mit breiter hoher Verandah und einen ziemlich großen bequemen Saal, der zu dem heutigen Feste mit Blumen und Palmzweigen ganz einfach, aber höchst geschmackvoll decorirt war. Wunderlich stachen dagegen freilich einzelne Stücken aus einer civilisirten Welt ab, die ihren Weg nach der Südsee gefunden, und zu den einfach hölzernen Wänden und der tropischen Vegetation nicht so recht passen wollten. Auch die Meublen waren zusammengewürfelt, wie Glück und Zufall einzelne Stücke nach diesem entlegenen Theil der Welt herübergeführt, oder auch schon des Tischlers Hand in neuerer Zeit sie aus einheimischem Holze gefertigt hatte. So stand auf einer gelbgebeitzten Kommode eine Alabasteruhr zwischen Manila Perlmuttermuscheln und blank polirten Zähnen der Spermacetifische — einen kleinen Mahagoni-Eckschrank schmückten ein paar allerliebste französische Porcellanvasen voll duftender Orangenblüthen, und längs der einen Wand standen zwei vortrefflich gepolsterte und mit Damast überzogene Sophas, mit denen wieder ein schmaler und langer, von Tannenholz aufgeschlagener Tisch nicht harmoniren wollte, der die eine Ecke füllte, aber mit den kostbarsten Produkten dieses an Früchten erfüllten Landes bedeckt war.

Doch wunderlicher und bunter als die Geräthschaften war die Gesellschaft selbst gemischt.

Der wirklich gebildete Kreis von Bekannten reichte nämlich zu einem solchen Fest nicht aus, die Linie mußte weiter gezogen werden und in so engen Raum beschränkt auf der kleinen Insel, war man nicht einmal im Stande noch unter den Wenigen die sich hier befanden, auszuscheiden — es müßten denn sehr triftige Gründe dazu vorgelegen haben. Alles deshalb, was nur einigermaßen auf Bildung Anspruch machte und aus dem Mutterland oder überhaupt der civilisirten Welt stammte, die protestantische Geistlichkeit ausgenommen, war eingeladen, und die kleine Villa versammelte in den eigenthümlichsten Trachten dabei, ein so wunderlich gemischtes Völkchen wie sich wohl noch je, seit Papetee stand, auf einem so kleinen Raum zusammengefunden hatte.

Als René mit Sadie den Saal betrat, wo sie Mad. Belard in ihrer lebendigen aber doch herzlichen Weise empfing, waren eben die Officiere der Jeanne d'Arc eingetroffen. Das Vorstellen ging rasch und ungezwungen genug vorüber; René hatte schon einige von diesen vorher kennen gelernt und wurde auf das freundlichste von ihnen begrüßt.

Madame Brouard war noch nicht erschienen, und da Mad. Belard anderweitig und in der That überall in Anspruch genommen wurde, und René viel mit den Officieren zu sprechen hatte, blieb Sadie allein, und sah sich eben etwas verlegen nach irgend einem Bekannten um, nicht so ganz verlassen in dem fremden Zimmer zu stehen, als Mr. und Mrs. Noughton den Saal betraten, und nach der üblichen Einführung an Sadie vorüber gehen wollten.

Mrs. Noughton wandte den Kopf nach der andern Seite und sah Sadie nicht, und die arme kleine Frau stand einen Augenblick schüchtern und unschlüssig da, ob sie die, stets etwas kalt gegen sie gewesene Fremde anreden solle oder nicht; aber René ging gerade mit zweien der Officiere den Saal hinunter und ließ sie da ganz allein.

»Madame Noughton,« sagte sie leise, und berührte mit ihrer Fingerspitze den Arm der jetzt dicht an ihr Vorbeigehenden.

Mrs. Noughton drehte langsam den Kopf nach ihr um und sah sie an.

»Ich freue mich Sie auch hier zu treffen,« sagte Sadie.

Mrs. Noughton neigte höflich das Haupt gegen sie, Mr. Noughton machte eine etwas steife Verbeugung, und die beiden Gatten gingen, ohne weiter ein Wort mit ihr zu wechseln, vorbei, dem andern Ende des Saales zu.

Sadie stand wie in den Boden gewurzelt, und das Herz schlug ihr ängstlich und verlassen in der Brust.

»Sie haben Dich gar nicht erkannt in den frem den Kleidern,« murmelte sie endlich leise und halb lächelnd vor sich hin — »sie haben geglaubt es wäre Jemand ganz Anderes, Fremdes — oder — « das Blut stieg ihr in vollem Strome in die Schläfe und von da zum Herzen zurück, und sie hätte in diesem Augenblick Gott weiß was darum gegeben zu Hause, bei ihrer kleinen Sadie sein und die fremde kalte Gesellschaft verlassen zu können. Aber das ging nicht, und als sie sich, wieder etwas mehr gefaßt, nun im Saale umschaute, sah sie wie Mr. und Mrs. Noughton ganz allein und steif auf zwei Stühlen saßen und Jedes starr vor sich niedersahen. In diesem Augenblick begann das in dem Nebenzimmer aufgestellte und von der Jeanne d'Arc mit herübergebrachte Musikcorps seine fröhlichen Weisen zu spielen; mehr und mehr Gäste traten zugleich in den Saal, unter ihnen mehre bekannte Gesichter — eine Hand legte sich ihr plötzlich auf die Schulter — es war Aumama, die ihr lachend in's Auge schaute, und der trübe Schatten der sich eben angefangen über Sadies Seele zu legen, wich dem ersten freundlichen Eindruck der ihr entgegen trat.

»Was sitzen die Beiden da drüben so ganz allein und steif?« flüsterte dabei Aumama, die bemerkt hatte daß Sadie nach ihnen hinüberschaute. »Segne mich, wie still und ehrbar sie sind, als ob sie in der Kirche wären — Mr. Aue könnte nicht steifer sitzen.«

Sadie lächelte, aber sie wandte den Kopf ab von der Gruppe — es war ihr als ob sich die beiden Leute nur so steif und abgeschlossen dort hinten hingesetzt hätten, nicht mit ihr zu sprechen — und was hatte sie ihnen gethan? — »Und Aumama, Du bist auch hierhergekommen zu den Fremden?« sagte sie endlich leise — »ich glaubte Du fühltest Dich nicht wohl zwischen ihnen?« —

»Nein, das thu' ich auch nicht,« erwiederte rasch und flüsternd die junge Frau — »ich habe zu Hause geweint und gezankt — ich wollte fort bleiben, aber Lefevre — « sie wandte den Kopf ab und schwieg, und setzte endlich langsam hinzu — »es ging nicht anders.«

»Ich wäre auch lieber daheim geblieben,« sagte Sadie treuherzig.

»Und ich weiß nicht,« fuhr Aumama, auf sich selber niedersehend fort, »mir ist meine Tracht bis jetzt noch nie aufgefallen, ja im Gegentheil hab' ich das lange weite Oberkleid oft weit eher für überflüssig gehalten, nur heute — « und sie schaute halb verlegen umher — »komme ich mir hier so sonderbar so fremd selber und unbedeutend vor, als ob ich nicht hergehöre zwischen die geputzten Leute — sie mit allem um sich hergehangen was nur die fremden Kaufleute in ihren Läden haben, ich barfuß und nicht einmal ihre Sprache redend. Ob ihnen denn auch wohl so zu Muth gewesen ist, als sie zuerst unser Land betreten? Bei Dir ist es wohl anders — Du hast Dich schon ganz ihrer Tracht angepaßt.«

»Wohl ist mir's auch nicht darin,« sagte Sadie kopfschüttelnd, »aber ich fühle daß es nun einmal nicht anders geht; vielleicht fügst Du Dich auch hinein.«

»Nein,« erwiederte Aumama rasch — »nie im Leben; je mehr ich mit den Fremden in Berührung komme, desto mehr fühl' ich daß wir nicht für einander gemacht sind. Sie sind stolz dabei, und worauf? — sie tragen Schuhe, weil sie nicht mit ihren unbehülflichen dünnen Sohlen unsere Korallen betreten können — ich hab' es neulich gesehen, wie sich die Frauen badeten und nicht einen Schritt auf dem scharfen Boden zu thun vermochten. Also deshalb stecken sie die Füße in solche Hülsen, und soll ich dann mich schämen daß ich sie nicht trage, weil ich da eben gehen kann, wo sie es nicht im Stande sind?«

»Und doch thust Du es,« sagte Sadie lächelnd.

»Weil wir eben Thörinnen sind, und das Fremde höher achten wie unsere eigenen heimischen Sitten. — Aber sieh was für goldblitzende Kleider die Feranis von dem Schiff draußen tragen,« unterbrach sie sich jetzt selber, als ihr die blitzenden Uniformen der Officiere des Kriegsschiffs in's Auge fielen. »Und das sind doch nun auch Christen, Sadie, und gute Menschen vielleicht und tragen so bunten Staat, und uns verbieten die Mitonares jeden Schmuck.

»Wir wissen auch nicht ob es nicht sündhaft ist so eitel Gold und Putz zu tragen,« sagte leise Sadie — »wenigstens nicht wenn wir zu Gottes Altar gehn — die Männer dort beten vielleicht nie, da können sie dann freilich tragen was sie wollen. Aber sie drehen wieder hierher um, und dort kommt auch Mad. Belard — sie ist die freundlichste von allen fremden Frauen.«

Das Gespräch der beiden Frauen wurde hier unterbrochen, und in der That betraten auch jetzt rasch nach einander mehre andere Gäste den Saal, von denen Einige, ebenfalls mit eingeborenen Frauen, die beiden Freundinnen herzlich begrüßten, und jedes weitere Gespräch zwischen ihnen unterbrachen.

Und was für bunte Gesellschaft war da versammelt.

Die Officiere der Corvette erschienen natürlich in ihrer Uniform, und Mr. Noughton, Mr. Belard und Brouard wie René und einige Andere waren in schwarzem Frack, wie überhaupt in dem Europäischen Ballcostüm gekommen. Das besonders kam übrigens den inländischen Frauen und Mädchen wunderlich vor, und sobald es nur heimlicher Weise geschehen konnte, kicherten und flüsterten sie nicht wenig darüber.

Ein großer Theil der anderen Gäste ging jedoch in die leichte und bequeme Tracht gekleidet, die das Klima eigentlich bedingt und fordert; helle Sommerstoffe, weit und luftig gearbeitet und den Gliedern vor allen Dingen Freiheit der Bewegung lassend. Strenge Etikette konnte überhaupt an einem Ort nicht stattfinden, wo diese schon zwei Drittheile des schönen Geschlechts unrettbar ausgeschlossen hätte, und mehr als zwei Drittheile gehörten der eingeborenen Race an, die nur zum Theil hatte bewogen werden können Schuhe und Strümpfe anzuziehen, sonst aber nur über dem `pareu` das weite loose Obergewand, und darunter die nackten Füße trug.

Aumama bildete den Typus dieser, aus den schönsten Mädchen jenes wunderschönen Stammes ausgewählten Schaar. Der Pareu den sie trug bestand aus einem halbseidenen mattgrünen mit tiefrothen Fäden durchzogenen und gemusterten Stoff, in der That nur ein einfaches Stück Zeug, das um die Lenden geschlagen und an der linken Seite eingesteckt wurde; über dieses aber trug sie das, erst durch die Europäer und wahrscheinlich durch die Missionaire eingeführte Obergewand, das vorn offen, und mit langen Aermeln an den Handgelenken geknöpft, bis etwas über die Knie herunterfiel, und aus feinem französischem Stoff bestand, der durch einen rothseidenen dünnen Chinesischen Shawl im Gürtel zusammengehalten wurde, und die Formen des Körpers mehr verrieth als verhüllte. Durch das schwarze lockige und seidenweiche, mit wohlriechendem Cocosnußöl getränkte Haar wand sich ihr, von Orangenblüthen durchflochten, das Gewebe eines reizenden grünen und rothen Schlinggewächses, und die goldenen Ohrringe waren fast von den darüber niederhängenden Knospen des `cape Jasmin` überdeckt. Aumama, die Behende, wie sie in der bilderreichen Sprache ihres Landes hieß, war eine der schönsten Frauen der Insel, und wie bei den meisten ihres Alters, stand ihr die etwas dunklere Hautfarbe nur zu ihrem Vortheil, während die großen lichtklaren und doch so tiefschwarzen Augen Diamanten gleich, rein und feurig über den von zartem Roth angehauchten, lichtbronzenen Wangen glühten.

Mehrere andere Indianerinnen waren ähnlich wie Aumama gekleidet, wenigstens mit demselben Schnitt des Gewandes und ähnlichen Stoffen, die Capitaine von Wallfischfängern in letzterer Zeit auf Speculation, theils von Frankreich, Deutschland oder England mitgebracht. Zwei der Frauen nur hatten sich so weit civilisirt, Strümpfe und Schuhe zu tragen; aber die neue Tracht saß ihnen nicht bequem, sie scharrten beim Gehen fortwährend mit den Füßen; sie waren noch nicht gewohnt diese hoch genug zu heben die Sohlen auch frei vom Boden zu bringen, und die Strumpfbänder mochten sie auch wohl drücken, denn wie sie sich nur unbemerkt glaubten, faßten sie da hinunter den, solchen Zwanges ungewohnten Blutgefäßen Luft zu geben.

Sadie vielleicht allein von allen übrigen eingeborenen Mädchen schien sich in die fremde Tracht vollkommen gut gefunden zu haben, und bewegte sich mit solcher Leichtigkeit darin, als ob sie von Jugend auf daran gewöhnt gewesen wäre. Nichts desto weniger ging sie fast so einfach gekleidet als ihre früheren Gespielinnen, in einem schlichten

Oberkleid von ungebleichter Seide, die rothe Schärpe ebenso geknüpft wie Aumama, nur anders den Schnitt des Kleides selbst, das bis auf die Knöchel hinunterging und die niedlichen in weißen Strümpfen und feinen dünnen Lederschuhen steckenden Füße eben sichtbar werden ließ. In den Haaren trug sie einen zierlich geflochtenen Kranz von Mandelblüthen, und um den Hals eine einfache Schnur rother Korallen.

Von den Officieren der Jeanne d'Arc waren bis jetzt nur der Capitain mit dem ersten Lieutenant und einigen Seecadetten anwesend; der zweite Lieutenant, den Geschäfte länger an Bord hielten, wie mehre andere Marine-Officiere wurden aber auch noch erwartet, und René ging eben mit dem Capitain der Corvette, mit dem er schon vor einiger Zeit bekannt und gewissermaßen befreundet geworden, im Saal auf und ab, als Monsieur Bertrand, der Name des Seconde-Lieutenants erschien und augenblicklich auf den Capitain zuging, ihm irgend eine Meldung zu machen. René trat ein paar Schritte abseits, den Rapport, der vielleicht geheim war, nicht zu überhören, aber sein Auge haftete unwillkürlich auf dem jungen Mann, dessen Züge ihm so bekannt vorkamen, und dessen er sich doch, trotz alle dem nicht deutlicher erinnern konnte.

In diesem Augenblick drehten sich die Officiere nach ihm um, und der Capitain war eben im Begriff die jungen Leute einander vorzustellen, als Beide auch fast zu gleicher Zeit, »Delavigne«, »Bertrand« riefen und einander fest umschlangen und küßten.

Schulkameraden waren es aus frühster Jugendzeit, und es läßt sich denken, mit welchem Jubel sie Beide hier, fast bei den Antipoden, die Erinnerung an die Heimath, an das Vaterland, nach so vieljähriger Abwesenheit begrüßten.

Wir mögen uns losgerissen haben von Allem was uns einst

lieb und theuer gewesen, zerrissen mag das Band sein, das uns an die verlassene Küste, wo unsere Wiege gestanden, fesselte; gleichgültig hören wir wohl von fremden Menschen darüber sprechen, hören selbst ungerührt den Ort nennen der unserer Kinderspiele Zeuge war, Zeuge der heranwachsenden Kraft. Im Herzen zittert's und zuckt's dann vielleicht nur ein wenig; lang verklungene Saiten wurden berührt, und sie wollten rauschen in der alten Weise, als sich noch eben zeitig genug die Hand des Menschen stark und kräftig darauf legte, und sie verstummen machte mit dem festen Willen. Unsere Nerven mögen von Eisen sein, und das Unglaubliche ertragen, aber laß ein Bild selber auftauchen aus jener Zeit, laß uns die Züge wieder vor uns sehen, mit denen wir Freud und Leid getheilt, denen wir unsere Lust und Seligkeit entgegenjubelten, denen wir den ersten Schmerz klagten und uns ausweinten an seiner Brust, und die Hülle springt, die unsere Brust umschloß, die erstarrte Thräne schmilzt und das Heimweh rüttelt zum ersten Mal an den Stäben unserer Herzenskammer, und streckt die scharfe entsetzliche Kralle aus nach dem Heiligthum, das wir von da an wahren müssen wie unseren Augapfel, wenn sie nicht Halt gewinnen soll daran, zu unserem Leid.

Die beiden jungen Leute schienen auch in der That Alles um sich her vergessen zu haben, in dem einen seligen Gefühl des Wiederfindens, nach so langer, langer Zeit, hätte sie nicht des Capitains Stimme wieder zu sich selbst und dem Bewußtsein des Platzes gebracht, an dem sie sich befanden.

»Hallo,« lachte dieser, »wie mir scheint mag ich da die Introduction sparen, denn die Herren sind jedenfalls genauer mit einander bekannt, wie ich vermuthen durfte.«

»Das in der That,« sagte Bertrand, der sich überhaupt auch zuerst von den Beiden wieder sammelte, indem er des

Freundes Hand ergriff und fest in der seinen hielt — »nicht hoffen konnt' ich, hier an der fremden Küste einen so alten lieben Jugendgefährten, ja Spielkameraden aus der Knabenzeit zu treffen, und die Ueberraschung ist um so größer, je größer die Freude ist.«

»Eh bien, Bertrand, dann unterhalten sie auch Ihren Freund ein wenig,« sagte der Capitain, »aber vergessen Sie nicht um 11 Uhr — bekommen Sie vorher Nachricht wenn er etwa noch bis dahin eingefangen sein sollte?«

»Ich erwarte den Führer der Patrouille selber hier, sobald er zurückkehrt.«

»Um so viel besser — aber da drüben sehe ich ein paar Damen eintreten, denen ich guten Abend sagen muß — ich werde Sie nachher bitten mir das Nähere dieses freudigen Wiedersehens mitzutheilen« — und mit einer leichten und freundlichen Verbeugung verließ er die jungen Leute, die jetzt Arm in Arm, kaum noch ihrer Umgebung bewußt, an eines der Fenster traten, dort erst dem ersten glücklichen Gefühl des Wiedersehens auch Worte zu leihen.

»Und so halt ich Dich denn wieder, René, nach so langer Trennung, Dich den Flüchtigen eigentlich, der uns unter den Augen fort entschwand, und keinem Freundesruf achten wollte der ihn zurückhalten sollte mit seinem wilden ungestümen Sinn. Und wo hast Du Dich nun so lange herumgetrieben? Mensch Du bist braun geworden wie ein Indianer.«

»Ich weiß nicht wo ich da anfangen soll zu erzählen,« sagte René, dem Blick in herzlicher Liebe begegnend, den jener fest auf ihn geheftet hielt, »und wahrlich, ich hatte es schon fast aufgegeben je im Leben einen Freund von über dem Wasser drüben wieder zu finden in der fremden Welt. Die Zeit die ich hier verlebt, dünkt mich in diesem Augenblick so entsetzlich lang, und ist mir doch auch wieder so rasch so unglaublich rasch verflogen. Oh Bertrand, Du mußt mir viel, viel von daheim erzählen; wie Ihr dort gelebt, wie Ihr — oder nein — nein, auch lieber nicht; die Heimath liegt hinter mir, auf nimmer Wiedersehn, und es ist vielleicht besser ich löse die Schlösser nicht muthwillig, die mir das alte Bilderbuch meiner Jugend so freundlich und fest verschlossen halten. Ich bin fertig mit Frankreich; aber von Dir möcht ich hören, wie es Dir geht, was Du treibst, was Du hoffst, denn nach der Hoffnung eines Menschen beurtheilt sich der Mensch selber meist am besten und leichtesten.«

»Und weshalb auf nimmer Wiedersehn?« sagte Bertrand erstaunt, »unsere Schiffe haben sich jetzt die Bahn gebrochen nach diesem fernen Punkt, und wenige Monden können uns wieder in der Schallweite unserer alten Kirchenglocken landen. Es mag ein Paradies sein das uns hier umgiebt, kann es uns aber je der Heimath Reiz ersetzen? Du bist unstät, ein Flüchtling auf fremdem Boden so lange Du Dich gewaltsam fern von ihm hältst, und wie das Vaterhaus dem wegemüden Wanderer als theures Ziel den langen schweren Pfad wohl vorgeschwebt, so öffnet Dir die Heimath die Arme, und grüßt Dich, ja hält Dich, mit all ihrem unendlichen Zauber, sobald Du nur erst einmal wieder das schöne Land betreten. Sieh ich bin Seemann, René, und das Meer sollte meine Heimath sein; ich weiß auch ich gehöre eigentlich nicht auf's feste Land, und die Zeit die ich dort zubringe, ist meiner Pflicht meist abgestohlen, und dennoch hängt das Herz mit allen Fasern an jenem Fleck der mir das Leben gab, und wenn ich auch, doch einmal draußen, vernünftig genug bin solchen Gedanken keinen Raum zu gönnen, ist es, als ob mir das Herz aus der Brust herausspringen wolle, sobald wir den Bug unseres Schiffes einmal heimwärts kehren. Ich habe das im Anfang für eine Krankheit gehalten und unseren Doktor gefragt, und der hat mir eine Masse unsinniges Zeug dagegen verschrieben, aber es half Nichts; das Uebel saß tief im Herzen und war im Nu gehoben sobald ich an Land sprang.«

»Und doch hab' ich recht, Bertrand,« sagte René, der mit einem leisen, fast wehmüthigen Lächeln den Worten des Freundes gelauscht hatte. »So lange Du noch frei und unstät in der Welt umherstreifst zeigt der Compaß Deines Herzens dem einen heiligen Magnet, dem Vaterlande zu, mag Dir dort Leid geblüht haben, oder Lust, aber — es giebt einen Fall, wo der Mensch selbst die Heimath vergessen kann und — glücklich sein.«

»Nie, nie!« rief Bertrand rasch.

»Ich bin verheirathet!« sagte René leise.

»Du? — verheirathet?« sagte der Freund erstaunt — »und mit wem? — wo? — wann?«

»Zuerst zeig ich Dir meine kleine Frau,« lächelte René, »ich brauche vielleicht nur des einen Beweises, Dich zu überzeugen daß Du Unrecht hast; dann erzähle ich Dir meinen — Lebenslauf kann ich wohl kaum sagen, eher meine Abenteuer, denn das Schicksal hat mich im tollen Spiel einem entzogen mich muthwillig einem anderen in die Arme zu werfen, bis mein schwanker Kahn den Hafen fand, der ihm Glück und Ruhe brachte, und den verlaß ich nicht wieder. Ich kenne die Stürme die draußen toben und bin es müde geworden ihnen wieder und wieder die Stirn zu bieten.«

»Und Deine Frau?« frug Bertrand, »warum will sie nicht mit Dir zurück?«

Die Trompeten schmetterten in diesem Augenblick den

Beginn des Tanzes, und René schaute umher nach Sadie. Schon wirbelten die Paare vorüber und die junge Frau stand an der anderen Seite des Saales, noch neben Aumama, an ihrer Seite aber jetzt Monsieur Brouard, seinen rechten Arm, von dem sie sich leise zu befreien suchte, um ihre Taille gelegt, und augenscheinlich bemüht sie zum Tanz zu nöthigen, den sie ihm weigerte.

Wie ein Stich zuckte es durch René's Herz — er wußte selbst nicht weshalb, und das Blut schoß ihm in die Schläfe; Bertrand aber, der seinem Blick gefolgt war, schaute überrascht, und wie von einem plötzlichen Gedanken erfaßt, zu ihm auf.

»Und Deine Frau?« wiederholte er leise.

»Siehst Du sie nicht da drüben, wie sie sich ziert,« lachte René jetzt, die Hand auf des Freundes Achsel legend.

»Die Insulanerin?« rief der Officier fast wie erschreckt, und so laut, daß die ihm nächsten Paare nach ihm umschauten, und selbst Sadie ängstlich nach René herüber blickte.

»Die Missionaire stecken ihr noch etwas in den Füßen,« fuhr René, wie entschuldigend gegen den Freund gewendet fort, »aber — gefällt sie Dir nicht?«

»Es ist ein liebes, holdes Kind,« sagte der junge Mann, plötzlich ganz still und ernst werdend — »so hold und schön wie der sonnige Himmel ihres Heimathslandes.«

»Und weshalb seufzest Du da so schwer?« lachte René.

»Aber weshalb befreist Du sie nicht von dem alten Gecken, der sie da quält und peinigt?« sagte Bertrand rasch — »sie hat ihm schon zehnmal den Tanz abgeschlagen, und er läßt immer nicht nach — er würde sich das bei einer weißen Dame nicht unterstehen.«

145

»Du hast recht,« sagte René schnell, und that einen Schritt nach vorn, setzte aber plötzlich langsamer und lächelnd hinzu: »es ist Einer meiner Freunde und kennt Sadie, wie den etwas puritanischen Geist, der sie manchmal noch von unsern Sitten und Gebräuchen als etwas, ihrer eigenen Religion widerstrebendem, zurückschrecken läßt. Doch komm Bertrand, wir dürfen uns der Gesellschaft nicht so lange entziehen, Madame Belard da drüben — ha wer ist jene junge Dame die dort mit Deinem Capitain jetzt tanzt? — ich habe sie noch nicht auf Tahiti gesehen.«

»Sie kommt von der Südseite der Insel, wie ich heute gehört,« erwiederte Bertrand, »wo sie in der Familie eines dort angesiedelten Franzosen gelebt. — Aber Deine Frau winkt Dir da drüben.«

»Monsieur Brouard wird zudringlich, wie mir scheint,« entgegnete René mit einem halb spöttischen Lächeln die Unterlippe beißend — »komm mit mir Bertrand, und ich zeige Dir mein Weib,« und den Arm des Freundes fassend, ging er mit ihm, die Tänzer vermeidend, zu der anderen Seite des Saales hinüber, wo ihm Sadie, sich jetzt ernstlich von dem alten Herrn losmachend, rasch entgegen kam.

»Ihre kleine Frau ist entsetzlich spröde,« rief ihm hier Monsieur Brouard mit einem etwas verlegenen Lächeln entgegen — »sie will unter keiner Bedingung mit mir den ersten Walzer tanzen.«

Sadie sah bittend zu dem Gatten auf, und René, ihren Arm lächelnd in den seinen ziehend, sagte mit einer leichten etwas kalten Verbeugung zu Herrn Brouard:

»Ich habe Sie bis jetzt für unwiderstehlich gehalten, Monsieur, verzeihen Sie dem noch rohen Geschmack der Insulanerin, die selbst Ihren unausgesetzten Bemühungen gegenüber ihr Recht zu wahren suchte. Ich

146

hatte schon den ersten Tanz vorher engagirt.«

»Ah, dann bitte ich tausendmal um Vergebung,« sagte der
Kaufmann, sich verlegen, aber auch jedenfalls pikirt über die
etwas kurze Abfertigung zurückziehend, während René,
ohne sich weiter um Herrn Brouard zu kümmern, Sadiens
Hand ergriff und sie mit herzlichen Worten dem
Jugendfreund als sein liebes, braves Weib, als seine Sadie
jetzt vorstellte.

»Euch Beiden erzähl' ich nachher von einander,« setzte er
dann lachend hinzu, »und nun Sadie, darfst Du es mir nicht
machen, wie Brouard — nicht wahr ich bekomme keinen
Korb, wenn ich Dich jetzt um den Walzer bitte?«

»Aber René« sagte, leise sich zu ihm biegend, und hoch
erröthend die junge Frau, »was wird Mr. Nelson, was Mr.
Dennis sagen, wenn sie erfahren daß ich hier getanzt —
ich thue doch wohl nicht recht damit, und möchte Dir aber
auch noch viel weniger weh thun, mit einer Weigerung.«

»Thorheit, Sadie, haben wir nicht zusammen die Tänze
meines Vaterlands vor Mr. Osbornes Augen getanzt auf
Atiu?« frug René, mit einem leisen Vorwurf in dem Klang
der Stimme.

»Auf Atiu,« wiederholte Sadie leise und das Wort rief liebe
liebe Bilder wach in ihrer Seele — »auf Atiu!«

»Der alte Mann hatte seine Freude daran, wenn wir fröhlich
waren.«

»Aber Mr. Dennis,« sagte Sadie schüchtern.

René zog die Brauen zusammen und sah einen Augenblick
finster vor sich nieder; aber Sadie legte ihre Hand auf seinen
Arm und schaute ihm mit ihrem bittenden herzlichen Blick
ins Auge. Er sah auf zu ihr, sah das halbe Lächeln in ihren

Zügen, und rasch seinen Arm um sie schlingend, flog er mit ihr den früher oft und gern geübten Tanz dahin in den Reihen der fröhlichen schwingenden Paare.

Sadie tanzte mit unendlicher Grazie und Leichtigkeit, aber ihr Herz war nicht bei dem Fest; in ihrer Brust wogte und stach es mit vorwurfsvoller Stimme und quälte das arme unschuldsvolle Herz mit trüben, ängstlichen Bildern. »Du sündigst jetzt« sagte sie sich leise und immer und immer wieder vor, und des ehrwürdigen Bruder Dennis Stimme klang dabei fortwährend in ihrem Ohr — »Du hast Dich dem wil den sündhaften Tanz ergeben, und der böse Feind greift schon nach dem Arm, wo ihm der Finger kaum geboten in Lust und Leichtsinn.«

»An was denkst Du Sadie?« flüsterte ihr René zu, wie er mit ihr wirbelnd und sie fest in seinem Arm dahin flog, während die eingeborenen Frauen besonders, Sadiens leichtem Tanze bewundernd mit den Augen folgten.

Sadie schüttelte leicht und erröthend mit dem Kopf, und zwang sich fröhlich zu sein, aber die mahnende Stimme in ihr wurde stärker und stärker, und wie schwindelnd lehnte sie sich endlich an Renés Schulter und bat ihn sie zu einem Stuhl zu führen.

»Du kannst das rasche Drehen noch nicht vertragen,« lachte der junge Mann, sie dort hin geleitend wo Bertrand mit untergeschlagenen Armen stand und keinen Blick bis jetzt verwandt hatte von dem Paar — »nur erst ein paar Tänze aber Dich munter im Kreis gedreht, und der Schwindel verliert sich schon von selber. Es ist eine Art Seekrankheit die wohl die meisten Menschen überstehen müssen.«

»Ah Monsieur Delavigne — hierher, wenn ich bitten darf, für einen Moment nur,« rief in diesem Augenblick die

148

fröhliche Stimme der Mad. Belard, die ihm freundlich und dringend winkte zu ihr hin zu kommen. Sadie deshalb dem Freunde übergebend, folgte er dem Ruf.

»Monsieur,« rief ihm aber die lebendige kleine Frau schon von weitem entgegen, »ich habe Ihnen eine sehr angenehme Nachricht mitzutheilen; dort drüben, und ich werde indessen die Sorge für Ihre kleine Frau übernehmen, ist eine junge Dame die den Augenblick nicht erwarten kann Ihre Bekanntschaft zu machen, und sich schon nach allen Ihren Verhältnissen auf das Genaueste und Peinlichste erkundigt hat. Soviel rath' ich Ihnen, wahren Sie Ihr Herz.«

»Sie sind zu gütig, Madame,« lachte René, »wenn dem wirklich so ist, scheint die Sache in der That gefährlich zu werden.«

»Spotten Sie nicht vor der Zeit,« warnte Madame Belard — »Sie bekommen es mit keinem gewöhnlichen Mädchen zu thun, und werden einem Paar Augen Stand halten müssen, denen schon stärkere Herzen erlegen sind als ein junger leichtsinniger Franzose wahrscheinlich in seiner Brust mit herum trägt.«

»Und die Dame?«

»Warten Sie, dort drüben spricht sie noch mit Madame Choupin, der Stiefmutter von Brouards Frau, der möchte ich nicht gerne in die Hände laufen.«

»Die junge Dame dort?« rief René rasch, »ah ich habe sie schon vorher bemerkt: sie kommt von Papara, wenn ich nicht irre.«

»Das Alles wird sie Ihnen gleich selber mittheilen, Monsieur; aber aufrichtig gesagt,« setzte sie schelmisch hinzu, »bin ich selber neugierig welch Interesse sie in so auffallender Weise an Ihnen nehmen kann. Sie müssen ihr doch fremd sein.«

»Sympathie,« lachte René, »lieb ist mir's aber dabei daß gerade ein so reizendes Wesen sich für mich interessirt.«

»Sie müßte denn im Auftrag von Madame Choupin« — sagte Mad. Belard, Renés Arm ergreifend und mit einer komischen Mischung von Besorgniß und Schadenfreude zu ihm aufschauend.

»Um der heiligen Jungfrau Willen, Madame,« sagte aber René rasch und mit komischer Angst, »schon der Gedanke ist grausam — oder — gönnen Sie mir mein Glück nicht?«

»Gönnen? was wollen Sie damit sagen, Monsieur, — oder woher wissen Sie überhaupt daß Ihnen ein Glück bevorsteht? eitles Männervolk; Ihr Herren der Schöpfung werdet aber hier auf den Inseln viel zu sehr verwöhnt, und hätte ich früher gewußt was ich jetzt weiß, nie im Leben würde ich meine Einwilligung zu einem Umzug nach Tahiti gegeben haben.«

»Da kommt Mad. Choupin,« sagte René leise, und Madame Belard erschrak und wandte sich rasch ab, den Platz zu verlassen, als sie das boshafte Lächeln auf Renés Lippen bemerkte, und sich nun umdrehend sah wie Mad. Choupin die andere Richtung eingeschlagen, und die junge Dame im Gespräch mit Mad. Brouard zurückgelassen hatte. Madame Belard drohte ihm lächelnd mit dem Finger und sagte leise:

»Wenn Sie jenen alten Drachen näher kennten, würden Sie mir vollkommen recht geben, und ihn fürchten wie ich, aber — die Luft ist rein, so kommen Sie, denn ich muß mich auch noch um meine anderen Gäste bekümmern, und habe nicht Zeit hier Stundenlang mit Ihnen zu plaudern.« — Und seine Hand ergreifend führte sie ihn der Stelle zu, wo die junge Fremde mit Madame Brouard, anscheinend in tiefem Gespräche stand, behielt aber kaum Zeit für die ersten Worte, »Monsieur Delavigne, Mademoiselle Susanne Lewis,«

als die Instrumente auf's Neue begannen und sich die Paare zur Française anstellten.

»Desto besser, unter dem Tanz werden Sie noch schneller mit einander bekannt,« rief die kleine muntere Frau, von dem Paar zurücktretend; »dort aber kommt auch mein Tänzer, `Monsieur le capitain`, und ich muß Sie für jetzt Ihrem Schicksal überlassen; doch — unsere Verabredung Monsieur, um die Auf lösung dieses Räthsels wünsch' ich nicht zu kommen.« Und ohne weiter den beiden jungen Leuten eine Antwort zu gestatten, trat sie mit dem ihr jetzt den Arm reichenden Capitain zum Tanze an, und Delavigne konnte ebenfalls nichts anderes thun, als der schönen Fremden den Arm bieten, den sie auch mit einer freundlichen Verneigung und einem eigenen schelmischen Lächeln dabei, annahm.

Die ersten Minuten gingen so mit der Anordnung des Tanzes vorüber, ohne daß er im Stand gewesen wäre ein Wort weiter mit seiner schönen Unbekannten zu wechseln, die erste Gelegenheit aber die sich ihm bot ergreifend, sagte er leise:

»Madame Belard hatte mich durch einige freundliche, aber jedenfalls nur in Neckerei und Spott hingeworfene Worte ermuthigt zu glauben, daß Sie, mein Fräulein, wünschten mich kennen zu lernen; da ich aber gar nicht weiß womit ich solch ein Glück verdient hätte — «

»Sie wissen noch nicht ob das ein Glück für Sie werden wird, Monsieur,« lachte aber die Schöne schelmisch, und René sah wirklich etwas überrascht zu ihr auf, denn die nämlichen Worte hatte Madame Belard kurz vor ihr gebraucht, und konnten die beiden Damen mit einander im Einverständniß sein? — aber weshalb? —

»Es ist jedenfalls schon ein Glück in diese schönen Augen

schauen zu dürfen,« sagte er jedoch, sich rasch sammelnd —
»und Böses kann da wahrlich nicht geschehen.«

»Haben Sie ein gutes Gewissen?« frug die junge Dame.

René lachte — »Ja und nein, wenn Sie wollen; nicht schwerer zu tragen, wie wir Sterblichen überhaupt und durchschnittlich, und auch nicht leicht genug um zu befürchten, daß mir das Herz davonflöge über Nacht.«

»Sie sind ein weggelaufener Matrose,« sagte die junge Dame jetzt lachend und sah neckend zu ihm auf. René erröthete; da aber seine Geschichte, wie er diese Inseln betreten, auf Tahiti gar kein Geheimniß war, sagte er ruhig:

»Hat man schon versucht, mich Ihnen von der schlimmsten Seite vorzuführen?«

»Ob man versucht hat?« lachte die Schöne, »Sie mögen selber urtheilen. Uebrigens bin ich bei der Sache näher interessirt, als Sie vielleicht glauben — Sie sind mein Gefangener.«

»Auf Gnade und Ungnade,« lachte René, gern in den leichten Ton des wirklich wunderschönen Mädchens eingehend, dessen Reize erst jetzt wie es schien, nach und nach seinem Auge sichtbar wurden. »Aber tausend solche Gefangene haben Sie wohl schon solcher Art gemacht, und werden uns deshalb auch wohl auf unser Ehrenwort entlassen müssen, Ihrem Triumphwagen scheinbar frei zu folgen.«

»Auf Ehrenwort? — geben Sie kein leichtsinniges Versprechen, ehe Sie wissen wem?«

»Wem?« sagte René erstaunt, aber ihr Gespräch wurde hier durch den Tanz unterbrochen, der die Paare vor rief und trennte, und es bot sich von jetzt an keine Gelegenheit wieder auch nur ein Wort weiter zu wechseln, bis die Française beendet war. René nahm jetzt seiner Tänzerin Arm, und sie den Saal niederführend sagte er fragend:

»Und nun, mein Fräulein, lösen Sie mir das Räthsel — Sie tragen eine Maske, legen die Hand daran sie zu lüften, und ziehen sie neckisch wieder zurück. Ihr Spiegel sagt Ihnen schon, daß der Allmächtige Ihnen einen gewaltigen Zauber in's Auge gelegt über uns arme Sterbliche; mißbrauchen Sie die Macht nicht die Ihnen also gegeben — Sie bedürfen dessen nicht.«

»Ein Wallfischfänger ist doch wahrlich nicht der Ort Schmeicheleien zu lernen,« lachte die Schöne laut auf, »und dennoch scheint es fast als ob Sie selbst dort einen wesentlichen Theil Ihrer Zeit dazu benutzt hätten, nicht außer Uebung zu kommen. Oder haben Sie das Alles schon wieder hier auf den Inseln profitirt?«

»Mein Fräulein,« bat der junge Mann.

»Sie haben recht,« sagte die junge Dame da plötzlich ernster werdend, »es wird Zeit daß wir unsere beiderseitigen Stellungen einnehmen, die uns gebühren; also nochmals Monsieur, Sie sind mein Gefangener, René Delavigne!«

»Von Herzen gern.«

»Halt — nicht für mich etwa, Monsieur, sondern für meinen Vater, Jonathan Lewis, Capitain des dreimastigen Wallfischfängers »the Delaware,« gut gekupfertes Schiff erster Klasse A, und derzeit — «

»Miß Lewis? — aber wie ist das möglich?« unterbrach sie René in vollem, unbegrenzten Erstaunen.

»Derzeit« fuhr aber das schöne muthwillige Mädchen ernsthaft fort, »wahrscheinlich und mit Gottes Hülfe schon zu Hause, in Bedford, von seinem Kreuzzug heimgekehrt.«

»Aber Sie, eine Französin, des alten durch und durch Jankee Capitains Tochter?« rief René, immer noch ungläubig.

»Weigern Sie sich mir zu gehorchen, weil mir der schriftliche Verhaftsbefehl gebricht?« frug Miß Susanne.

»Sie sind grausam, Miß.«

»Nun denn, so will ich Ihnen mit zwei Worten das scheinbar unerklärliche Räthsel lösen. Erstlich bin ich keine Französin, sondern im New-York Staat in Nord-Amerika geboren, früh aber meiner Mutter durch den Tod beraubt schickte mich der Vater — wie Sie mir bezeugen werden, ein etwas rauher Seemann — nach Louisiana hinunter, wo seine Schwester an einen französischen Pflanzer verheirathet war. Ist Ihnen das nun klar?«

»Ja, aber jetzt?«

»Aber jetzt? ah, wie ich hierher gerade komme?« lachte die Jungfrau — »Sie verlangen also in der That meine Legitimation? Ist das auch etwas ungalant, will ich es doch den außerordentlichen Umständen zu Gute halten. Schwächlich von Gesundheit, und von den Sümpfen Louisianas mit wirklicher Gefahr für mein Leben bedroht, schien es, als ob mir der rauhe Nord dafür keine Linderung bieten sollte, denn dort hinauf zurückgekehrt, verschlimmerte sich mein Uebel eher, als daß es sich gehoben hätte. Die Aerzte dort verordneten mir daher eine Luftveränderung nach irgend einem milderen aber auch gesunden tropischen Klima, und mein Vater, damals gerade im Begriff ein Schiff zum Wallfischfang auszurüsten, sandte mich mit einem Jugendfreund von sich voraus nach Tahiti, mich hier dann später zu besuchen und vielleicht wieder abzuholen.«

»Und war der Delaware hier?«

»Nicht wahr das interessirt Sie?« lachte Susanne.

»Der Delaware interessirt mich allerdings,« lächelte René, »und Sie werden mir den Grund nicht streitig machen.«

»Nicht ich, Monsieur — Sie haben volle Ursache, aber ich gebe Ihnen auch mein Wort, daß sich der Delaware damals für Sie interessirte,« fuhr Susanne fort, »denn mein Vater landete gerade auf Tahiti, als Sie von ihm entsprungen waren, und eilte deshalb wieder besonders von hier fort den »entsprungenen Matrosen«, wie er mir erzählte, auf jener Insel wieder »abzuholen«. Wer mir damals gesagt hätte daß ich so glücklich sein sollte ihn wieder einzufangen.«

»Warum waren Sie nicht früher an Bord,« sagte René, »ich wäre nie davongelaufen.«

»Trau' Jemand Euch Männern,« rief Susanne abwehrend — »kaum auf festem Land, und mit keiner Sylbe mehr all jener heiligen Bande gedenkend die den Flüchtigen jedenfalls noch im alten Vaterland fesselten, hat er nichts Eiligeres zu thun als dem Beispiel seiner Landsleute zu folgen, und sich ein armes Mädchen zu beschwatzen, das ihm die Dauer seines Aufenthaltes hier die Zeit vertreibt.«

»Sie thun mir Unrecht, Mademoiselle.«

»Oh? — Ihnen sind die gemachten Contrakte wohl stets heilig?«

René biß sich auf die Lippen und sagte nach kleiner Pause:

»Also tadeln sie mich, daß ich mich dem Leben an Bord eines Wallfischfängers, dem ich nicht anders hätte für Jahre vielleicht entgehen können, durch die Flucht entzogen habe.«

»Nein,« sagte Susanne lachend, und das große schwarze seelenvolle Auge zu ihm aufhebend begegnete sie einen Moment seinem Blick, und glitt dann wie musternd und mit kaum unterdrücktem Muthwillen an seinem Anzug nieder — »ich begreife nur nicht,« fuhr sie dabei fort, »wie Sie je den unglückseligen Gedanken gefaßt haben konnten an Bord zu gehen. Hahaha, wenn ich Sie jetzt so vor mir sehe, und Sie dann mir als gewöhnlicher Matrose, in all dem Schmutz und entsetzlichen Leben eines »Whalers« unter dem wüsten rohen Volk denke — die Glacéhandschuh trugen Sie damals noch nicht, wie? — und auch wohl nicht den Frack? — Und wenn Sie nun damals wieder eingefangen wären? aber die Ein zelheiten müssen Sie mir nächstens einmal erzählen, versprechen Sie mir das?«

»Mit Vergnügen.«

»Und aufrichtig?«

»Wie meinem Beichtvater.«

»Hm, ich weiß nicht ob ich mich damit gerade begnügen möchte — doch wir werden ja sehen. Und Ihre — Frau?«

»Steht dort drüben mit jenem Französischen Officier — darf ich Sie zu ihr führen?«

»Ich danke,« sagte die junge Dame mit etwas kalter Höflichkeit — »ich komme aus Louisiana — und Sie dürfen mir nicht verargen, daß ich gerade kein günstiges Vorurtheil habe für — braune Haut.«

René sah erstaunt, ja beleidigt zu ihr auf, und Susanne begegnete fest dem Blick, der in seiner innersten Seele zu wurzeln schien, dort die geheimsten Gedanken errathen zu wollen.

Es war ein wunderschönes Mädchen wie sie da vor ihm

stand; die volle üppige Gestalt doch so zart und schlank in dem elastischen Reiz der Jugend; das edle Antlitz mit jenem weichen Zauber blühender Frische übergossen, der unsere Sinne auf den ersten Blick gefangen nimmt; die Augen voll Gluth und Feuer, und doch wieder eines so sanften Ausdrucks fähig daß sie den ernsten Schatten Lügen straften, wenn er streng und zürnend daraus hervorblitzen wollte, aber einen Himmel öffnend wenn ihr Glanz in milder Ruhe strahlte.

René schaute in diese Sterne voll Gluth und Leben, bis er fast vergaß weshalb er zu ihr aufgeblickt, und wie bittere Worte die süßen vollen Lippen erst gesprochen; denn wie ein leises Lächeln über die ernsten Züge glitt, war es wie spielendes Sonnenlicht auf der murmelnden Quelle im Waldesdunkel, mit tausend blitzenden funkelnden Lichtern tief hinableuchtend bis auf den reinen Grund.

»Sie sind beleidigt,« sagte sie endlich leise — »Sie hätten lieber gehabt, daß ich eine Unwahrheit gesagt, der Gegenwart zu schmeicheln.«

»Sie bringen ein Vorurtheil mit aus einer fernen Welt,« erwiederte René, »und doch verzeih' ich Ihnen gern; Sie kennen Sadie noch nicht.«

»Sadie — ein schöner, klangvoller Name — ich wollte ich hieße Sadie,« sagte Susanne — »wir in Nord-Amerika wählen unsere Namen fast nur aus der Bibel.«

»Ah, schon wieder einen alten Bekannten getroffen?« unterbrach in diesem Augenblick die Stimme des Capitains der Jeanne d'Arc, das Gespräch, und zwar gerade zu einer Zeit wo Susanna, mit feiner Hand eben wieder eingelenkt hatte in ein milderes Gleis. »Sie haben Glück, Monsieur Delavigne — aber für jetzt möchte ich die Dame wenigstens um den mir versprochenen Tanz bitten.«

Miß Lewis nahm, mit einer leisen dankenden Neigung des Kopfes seinen Arm, und René freundlich zunickend sagte sie:

»Ich muß sie nachher noch einmal sprechen — werden Sie kommen?«

René verbeugte sich, aber Sadiens Bild stand in diesem Augenblick vor seiner Seele, und er erwiederte das Lächeln nicht.

Als er zurückschritt, sein Weib aufzusuchen, war Sadie eben mit Bertrand, der mit der Hand nach ihm hinübergrüßte, zum Tanze angetreten, und an dem nächsten Fenster bleibend, lehnte er dort mit untergeschlagenen Armen, dem Tanze, an dem er dießmal keinen Theil nehmen wollte, zuzuschauen. Im Anfang schwammen ihm aber die Gruppen vor den Augen, ohne daß er im Stande gewesen wäre ein einziges Bild aufzufassen und zu halten. Vor seiner inneren Seele zog wieder und wieder die schöne Fremde — zogen die kalten Worte, die sie gesprochen, vorüber, und ein eigenes Weh, ein Gefühl dem er nicht Worte, nicht Ausdruck zu geben vermochte, zuckte ihm durch das Herz. Weshalb hatte sie ihn aufgesucht, weshalb sich ihm so freundlich zugewandt; um ihn nur wieder zurückzustoßen? — war das Ganze eine gewöhnliche Koketterie gewesen, ihn nur die Macht fühlen zu lassen, die sie über Männerherzen auszuüben gewohnt sei, und ihm dann lachend die Kluft zu zeigen die zwischen ihnen liege? »Bah — « um seine Lippen zuckte ein verächtliches Lächeln, als ihm der Gedanke aufstieg daß sie sich ihn zum Spiel ihrer Laune ersehen haben könnte — und was sonst war ihr Zweck? »Thörichtes Mädchen«, murmelte er leise vor sich hin, »Deine Schönheit vermag wohl das Auge zu blenden für kurze Zeit, aber den Mangel an Herz kann sie nicht ersetzen; geh und suche Dir ein anderes Spiel, bei mir hast Du Deine Zeit verloren.«

Und wieder wechselten die Bilder in Zauberschnelle vor seinem inneren Auge — die liebliche Gestalt in dem prächtigen Ballstaat — die vorüberschwirrenden Paare, deren einzelne Umrisse er schon nicht mehr sah; dazu die Musik, alte bekannte, lange lange nicht mehr gehörte Töne aus der Heimath — Weisen nach denen er selbst in schönerer Zeit — heiliger Gott die Erinnerung — — Er barg die Augen mit der linken Hand, aber nur wilder und unermüdlicher stürmten die Gedanken auf ihn ein, und nicht mehr entgehen konnte er den unabweisbaren.

Mehre Minuten mußte er so gestanden haben, als eine leichte Hand seinen Arm berührte, und fast erschreckt blickte er empor.

»Bist Du krank?« sagte eine leise, liebe Stimme, und Sadies treue seelenvolle Augen schauten bang und sorgend zu ihm empor; aber er bedurfte Secunden sich zu sammeln, sich zurückzurufen aus den Scenen in denen er jetzt — zum ersten Mal wieder nach langen Jahren — geweilt, und die er bis dahin mit fester Willenskraft zurückgeschleudert hatte wohin sie gehörten — in die Vergangenheit. Heute zum ersten Mal wieder, geweckt durch den Jugendgespielen vielleicht — vielleicht durch jenes schöne, kalte Bild, das ihn anzog und abstieß zugleich in wunderbarer Kraft, waren sie in altem Grimm und Schmerz erwacht, und es bedurfte wahrlich eines anderen, kaum minder starken Zaubers ihre Gewalt zu brechen, oder doch zu mildern.

Sadie — wie ein Sonnenstrahl der Wolken Nacht durchbricht, und Licht und Leben über die noch vor wenig Augenblicken nur mit Nebelschatten gedeckten Fluren wirft, so tauchte plötzlich das holde Bild in all seiner Milde und Lieblichkeit vor ihm auf, und Harfentönen gleich, die mit den weichen vollen quellenden Tönen nicht mehr allein durch das Ohr, nein durch alle Poren unseres Körpers in die

Seele dringen und die Nerven nachklingen machen ihre Harmonie, in dem Vibriren ihrer feinsten Fasern, so sah er nicht allein das holde Kind in all seiner Lieblichkeit vor sich stehen, nein so fühlte er auch das Wohlthuende ihrer Nähe, das den bösen Geist zurückdrängte der ihn beschlich, und leise ihre Hand ergreifend, die in der seinen zitterte flüsterte er das Zauberwort, das sich ihm selber retten sollte — »Sadie!«

»Du bist krank, René,« sagte aber die junge Frau, ihn zum Fenster drehend — »Du siehst bleich und angegriffen aus — laß uns zu Hause gehen« — setzte sie dann rasch und leiser hinzu — »Dir wird wohler dort, viel wohler, und — mir auch.«

»Mir fehlt Nichts, Du holdes Kind,« erwiederte René lächelnd — ein eigenes Gefühl trieb ihn seine jetzige Bewegung wie deren Ursache vor dem Weibe zu verbergen, aber es lag etwas Gezwungenes in den Worten, und das Auge der Liebe täuschte es nicht. René fühlte das auch wohl, und jeden weiteren Verdacht zu beschwichtigen, vielleicht weiteren Fragen zu entgehen, die er fürchtete, setzte er mit lauter fröhlicher Stimme hinzu: »nein Kind, mir ist sogar heut' Abend recht froh und leicht zu Sinn, und ich will noch recht viel tanzen. Verschmähte Freude kehrt nimmermehr zurück und es wär' Sünde sie von der Thür zu weisen.«

»Ich weiß nicht von wem Sie sprechen,« sagte in diesem Augenblick eine lachende Stimme an seiner Seite, und die muntere Madame Belard trat zu ihnen hinan — »aber nicht mehr wie schuldige Artigkeit wär' es, sollt ich denken, die Wirthin, wenigstens zu einem einzigen Tanz zu engagiren, daß sie nicht den ganzen Abend auch nur zusehen muß, wie sich ihre Gäste amüsiren.«

René hätte in diesem Augenblick keine erwünschtere

Entschuldigung finden können, einer ihm jedenfalls peinlichen Besorgniß, ja mehr noch, weiteren Fragen auszuweichen, und Sadie freundlich zunickend, bot er der Frau Belard den Arm. Diese aber, die ihm noch scherzend den Text las über seine für sie keineswegs schmeichelhafte Unhöflichkeit, bat er jetzt mit all jenem liebenswürdigen Leichtsinn, der ihm so gut stand vielleicht weil er ihm so ganz natürlich war, um Verzeihung, des begangenen Fehlers wegen, den er schon wieder gut machen wolle, wenn sie nur eben freundlich genug sein würde ihm Gelegenheit dazu zu gönnen.

»Hallo Sadie,« sagte in diesem Augenblick Aumama, die an ihre Seite trat, »Du machst ja ein merkwürdig ernstes Gesicht — bist Du schon müde?«

Sadie schüttelte lächelnd mit dem Kopf.

»So leicht nicht, Aumama,« sagte sie leise, ihren Arm um der Freundin Schulter legend, »und mir gefällt das Tanzen wundergut, wenn ich nur wüßte« setzte sie wieder ernster werdend und leiser hinzu — »ob wir auch recht thun mit solcher Lust, und vielleicht nicht gar eine Sünde begehen, von der wir uns selber vorlügen, daß das Ganze ja doch nur eine unschuldige Freude sei.«

»Und was ist's sonst?« lachte Aumama, »nimm mir den Tanz, und ich geb' Dir mein Leben in den Kauf. — Nur die Gesellschaft — und die Art hier wie sie's treiben gefällt mir nicht. — Das Umfassen hemmt die freie fröhliche Bewegung der Glieder, das Drehen treibt mich schwindlich, daß sich die Stube mit mir im Kreise wirbelt. Auch die Wände, der Boden hier machen mich irr und unbehaglich; mir wird als ob ich draußen im Canoe in offener See triebe und die Wellen mich auf und nieder würfen. Nein, gieb mir den freien offenen Plan, die blühenden Zweige und blinkenden Sterne über uns, die lustige Trommel zum Einschlag in Tritt und

Sprung, und ich bin Dein mit Leib und Seele, wie Du mich willst. Hei wie die Tapa im Winde flattert und die Locke Dir um die Schläfe jagt, wie das Blut da durch die Adern schießt, und zu flüssigem Feuer wird, eh' es zum Herzen zurückkehrt. Bah, hier der Tanz ist kalt — kalt wie das Land aus dem er kommt, und es kann mir das Herz nicht erwärmen, ob sie auch blasen und Specktakel machen mit ihren wunderlichen Instrumenten, aus Leibeskräften. Nicht einmal eine Trommel haben sie dabei, und das nennen sie Musik.«

»Du bist ein wunderliches Mädchen,« lächelte Sadie — »fremde Völker haben doch auch fremde Sitten.«

»Eben deshalb sollen sie uns die unseren lassen,« trotzte Aumama — »aber, was ich Dich fragen wollte,« setzte sie ernster hinzu — »wer ist das weiße Mädchen das mit René so lange tanzte, und so viel mit ihm zu sprechen hatte?«

»Ich weiß es nicht,« sagte Sadie — »eine Fremde, glaub' ich, die von Papara oder dessen Nachbarschaft kommt, und wohl hier wohnen bleiben wird; — warum?«

»Mir gefiele das nicht, wär' ich wie Du,« sagte die Freundin mit dem Kopfe schüttelnd — »sie hat ein glattes listiges Gesicht und ihr Blick — ich konnte ihre Sprache nicht verstehen, aber das ist oft nicht nöthig wenn die Augen so deutlich reden wie die Lippen.«

»Und was haben die Dir gesagt?« frug Sadie.

»Nichts was mich freute,« antwortete Aumama, »aber auch Nichts was ich wieder erzählen möchte; man soll keinem Menschen etwas Uebles nachreden, noch dazu auf den bloßen Verdacht hin.«

»Du bist ärgerlich auf die fremden Frauen,« sagte Sadie lächelnd, »weil Du nicht mit ihnen umgehen kannst wie wir es gewohnt sind unter einander; es ist wohl möglich daß Du ihnen dabei unrecht thust. Aber René hat seitdem gar nicht wieder mit ihr gesprochen.«

»Aber auch mit Niemand Anderem,« sagte Aumama schnell — »er stand da am Fenster und stützte den Kopf in die Hand, bis Du zu ihm kamst.«

Sadie schwieg und sah sinnend vor sich nieder; ihr Blick haftete aber nicht lange am Boden, sondern suchte den Gatten, in dem wilden Gewirr des Tanzes, dem sich René wieder mit vollem Eifer hingegeben. Aber die, nach der ihr Blick dann umherschweifte, fand sie nicht; Miß Lewis hatte den Saal verlassen und René lachte und plauderte noch immer mit seiner lebendigen Tänzerin, der Frau Belard.

Doch neue Gäste kamen zum Tanz, in dem jetzt gerade eine kurze Pause eintrat, den Tänzern Gelegenheit zu geben sich an den hie und da angebrachten und mit Früchten, Kuchen und Wein bedeckten Tafeln zu erfrischen, und kaum schwieg die Musik, als Manche der wilden Mädchen, froh eines lästigen Zwanges enthoben zu sein, in die Mitte des Saales sprangen und sich dort bald von einem großen Theil der Männer umgeben fanden.

»Kommt!« rief Eine der fröhlichen Schaar, sich jetzt wenig an die geputzten Fremden kehrend, deren unbekannte Weisen und monotones Drehen im Ring herum sie schon lange geärgert und ermüdet hatte,

»Komm! denn der scharfe Ton
Hat mich gelangweilt schon,
    Komm!
    Zuckt mir's durch Fuß und Knie,
    Zuckt mir's im Herzen hie!
    Komm!«

»Frieden, Wahine — gieb Ruhe — fort mit Dir, Mädchen!« riefen einzelne lachende Stimmen dazwischen — »hier ist kein Platz für Euere wilden Tänze, wo fremde Frauen sind — auseinander mit Euch!«

»Fort?« riefen aber Andere dazwischen, denen der wilde bekannte Laut die Pulse schon rascher klopfen machte —

»Fort? laß sie schwatzen da,
Herzchen wir kommen ja,
    Fort —
    Rasch nur die Trommel her,
    Stehn wir nicht müßig mehr.
    Fort!«

und den Takt auf den Lenden schlagend mit ihren flachen Händen, und singend und lachend begann die muntere Schaar, trotz dem Einspringen einzelner Männer, die vielleicht nicht mit Unrecht fürchteten daß der Tanz in dem Uebermuth des jubelnden Schwarmes ausarten könnte, den wilden Upepehe, den Lieblingstanz ihres Stammes.

Die neuangekommenen Gäste, zwei Marine-Officiere der Jeanne d'Arc, mischten sich gleich lachend unter die jubelnden Dirnen, die sie fast Alle kannten, und Mad. Belard beschwor jetzt René, seinen Einfluß aufzubieten das zügellose Volk wieder zur Ordnung zurückzubringen, was aber mit nicht wenig Schwierigkeiten verbunden war. In der Mitte gestört, stoben sie nach allen Seiten hinaus, jede auf eigene Hand den begonnenen Tanz auszuführen, und es wurde auch in der That erst dann möglich sie wieder zu vollkommener Ordnung zu bringen, als die Trompeten, auf Renés Zeichen, von Neuem zu einem Tanze einsetzten und dadurch die Mädchen, die denen entgegen nicht ihren eigenen Takt beibehalten konnten, zwangen aufzuhören.

Als die Musik nun aber, nicht wieder durch eine neue Pause neue Störung zu verursachen, in dem begonnenen Stücke blieb, sahen sich die letztgekommenen Officiere ebenfalls nach Tänzerinnen um. Von weißen Damen schien aber nur noch Mrs. Noughton übrig geblieben zu sein, die trotz allen Aufforderungen auch noch nicht einen Schritt heut' Abend

getanzt, sondern wacker an der Seite ihres eben so langwei
ligen Gatten auf dem einen Canape ausgehalten hatte.
Madame Belard war mit Monsieur Brouard angetreten,
Madame Brouard mit dem Capitain, und Fräulein Susanne
blieb verschwunden. Mrs. Noughton weigerte sich aber
auch dießmal mit einer steifen Verbeugung an dem Tanze
Theil zu nehmen und Einer der neugekommenen Officiere
schaute eben, leicht getröstet, im Saal umher, sich unter den
anwesenden Insulanerinnen Eine herauszusuchen, mit der
er möglicher Weise im Walzer fortkäme, als er Sadie
bemerkte, deren Europäische Tracht ihm gerade nicht
besonders auffiel. Rasch auf sie zu tretend, legte er seinen
Arm um ihre Taille und sagte:

»Komm Wahine, dann wollen wir einmal versuchen wie wir
herum kommen, und halt das Köpfchen steif, daß Du mir
nicht schwindlich wirst; ich drehe Dich schon.«

René hatte sich mit Bertrand wieder zusammengefunden,
und schritt eben langsam der Stelle zu wo Sadie stand, als er
sah wie sie sich in dem Arm des Fremden sträubte und sich
ihm zu entwinden suchte; der junge Officier aber, schon seit
Monden langem Aufenthalt auf den Inseln gewohnt mit den
Frauen Tahitis umzugehen, glaubte nur hier eine etwas
spröder als gewöhnliche Schöne gefunden zu haben, und
rief lachend:

»Zum Teufel, mein Mädchen, stemme Dich nur nicht, ich
thue Dir Nichts;« Sadie aber war so erschreckt, daß sie nicht
vermochte einen Laut über die Lippen zu bringen und sich
von dem starken Manne schon emporgehoben fühlte, als
René mit einem Sprung an ihrer Seite war, und seine Hand
mit einem Eisengriff in des Soldaten Schulter heftend, mit
vor Zorn bebender und kaum hörbarer Stimme sagte:

»Zurück da, Monsieur — das ist mein Weib.«

»Sollst sie behalten, Kamerad,« lachte der junge, etwas rohe Marine-Officier, »aber ein Tänzchen muß sie erst mit mir machen, davon hilft ihr kein Gott.«

»Lassen Sie mich los, Monsieur!« rief auch in diesem Augenblick Sadie, die durch Renés Gegenwart ermuthigt, ihre Sprache wieder gewann, und der Officier, durch das flüssige Französisch der Insulanerin überrascht, ließ kaum in seinem Griff um ihre Taille nach, als er sich auch schon von dem, kaum seiner Sinne mehr mächtigen René gefaßt und mehre Schritte zurückgeschleudert fand.

»Teufel!« schrie er, und die Hand fuhr fast unwillkührlich nach dem leeren Degenkoppel, Bertrand sprang aber dazwischen, und der Officier auch, sich rasch besinnend wo er sich befand, und daß er hier das Fest nicht stören durfte, biß nur die Zähne auf einander und winkte dem, trotzig zu ihm hinüberschauenden René ihm zu folgen. Aber andere Augen hatten ebenfalls den Wink gesehen und verstanden, und ehe René im Stande war sich von Sadie frei zu machen, und dem stillen aber wohl begriffenen, ja erwarteten Ruf zu folgen, fühlte er eine Hand auf seiner Schulter, und der Capitain der Jeanne d'Arc, der gerade zufällig mit seiner Tänzerin dort stehen geblieben, und Zeuge des ganzen blitzesschnell in einandergreifenden Vorfalls gewesen war, bat ihn, nur wenige Minuten auf seiner Stelle zu bleiben, bis er ihm Antwort bringe von draußen. Dann ohne weiteres dem Officier folgend, erreichte er diesen gerade an der Thür, faßte seinen Arm und führte ihn mit sich hinaus.

In dem Saal war indessen für den Augenblick Todtenstille eingetreten; die Musici, vor denen der Streit stattgefunden, hatten auch fast wie verabredet, aufgehört zu blasen so wie die Tänzer stockten. Auch die übrigen Gäste, wenn auch nur wenige von ihnen die Ursache des so plötzlich aufgetauchten Streites kannten, sahen daß er schon zu weit gegangen war, anders als mit Blut wieder gesühnt zu werden, und standen in jener peinlichen Erwartung, dem Ausgang des Ganzen entgegenzusehen, die wir uns wohl stets bei irgend einer nahenden Gefahr, mag sie uns oder einen Andern bedrohen, beschleichen fühlen. Nur die eingeborenen Mädchen, denen nicht entgangen war daß Einer der Betheiligten den Saal verlassen hatte, glaubten damit natürlich Alles beigelegt, und zuerst die feierliche und so plötzliche Stille um sich her einen Augenblick erstaunt beobachtend, gewann das leichte Element bei ihnen doch nur zu bald wieder die Oberhand.

»Hierher Waihines!« rief plötzlich die lachende Stimme Nahuihuas, der Schwester Aumamas, mit der Lefevre schon fast den ganzen Abend getanzt --

Schnell!
Schnell wie der gier'ge Hai
Schneidet die Fluth entzwei,
Schnell —

»Ruhe Wahine!« flüsterte es rasch um sie her, und das Mädchen schwieg erschreckt, mitten in ihrem Gesang, als sie die ernsten finstern Gesichter all' erblickte, die sich rasch und bestürzt auf sie richteten.

Madame Belard wußte aber wie dieser böse Geist zu bannen sei, und dem Orchester ein Zeichen gebend, daß jetzt rasch wieder in den unterbrochenen Tanz einfiel, ergriff sie den Arm Renés und den halb Widerstrebenden mit sich fortziehend, flüsterte sie leise und dringend:

»Ei, Sie ungezogener Mensch, den eine Dame zum Tanz förmlich mit Gewalt zwingen muß. Sie haben mir meinen Tänzer fortgejagt, und sind jetzt auch verpflichtet dessen Stelle zu übernehmen. Ueberdieß fühlen Sie denn nicht daß Alles auf Sie achtet?« setzte sie leiser hinzu. »Machen Sie wieder gut was Sie verdorben haben, und zeigen Sie den Leuten daß Sie gar nicht daran denken Skandal anzufangen!«

René fühlte mehr wie er verstand, daß sie recht hatte; einen Blick nach Sadie zurückwerfend, die er jetzt in Bertrands Schutz sah, kam ihm auch die Erinnerung an das Vergangene, und sich zu seiner liebenswürdigen Tänzerin niederbiegend bat er leise:

»Vergebung, theuerste Frau, Vergebung für den fatalen Auftritt den ihnen hier meine Hitze bereitet, aber — «

»Ich weiß Alles,« beruhigte ihn Madame Belard, »ein Mißverständniß nur — ruhig Monsieur, Sie sollen mir nicht wieder hitzig werden und aufbrausen, so lange ich jetzt in Ihrem Schutze bin — ein Mißverständniß war die ganze Ursache, der junge Officier, der Sie gar nicht kannte, kann nicht die Absicht gehabt haben Sie oder Sadie wissentlich beleidigen zu wollen, und würde vielleicht eben so leicht daran denken sich einen Finger abzuschneiden, als Streit zu suchen hier bei mir.«

»Aber er hat — «

»Ich weiß ja Alles,« unterbrach ihn wieder Madame Belard, in gutmüthiger Ungeduld mit dem Kopf schüttelnd, als sie zum Ausruhen abgetreten waren und Nichts als eingeborene Frauen um sich sahen, die nicht verstanden was sie sprachen. »Er hat Ihre Frau nach unseren Begriffen von dem was sich schickt und gehört, beleidigt, und wäre das auf einem Europäischen Ball vorgefallen, so könnte nichts anderes als Degen oder Pistol den Streit entscheiden; hab' ich recht?«

»Wäre das?« wiederholte René erstaunt — »und ist das nicht hier, bei meiner Frau genau dasselbe?«

»Nein, nein und abermals nein!« sagte aber Madame Belard ungeduldig; »nach Insulanischen Begriffen von Ehre und Schicklichkeit — «

»Aber meine Frau ist — «

»Eine Insulanerin, Sie mögen's drehen und wenden wie Sie wollen; und wenn sie eine Ausnahme macht von den übrigen, von denen sie allerdings wie Tag und Nacht verschieden ist, so liegt der doch nicht auf der Haut zu Tage, und das junge fröhliche Stück von einem Officier, das in seinem Uebermuth, von den Schiffsbanden auf einen Abend frei zu sein, nur hier herein springt, sich, wie es keine weiße Tänzerin bekommen kann, nach dem schönsten Indianischen Gesicht umschaut und da aus Versehen gerad' auf Ihre Frau trifft, hätte eben so gut vermuthen können einen Neger in weißer Haut zu finden, als eine Indianerin, die sich so ganz ihrer eigenen Sitten entschlagen, und Europäischen Gebräuchen mit ihrer Sprache und Haltung zugewandt hat.«

»Aber ihre ganze Kleidung mußte ihm das schon von vorn herein verrathen.«

»Als ob Ihr Männer überhaupt je sähet womit sich eine arme Frau herausgeputzt hat, diesen Herren der Schöpfung zu gefallen,« spottete die junge Frau halb im Scherz halb im Ernst; »entweder Ihr mustert ganz genau und auf das peinlichste, immer dabei Eueren schlechten Geschmack bewährend, oder Ihr wißt nicht einmal ob wir Seide oder Cattun getragen, wenn wir Stunden lang in Euerer Gesellschaft gewesen sind — Gott ist der Mensch grob,« seufzte sie dann nach einer kleinen Pause, als René schwieg und vor sich nieder schaute, mit komischem Ernst; »handgreiflich leg' ich's ihm in den Weg, und nicht eine kleine unbedeutende Schmeichelei sagt er mir dafür.«

»Liebe Madame Belard,« bat René.

»Ich bin schon wieder gut,« lachte die kleine Frau, »aber René,« setzte sie ernster, und einen Blick umherwerfend ob sie Niemand überhöre, hinzu — »seien Sie auch vernünftig, setzen Sie sich über eine kleine Vernachlässigung Ihres sonst so lieben Weibchens eher einmal hinweg, als Sie es nöthig hätten wenn sie — eben von — unserer Farbe wäre. Der Fremde kann nun einmal unsere Privatverhältnisse nicht so leicht durchschauen, und wird der farbigen Eingeborenen nie eine solche Achtung und Aufmerksamkeit zollen, als ob sie ihm ebenbürtig wäre.«

»Und ist sie das nicht?« rief René erstaunt, und Madame Belard biß sich auf die Lippen; sie zögerte augenscheinlich mit einer Antwort, die sie sich scheute gerade auszusprechen.

»Lieber René,« sagte sie endlich nach einer kleinen Pause mit wirklicher Herzlichkeit im Ton, wie sie bis jetzt noch nie zu ihm gesprochen, »Sadie ist ein liebes herziges Kind, eine Frau die man lieber gewinnt mit jedem Tag, und ihre ganze Seele liegt in ihrem Blick, aber — «

»Aber? Madame Belard?«

»Sie haben sich mit ihr die Rückkehr in die Heimath abgeschlossen,« setzte die kleine Frau endlich entschlossen hinzu — »Sie haben sich auf Ihre Bambushütte und den Meeresstrand beschränkt, und — ich weiß nicht ob Sie daran gut gethan haben.«

»Und paßt Sadie nicht in jede Gesellschaft?«

»Ja — aber die Gesellschaft paßt nicht für sie;« lautete die rasche Antwort; »wenn sie von der Gesell schaft als das aufgenommen würde was sie wirklich ist, in all' ihrer Anmuth und holden Weiblichkeit, keine andere Frau könnte höher stehen, aber wir leben nun einmal in einer Welt von Vorurtheilen, und — können nicht durch die Wand mit dem Kopf.«

»Aber ich will von der Welt Nichts mehr — mir genügt das Glück das ich besitze — sie sollen mir das nur unverkümmert lassen.«

Madame Belard schüttelte mit dem Kopf und sagte ernst:

»Sie kennen sich selber nicht, Delavigne, und sind hier in Verhältnisse gekommen, die Sie noch nicht übersehen können; gebe Gott daß ich unrecht habe, aber Sie passen so wenig zu dem thatenlosen Leben dieser Inseln wie — ich, und ich will auch meinem Gott danken, wenn Monsieur Belard einmal ebenso denken lernt und die Segel wieder heimwärts setzt.«

»Und was sollte mich hindern ebenfalls nach Hause zurückzukehren?« frug René, doch sein Auge suchte dabei den Boden als er sprach, und nur als Madame Belard gar nicht antwortete sah er auf, und vor ihm stand, mit einem eigenen Lächeln auf den zarten Lippen, Susanne; aber ohne ihn anzureden schüttelte sie nur leise und wie mißbilligend mit dem Kopf und schritt langsam der Stelle zu, auf welcher sich Herr und Madame Brouard eben zum Fortgehen anschickten. Ihm blieb jedoch keine Zeit weiter, denn durch die Tänzer schritt der Capitain der Jeanne d'Arc, und mit einer entschuldigenden Verbeugung gegen Madame Belard René's Arm ergreifend, führte er ihn mit hinaus in's Freie, wo die kühle Seeluft seine heiße Stirn fächelte, und die Sterne gar freundlich und traut auf sie herniederschienen.

»Mr. Delavigne,« begann er hier, freundlich des jungen Mannes Hand fassend und drückend, »es ist zwischen Ihnen und einem meiner Officiere ein mir höchst fataler, ja schmerzlicher Fall vorgekommen.«

»Ich stehe dem Herrn mit Vergnügen jeden Augenblick zu seiner Genugthuung bereit,« erwiederte René ruhig.

»Ich weiß das, ich weiß das,« beseitigte es der Capitain — »aber die Sache ist, daß Sie Beide recht und Beide unrecht haben.«

»Ich verstehe Sie nicht,« sagte René.

»Ich will mich deutlicher erklären,« fuhr der Capitain fort; »Sie sind selber zu gut mit den hiesigen Verhältnissen bekannt, als daß ich nöthig hätte Ihnen den Standpunkt anzugeben, auf dem die Indianischen Mädchen den Europäern gegenüber stehen; Sie müssen den geringen moralischen Zwang kennen, den sich beide Theile hier auferlegen, und Monsieur Rodolphe konnte keine Ahnung haben, daß Eine von Tausen den eine solche Ausnahme ihres Geschlechts hier machte.«

»Er ist vollkommen gerechtfertigt Genugthuung zu verlangen,« erwiederte René, dem es weh that das Geschlecht der Indianer so herabgewürdigt zu sehen; doppelt weh vielleicht weil er fühlte wie viel Wahrheit das Gesagte enthalte.

»Tollköpfiges Geschlecht,« murmelte der Capitain, den Kopf ärgerlich herüber und hinüber werfend, »aber Ihr sollt Euch nicht schießen, Mann, Ihr sollt Euch mit einander vertragen, und einsehen daß Euch Gott Euere gesunden Glieder gegeben hat, sie zur Ehre Eueres Vaterlandes einzusetzen, wenn's Noth thut, aber nicht da in die Schanze zu schlagen, wo es nur eines offenen Wortes zwischen beiden Theilen bedarf, sich zu überzeugen daß Beide unrecht hatten.«

»Monsieur Rodolphe wird schwerlich, nach dem

Vorhergegangenen, das erste Wort zum Frieden bieten,« sagte René vor sich hin.

»So thun Sie es, Delavigne,« rief der Capitain.

»Ich? — nie« — zischte René zwischen den zusammengebissenen Zähnen durch — »er hat mein Weib beleidigt und jeder Andere hätte wie ich gehandelt. Aber trotzdem will ich die Hand zur Versöhnung reichen,« setzte er finster hinzu, »wenn Monsieur Rodolphe mit mir zu Madame Delavigne geht, und die Dame dort, der begangenen Rohheit wegen, um Entschuldigung bittet. Sie wissen selber Capitain, daß nach unseren Begriffen von Ehre keine weitere Wahl mir oder ihm bleibt.«

»Aber Delavigne, das würde bei — das würde bei — das würde in Europa nöthig sein, aber hier — «

»Und sind unsere Gesetze der Ehre hier anderer Art?« frug René ihm scharf dabei in's Auge schauend.

Capitain Sinclair biß sich auf die Lippen — er konnte Nichts darauf erwiedern wenn er René nicht kränken und einen zarten, höchst schwierigen Punkt berühren wollte; aber er wußte auch daß sich Rodolphe gerade wieder seinen Begriffen von Ehre nach, einer Insulanerin gegenüber, deren Ehen mit den Weißen als viel zu leicht und zu wenig bindend angenommen wurden, nie dazu verstehen würde.

Es blieb da weiter keine Wahl, und tief aufseufzend und ärgerlich sich abdrehend sagte der Capitain, der gern das Aeußerste vermieden hätte, aber die Unmöglichkeit auch einsah:

»So macht was Ihr wollt; schießt Euch beide ein paar Kugeln durch die Jacken — so sind ein paar Tollköpfe weniger auf der Welt — aber ich will mit der ganzen Sache Nichts weiter zu thun haben — Nichts davon wissen — die

174

Folgen über Euch!«

Er kehrte raschen Schrittes in das Haus zurück, von der anderen Seite aber näherte sich dem jungen Mann ein Marineofficier und sagte höflich:

»Monsieur Delavigne, wenn ich recht bin?«

»So ist mein Name.«

»Sie wissen, was — «

»Ich stehe Ihnen mit Vergnügen zu Diensten.«

»An wen wünschen Sie daß ich mich wende?«

»Lieutenant Bertrand wird so freundlich sein — «

»Ah — besten Dank, Monsieur, und guten Abend.«

Mit höflichem Gruß trennten sich die beiden Männer, und René folgte dem vorangegangenen Capitain, Bertrand in Kenntniß zu setzen und um seinen Beistand zu bitten, und seine Frau nach Hause abzuholen. Der Abend war ihm verleidet worden gegen weitere Lust und Freude. Unbemerkt, wenigstens unbeachtet hatte er dabei gehofft den Saal wieder betreten zu können, Madame Belard schien ihn aber schon in Angst und Sorge erwartet zu haben, und seinen Arm ergreifend führte sie ihn den Saal entlang.

»Was haben Sie gethan?« flüsterte sie dabei, »Sie wilder Mann; und die arme Frau sitzt da drin und weint und sorgt und grämt sich, und weiß — ahnt noch nicht einmal das Schlimmste.«

»Wo ist Sadie?« frug René leise, sich im ganzen Saal vergebens nach ihr umschauend.

»Auf meinem eigenen Zimmer — ich führe Sie dorthin.«

»Nur einen Augenblick, Madame,« bat René, »ich habe nur

einem Herrn da drüben zwei Worte zu sagen; entschuldigen Sie mich nur einen Moment, ich bin gleich wieder bei Ihnen.«

»Und so soll es doch zum Aeußersten getrieben werden?« flüsterte erbleichend Madame Belard.

René zuckte die Achseln — aber Bertrand, ebenfalls im Begriff den Saal zu verlassen, stand nur wenige Schritte von ihm entfernt — wenige Worte leise geflüstert, genügten — sie drückten einander die Hand, und René eilte rasch zu seiner ihn ängstlich erwartenden Führerin zurück.

»Was Ihr für entsetzliche Männer seid,« sagte sie dabei, als sie den Saal verlassen hatten und die Treppe hinaufstiegen, der höher gelegenen Wohnung zu — »mit kaltem Blut verabreden sie da einander zu morden oder zu verstümmeln, und machen sich weiß dabei daß es nöthig, unumgänglich nöthig wäre. Guter Gott wie wird das jetzt enden. — Aber da gehen Sie hinein, und gehen Sie zu Haus mit ihr, so rasch Sie können — sie sehnt sich zu ihrem Kind, und ich möchte mich selber hinsetzen und weinen, wenn ich daran denke wie das arme süße Wesen, das hier Kummer und Sorge trägt unverschuldet, von mir eingeladen war sich zu amüsiren, und jetzt zu Hause geht, das Herz voll zum Ueberlaufen von Wehmuth und Leid. Sie dürfen mit ihr hier auf Papetee nicht mehr unter weiße Männer gehen, René, oder Sie können der armen Frau noch selber das Grab hier graben auf der fremden Insel.«

Und damit, ohne weiter eine Antwort von ihm abzuwarten, öffnete sie die Thür ihres Zimmers, ließ René eintreten und kehrte dann selbst zu ihren Gästen zurück, dort keinen Verdacht zu erwecken daß irgend etwas Außerordentliches vorgefallen sei, was den Frohsinn hätte stören dürfen.

176

Capitel 7.

Unterwegs.

René betrat rasch das kleine sonst so freundliche jetzt aber nur von einer einzigen düster brennenden Lampe kaum erleuchtete Gemach — eine eigene Angst, über die er sich eigentlich keine Rechenschaft zu geben wußte, preßte ihm das Herz zusammen, und nur zum Theil beruhigte es ihn, als ihm Sadie entgegen kam und beide Hände für ihn ausstreckte. Er zog sie leise an sich, und sie schmiegte ihr Köpfchen fest, fest an seine Schulter, ohne ein einziges Wort zu sagen, ohne einen Laut auszustoßen.

»Arme Sadie,« flüsterte er leise, und küßte sie auf die heiße glühende Stirn — fester drückte sie sich an ihn, aber sie athmete kaum, und René fühlte wie sie in seinem Arm zitterte.

»Wir wollen zu Hause gehen, mein süßes Lieb,« sagte er flüsternd zu ihr niedergebeugt, und sie nickte heftig an seiner Brust, aber ohne zu reden — das Herz war ihr so voll — so voll und so weh. Schweigend nahm er seinen Hut, den Madame Belard schon für ihn zurechtgestellt, und seinen Arm um ihre Schulter legend, sie zu stützen zugleich und zu führen, verließ er mit ihr das erleuchtete, Luft und Leben athmende Haus, durch eine Hinterthür das Freie suchend, da vorn, den hellen Fenstern gegenüber, hundert von Eingeborenen standen und lagen, den Tönen der Instrumente, den wunderlichen Melodien lauschend, bis hie und da eine Aehnlichkeit im Takt durch die Glieder Einzelner zuckte, und sie zum Tanz antrieb aus freier Hand, mitten auf der Straße draußen.

Durch den Garten, unter den thauigen Bananen und Orangen schritten sie hin, langsam und schweigend den schmalen Pfad entlang, auf den der Mond nur mühsam durch Palmenkrone und Brodfruchtwipfel einzelne seiner Strahlen konnte niederwerfen. Eine schmale Pforte führte auf die äußere Straße, und dieser folgend erreichten sie bald den düsteren Palmenhain, der vom Fuß der Hügel ab bis dicht an den Strand reichte und von dessen Wellen selbst seine Wurzeln bespühlen ließ.

»Du solltest Dich freuen an unseren Sitten und Vergnügungen,« sagte endlich René leise, als sie schon lange schweigend neben einander hingeschritten und René nur ängstlich bemüht gewesen war, die dicht an ihn angeschmiegte Gestalt des jungen Weibes vor allen Unebenheiten des Weges zu bewahren. »Du solltest tanzen und fröhlich sein, und hast nur Schmerz dort gefunden und Herzeleid.«

Sadie wollte sprechen; René fühlte wie sie sich von seinem Herzen halb emporrichtete, aber es war auch als ob ihr die Kraft oder das Wort dazu fehle.

»Bist Du mir böse, Sadie?« sagte René endlich nach langer Pause, und suchte dabei ihr Antlitz zu sich emporzuheben.

»Nein René,« flüsterte die Frau leise und schüttelte langsam den Kopf — »nein, nicht böse — aber — aber eine Bitte hätte ich an Dich.«

»Und nenne sie mein Herz.«

»Du warst so glücklich in Atiu« — fuhr Sadie nach kurzem Zögern fort, — »kein Schmerz, kein Weh drohte unseren Frieden zu stören. Dort — waren keine weißen Männer und Frauen weiter,« fuhr sie mehr Muth gewinnend, aber doch immer noch schüchtern fort, »dort warst Du Einer der Unseren geworden, Alle hatten Dich lieb, und ich selbst —

war ein Kind des Bodens und fand dort meine Heimath. Hier sind wir fremd, und der Charakter des Landes ist, durch Deine Landsleute, wie auch durch die Engländer ein anderer geworden. Die weißen Menschen dünken sich besser in ihrer Farbe,« fuhr sie wieder leiser fort, »als wir, denen die Sonne dunklere Haut gegeben. Sage mir Nichts dagegen, René, ich weiß es, und so weh es mir thut, ich wollte es gern ertragen um Deinetwillen — wenn ich nicht eben Deinetwillen Dich bitten müßte wieder mit mir fort von hier zu ziehen.«

»Meinetwillen, Sadie?« sagte René, aber es war ihm nicht Ernst mit der Frage und Sadie wußte es.

»Wenn Du es nicht selber fühlst, René,« sagte sie traurig, »mit Worten kann ich es Dir nicht beschreiben; ich kann Dich auch nur versichern daß ich die Ueberzeugung habe wie wir Beide recht, recht unglücklich werden würden, wenn wir hier blieben.«

»Aber mein Geschäft,« sagte René.

»Trägt nicht die Cocospalme Milch im Ueberfluß,« bat Sadie, sich fester an ihn schmiegend, »hängt nicht die Brodfrucht voll und reif am Zweig, und die Orange bietet Dir die Frucht, indem sie ihre duftenden Blüthen auf Dich niederschüttelt; hast Du nicht mich — Dein Kind? — liegt nicht der Frieden Gottes auf jenem stillen kleinen Inselreich, das Seine Huld mit Allem ausgestattet was lieb und schön und gut und fruchtbar ist? Sieh René,« setzte sie lauter, fester hinzu, »ich habe Alles gethan was Du von mir verlangt; ich habe mir Deine Sitten angeeignet, so weit es in meiner Macht stand, ich trage Euere Kleidung, ich spreche Euere Sprache, ich habe mein Herz Dir gegeben, Dir, nur Dir allein — und meinem Kind. Nur — nur die Farbe konnt' ich nicht ändern, die Gott meiner Haut gegeben — ich bin ein Kind dieser Inseln, und als solches hast Du mich lieben gelernt, und zu Deinem Weib genommen. Aber meine Schwestern hier auf Tahiti sind anderer Art — nicht mit so treuer Sorgfalt erzogen wie ich, leben sie meist wüst und wild in den Tag hinein — und Deine Landsleute tragen viel die Schuld. Du hast heute erfahren in welcher Achtung die Insulanerin bei ihnen steht — willst Du noch länger Zeuge sein wie sie mich kränken und niederdrücken? — und doch hast Du nicht den zehnten Theil von dem gesehen was mir wie Messer in die Seele schnitt, nicht die kalten verächtlichen Blicke einzelner Frauen — nicht die leichtfertigen Worte gehört, die mir, heimlich oft, oft ohne Furcht und Scheu in die Ohren geflüstert wurden, und das Blut in die Wangen jagten. Ich gehöre nicht unter jene Menschen, ich passe auch nicht für sie, sie nicht für mich, und willst Du hier bleiben auf Tahiti, magst Du Dich nicht trennen von dem jetzt vielleicht lieb gewonnenen Leben, so laß mich daheim bei meinem Kind, René, dorthin gehör' ich, den Platz füll' ich aus, und unsere Hütte mag Dir selber eine Heimath werden — aber Atiu wird es uns doch nie ersetzen. — O zögest Du zurück, René.«

René erwiederte Nichts; schweigend schritten sie neben einander hin, und tolle Bilder zuckten ihm durch Sinn und Hirn, denen er nicht Form, nicht Deutung zu geben vermochte. Das geschäftige, wenn nicht gesellige Leben Papetees war ihm schon theilweis zum Bedürfniß geworden, dem er nicht gern entsagen, das er sich aber noch weit weniger gestehen mochte, und doch auch wieder fühlte er in unbestimmter Ahnung die Gefahr, die seiner häuslichen Glückseligkeit hier drohen könne. Er sah sich in Kampf und Streit mit Europäern, von den Indianern angefeindet seiner Religion und Abstammung, von den Europäern verachtet seiner Heirath wegen, und durch das Alles, wie ein blendender neckischer Strahl, zuckte das weiße, wunderschöne Antlitz des fremden Mädchens, das kalt und höhnisch auf ihn niedersah und seiner Angst und Qual da unten nur zu spotten schien. Jetzt gerade sollte er Papetee verlassen, wo sie hier erschienen war, daß sie wohl gar nachher sich rühmte, er sei vor ihr geflohen? — bah — was war sie ihm? — ihre Schönheit konnte ihn nicht locken, Sadie war schöner — und ihr Geist? — ihr fehlte die milde Weiblichkeit die der Geliebten jenen unendlichen Reiz verlieh. — Und ihre Farbe — blindes thörichtes Menschenvolk, den Werth eines Herzens nach der Schaale oder Farbe zu schätzen, und die süße Frucht gar deshalb zu verachten, weil sie von der Sonne etwas mehr gebräunt. Und doch war gerade das jetzt dem jungen ehrgeizigen Mann ein bitteres schmerzliches Gefühl, daß sie mit jenem kalten Lächeln auf ihn niedersehen konnte; der Gedanke wurde ihm zur Qual, und ein Seufzer hob seine Brust. Es war zum ersten Mal der Wunsch daß die Geliebte seiner Farbe wäre, und Sadie hörte und verstand den Seufzer, denn sie senkte das Köpfchen und schritt lautlos neben ihm hin.

So erreichten sie den stillen freundlichen Platz der ihre Heimath war, das matte gedämpfte Licht das aus dem einen verhangenen Fenster quoll, beleuchtete den Schlaf ihres Kindes, die Palme die ihren breiten Wipfel darüber hing, rauschte leise und feierlich, und es war als ob sie dem Schlaf des Lieblings lausche und ihm bunte freundliche Träume zuflüstere über sein kleines Bett.

Fast unwillkürlich blieben die beiden Gatten stehen, und wie ihr Blick auf dem friedlichen Dache ruhte, das ihnen das Theuerste umschloß, als René der tausend glücklichen, seligen Stunden gedachte, die er schon dort mit seinem trauten Weib verlebt, und nun auch die frühere Zeit — die erste Zeit seiner Liebe, seiner Hoffnungen, des errungenen, so schwer errungenen Glücks in vollen lebendigen Farben emporstieg vor seinem inneren Geist, wie er damals den Augenblick gesegnet in dem er dieses Paradies zuerst betrat, da überkam ihn ein recht weiches, reuiges Gefühl, und sein Weib, sein treues braves Weib fest an sich ziehend, preßte er seine Lippen an ihre glühende Stirn, und das Liebeswort »Sadie« erstarb in dem langen, heißen Kuß.

»Komm,« flüsterte sie endlich, und entzog sich leise seiner Umarmung — »komm!« und seine Hand ergreifend, führte sie den Gatten an das Bett des Kindes.

Oh wie so süß der kleine Liebling ruhte; die Lampe, von einem breiten Bananenblatt verdeckt, warf nur den matten grünen Schein über den schlummernden Engel hin; die langen seidenen Wimpern lagen voll und dicht auf den von Schlaf gerötheten blühenden Wangen, und ein liebes herziges Lächeln spielte um die fein und zart geschnittenen Lippen. Engel flüstern mit dem Kind, wenn es im Schlafe lächelt, und das Mutterherz sieht des Schutzgeistes Fittiche ausgebreitet über dem Liebling.

Komm lieber Leser, komm — siehst Du die Gruppe dort, das Herz des Weibes an des Mannes Brust, Mutter- und Vaterliebe dem Schlaf der Unschuld lauschend und Gottes Segen niederflehend auf das Haupt des schlummernden Kindes? — Und darüber die rauschende Palme, das Bild des Friedens? um sie her aber den stillen rauschenden Wald, und der Sterne blitzende Schaar die Zeugen des erneuten Bundes? — komm, leise, leise daß Du es mir nicht störst, das freundliche Bild. — Wohin? — nach dem Strand führ' ich Dich — hörst Du die Brandung rauschen über die Riffe hin? — sie donnert ihre alte ewige Weise unverdrossen fort, aber doch heimlicher, ruhiger heut' Nacht, als ob sie selber sich scheue den heiligen Frieden zu stören, der auf der wunderschönen Insel ruht, und wie des Mondes Scheibe dort oben über den Gebirgshang herübersteigt und sein Licht über die See gießt, blitzt ihm die Brandungswelle im weiten silbernen Streif den Strahl zurück. Komm, dort unten liegt mein Canoe, und jenes freundliche Licht leuchtet uns auf unserer Bahn. So, steig nur ein und fürchte sein Schwanken nicht, der Luvbaum schützt es vollkommen vor jedem Umschlagen, jeder weiteren Gefahr, und durch die Corallenriffe hin steuere ich Dich in dem scharfgebauten Kahn über das Mond beleuchtete Wasser anderen, wenn auch nicht so friedlichen Scenen zu.

Klares Wasser unter uns — tief, tief liegt es dort unten in »purpurner Finsterniß« und lichte glühende Punkte ziehen und blitzen durch die geheimnißvolle, dem Menschenauge noch unerschlossene Welt. Dort unten baut der Korallenbaum nach rechts und links hinüber seine Wälle und Dämme, gegen die Jahrtausende die wilde Brandung schlägt, und im Innern dort hat er sich sein stilles Haus gebaut und sein cristallenes Dach gewölbt, und jetzt bei Nacht entzündet er die grünen Lichter alle, und wie ein Feeendom blitzt es und strahlt's zu Dir hinauf.

»Die Sterne, wenn sie alt werden und sterben, fallen sie in's Meer,« sagt Dir der Indianer, »und dort feiern sie ihre Wiedergeburt und tanzen und werden wieder jung« — aber glaub's ihm nicht; tief unten in dem Corallenwald, dessen eng und dicht verschlungene Zweige neidisch das ihnen anvertraute Geheimniß wahren wollen, tanzt das fröhliche Nixenvolk, das eigene Haar von blitzendem Licht durchflochten, den frohen Reigen, huscht unter den Bäumen hin, herüber und hinüber, und fährt hinauf und hinunter oft wie ein zündender leuchtender Strahl. Und der träumende Fischer oben, der in seinem Canoe liegt und staunend niederschaut in die ihm fremde wunderbare Welt, sieht die Lichter und folgt ihrem Zucken und Schießen mit den Augen, und glaubt auch manchmal daß er unter, neben sich — doch nein, hätt' er die Geister wirklich je belauscht, er würde nie zum Strande wiederkehren; nur an der Schwelle darf er stehen, wie die Natur uns Alle auf der

Schwelle läßt, und keinen Blick erlaubt in ihr geheimes wunderbares Wirken.

Weiter — schau nicht zu lang hinab, Dich schwindelt; und siehst Du den lichten Streif da drüben, der schon zweimal herüber und hinüberschoß, und dort zu Hause scheint, wo der Corallenhang die weiten Arme aufwärts wirft — das ist ein Hai, der unserem Kahne lauernd folgt — ein Wächter seinen Gebietern da unten.

Sieh, am Bug kräuselt und zischt die Fluth und aus dem silberglühenden Schaum blitzt sie Diamanten gleich funkelnde knisternde Lichter aus über das ruhige Wasser, auf dem sie eine Weile rasten und dann zerfließen. Mehr und mehr schwindet das Ufer zurück, und wir sehen den Schatten der Palme nicht mehr in der klaren Fluth, wie sie den Wipfel weit weit hinüberreicht sich zu spiegeln, und Morgens die Thautropfen niederzuwerfen in ihr eigenes Bild. Der Berg mit seinen gewaltigen Umrissen tritt massenhaft hervor, und links von uns donnert und schäumt die Brandung und springt höher empor, und rollt lauter und heftiger, als ob sie sich unserem Nahen widersetzen und uns zurückscheuchen wolle aus ihrer Nähe.

Dicht an der Corallenbank hin gleiten wir — so dicht, daß wir mit dem Ruder die hochaufzackenden starren Zweige berühren und Seeigel und Stachelei in ihren schimmernden strahligen Betten im matten Phosphorschein können liegen sehen — schärfer kräuselt das Wasser am Bug und einen Gluthstreifen zieht hinter dem Canoe die aufgerührte Welle. Weiter — von düsterer Nacht gedeckt, auf dem der Mond wie ein Silberschleier liegt, und nur den eigenen Strahl zurückzublitzen scheint, dehnt sich das waldbewachsene Ufer aus an unserer Rechten, mit seinen dunklen Orangen- und Guiavenschatten, seinen fächerblätterigen Pandanus und wehenden Palmen.

Weiter — die aufgescheuchte Möve, die im raschen Kreisschwung über die Fluth streicht stößt nieder nach dem dunklen Schatten des Canoes, flattert zurück, kehrt wieder, und abschweifend in weitem gewaltigen Bogen verschwindet sie in dem dämmernden Zwitterlicht, und nur der scharfe Schrei tönt noch aus dunkler Ferne zu uns her, die Bahn verrathend der sie jetzt folgt.

Sieh wie düster das Vorgebirge sich da hinauslagert in See, einem riesigen Ungeheuer gleich das vom Gebirge niedergestiegen und sich hier hineingeworfen in die klare Fluth, die heißen Flanken zu kühlen und den lechzenden Schlund — und das Brausen des Wassers — ist es doch fast als ob das schwere Athmen des Kolosses herübertöne in langen gewaltigen Pausen.

Daran hin gleitet der Kahn; so dicht — durch die Palmen am Ufer kannst Du das südliche Kreuz erkennen, wie es sich um des Südpols Axe dreht — und dort drüben die Lichter? dort liegt die Grenze unserer Poesie — die Compaßlichter sind's der im Hafen ankernden Schiffe, und in den offenen Luken liegen eherne Feuerschlünde, wie schlafend jetzt im Bau, jeden Augenblick aber bereit die eisernen Todesboten hinüberzusenden an diese stillen Ufer.

Unter jenem stolzen Schiff fahren wir hin — der Talbot ist's — und der Mann dort, der das Kinn auf den Arm gestützt, träumend nach uns herüberschaut der wachthabende Matrose, der schon lange das nahende Boot beobachtet hat, und heimlich den Kopf schüttelt was die stillen Ruderer hier draußen in der Bai thun so spät in der Nacht. Wie stolz und symmetrisch die Masten, mit ihrem spinnewebartigen Gewirr von Tauen und Stagen scharf und klar abzeichnen gegen das hellere Firmament, und wie leicht und elastisch der stattliche Bau auf dem Wasser ruht, der Möve gleich die schlummernd die weiche Woge gesucht, sich in Schlaf zu schaukeln durch die stille Nacht.

Und da drüben? — der schlanke wespenartige Bau kündet ein anderes Kriegsschiff, die Jeanne d'Arc, bedroht wie es fast scheint von dem Talbot hier und dem Vindictive da drüben, jenem gewaltigen Koloß, der die Mündungen seiner Kanonen auch hier herüber gerichtet hält; aber die Zähne gerade so weisend wie der stärkere Feind und mit entschlossenem Trotz liegt die Corvette still und ruhig in so gefährlicher Nachbarschaft, und mit der Morgensonne grüßt nicht rascher der erste Strahl die stolzen Flaggen Albions, als ihre drei Farben lustig im Winde flattern.

Welch ein eigenes wunderliches Bild in der Fluth da unten, wie die Schatten der dunklen Raaen herüber und hinüberziehen, und die Sterne ihr Bild daneben suchen in dem unheimlich düsteren Wasserspiegel.

Horch auf dem Kriegsschiff tönen die Schläge einer Glocke, »sechs Glasen« schlägts, es ist elf Uhr, und kaum hat die Glocke der Ankerwinde, vorn auf dem Vorcastle des Vindictive dem Compaßschlag geantwortet, als in rascher Reihenfolge, die Jeanne d'Arc mit dem Talbot zu gleicher Zeit, und nach ihnen alle Schiffe in der Bai die Stunde schlagen. Alles ist wieder still und ruhig wie vorher, so lautlos liegt die Nacht auf dem kaum athmenden Meer, daß man den Schritt der einzelnen Wache auf dem nächsten Deck des französischen Kriegsschiffs deutlich hört, und das leichte Summen einer heimischen Melodie tönt leise, mit dem regelmäßigen Gang, zum Takt über das Wasser. Da beginnt noch ein Schiff die versäumte Zeit langsam nachzuschlagen — die französische Schildwacht lacht, und zählt, mit Singen einhaltend, die schläfrigen rauhen Schläge einer gesprungenen Glocke.

Von dort her kommen sie, von dem Wallfischfänger der

gerade in unserer Bahn liegt, und der Mann der die Wacht hatte schlief so sanft in Lee vom Boot und träumte so süß, als das Schlagen der Glocken wieder und immer wieder zu ihm herübertönte. Eins, zwei, drei, vier, fünf, sechs — erst fein und dann tief — er zählte sie von allen Schiffen, und als wieder Alles still und ruhig geworden, und er in seinem Halbschlaf lange gewartet hatte daß die klappernden Töne seines eigenen faulen Schiffes, der einst so rüstigen Kitty Clover, wie immer den Nachtrab aufbringen sollte, da erst fiel es ihm ein daß er selber heute das Amt habe die alte lebensmüde Glocke sprechen zu machen, und mit einem leise gemurmelten Fluch suchte er sich zusammen, stand auf und den Klöppel anziehend daß er im Mißton sechsmal gegen die geborstene Seite dröhnte, brummte er bei jedem traurigen Schlag:

»Verdamme Dich — altes — geborstenes — klapperndes — schnarrendes — Lärmeisen Du! S'ist ein Skandal für die ganze Nachbarschaft,« setzte er dann knurrend hinzu, als er den Lagerplatz wieder suchte unter dem Boot, den Mondstrahlen wenigstens aus dem Weg zu gehen, und nicht aufzuwachen am andern Morgen mit geschwollener Physionomie.

Der Mond fällt jetzt voll und licht gegen die Flanke des schmutzigen, von Rauch und Theer geschwärzten, thranigen Fahrzeugs der Kitty Clover — die Segel die gestern zum Trocknen gelöst worden, hängen halbaufgegeit, die breiten Theerstreifen der Reefer zeigend[H] an den Raaen; die kurzen Masten mit dem breiten Sitz für den Ausguck darauf, die Boote aufgezogen und mit Cocosblattmatten dicht bedeckt, die heiße Sonne über Tag davon abzuhalten, das zerfetzte Kupfer am Bug, das Zeichen einer langen Reise, Alles kündet das Geschäft des Wallfischfängers, und doch liegt er hier träge und faul, mitten fast in der guten Jahreszeit, zu ruhen und träumen,

188

statt im Norden oben den Fischen aufzulauern und seinen Rumpf zu füllen.

Dicht unter seinen Krahnen gleiten wir hin, und freier dehnt sich die Bai hier vor uns aus. — Siehst Du da drüben die kleine Palmen bewachsene Insel, links der Einfahrt zu? — Motuuta ist's, der Königssitz der Pomaren, der stille Zeuge ihrer früheren Macht und häuslichen Glückseligkeit. — Vorbei; so ist die Zeit der Pomaren, vorbei; ihre Macht ist zum Spott geworden zwischen Engländern und Franzosen; zum Spiel, um das beide Nationen vielleicht mit Kanonenkugeln würfeln, oder es auch dem einen Gegner, als nicht der Mühe werth des Streits, freiwillig überlassen.

Weiter — aus den dunklen Schiffen heraus, deren düstere Rumpfe lange Schatten werfen, und das weiche Mondlicht um sich her einzusaugen scheinen, gleiten wir vor. Funken sprühend ordentlich in der elektrischen Fluth, schießen wir dahin, das leichte Ruder den scharfgebauten Kahn fast über die Welle hebend die ihn trägt. Da drüben liegt der Strand — weit und silbern dehnt sich der mondbeschienene Muschelkies und blitzt und funkelt, und die Woge quillt auf dagegen und saugt und breitet darüber hin, zurückweichend nur den funkelnden Schaum ihm lassend, der in Atome auseinanderfließt.

Erreicht haben wir jetzt das lange niedere, palmenbewachsene Land, den rechten Arm der Bai, die ihn schützend vorhält gegen den Passat, und kleine hochgebaute Gerüste laufen ein Stück hier in See hinaus, von dem sandigen Strand ab, Seebooten auch bei niederem Wasserstand die Anfahrt zu gestatten.

Aber was braucht das Canoe solcher Hülfe, das schattige Ufer zu erreichen? — risch hin, mehr über wie durch das Wasser schießt's auf der klaren Fluth, und das Ruder das es vorwärts treibt, hebt es und zwingt es, selbst über Coralle und Sandbank fort, dem weißen Muschelkies entgegen. Bambusstäbe sind hier überall dem Grund eingestoßen, ein Zeichen für Fischer und Boote von tieferem Wasser; mitten zwischen ihnen durch springt das Canoe, und wie die aufgebogene Spitze in vier Zoll Wasser den Sand berührt, hebt sich das schlanke Boot und sitzt fest. — Nur hinaus, ob uns das warme salzige Naß den Fuß auch netzt, am Cocosbasttau ziehen wir den Kahn hoch hinauf auf's trockene Land, daß ihn die rückkehrende Fluth nicht hebt und fortführt, und durch der Gärten schattiges Grün, durch die der Mondenstrahl nicht einmal zur Erde dringt, führe ich Dich einen Schleichweg hinauf zu heimlichem Platz.

Reich' mir die Hand hier, denn der Pfad ist schmal, und dort gleich hinter der Bananen letzte Reihe, denen der Brodfruchtbaum noch Schatten giebt, beginnt das Dickicht der Guiaven, und über dem Pfad reichen die niederen Büsche sich die Zweige traulich herüber und schlingen die Arme fest in einander, tiefer und tiefer niederdrückend in den Weg, bis des Menschen Hand, mit scharfem Stahl bewehrt, wieder eine neue Bahn abzwingt den zudringlichen. Weiter — halte Dich fest an mich und hebe den Fuß, denn alte niedergebrochene Cocosnüsse und Hülsen decken den Boden und — was Du zertratst, und was unter Deinem Fuße wich? — reife Guiaven sind's, die den Boden hier decken, kehre Dich nicht an sie, über und neben Dir wachsen mehr, und jetzt — siehst Du das Licht dort durch die Zweige blitzen? hörst Du die gellenden Töne keifender Menschenstimmen? — wir sind am Ziel und ich führe Dich jetzt ein bei Mütterchen Tot.

Fußnoten:

[H] Die Wallfischfänger, um Nachts nicht zu viel Fortgang mit ihren Schiffen zu machen, und Fischen vielleicht vorbeizulaufen, reefen meist Abends ihre Segel, und da die Leute den Tag über Thran auskochen und voll Fett sind, so machen sie auch Fettflecke in die Segel, auf denen sie zum Einbinden liegen.

Capitel 8.

Mütterchen Tot's Hotel.

Tief in den Guiaven versteckt, und etwa nur vier-oder
fünfhundert Schritte von den äußersten Häusern von
Papetee entfernt, lag eine der gewöhnlichen lang-ovalen
niederen Bambushütten dieser Inseln, mit Pandanusblättern
gedeckt, und wenig mehr anderem Hausgeräth, als ein paar
eisernen Kesseln und einem Dutzend oder mehr niederer,
halb ausgehöhlter Schemel, die den Eingeborenen über Tag
zum Sitz, und über Nacht zum Kopfkissen dienen.

Die Wände waren übrigens, statt dem Luftzug freien Raum
zu gönnen wie in den gewöhnlichen Indianischen Häusern,
mit dünnen Bastmatten fast überall verhangen, und der
Wärme wegen konnte das nicht gut geschehen sein, denn
gerade dieser Platz hätte einer frischen Zugluft eher bedurft,
wo das Guiavendickicht wie eine Mauer fast den engen,
darin ausgehauenen Hof und Hausraum umschloß; aber der
Besitzerin dieses Platzes lag mehr daran ungestört und von
neugierigen unberufenen Augen nicht belästigt zu sein, als
frische Luft zu haben — obgleich sie deren Wohlthat wohl
auch zu schätzen verstand.

Die Wände, wenn man das mit Bast überhangene
Gatterwerk überhaupt so nennen darf, waren auch weiter
durch Nichts belästigt was etwa einen besonderen
Reichthum der Inwohner hätte anzeigen können; an der
einen Seite hingen nur ein paar alte Kattun-Ueberwürfe,
abgenutzt und geschwärzt durch die Jahre sowohl wie auch
vielleicht den Rauch der Hütte, neben diesen aber und unter
einer langen Reihe ausgeschliffener Cocosnußschalen, die die
Stelle von Trinkbechern versahen, paradierte ein alter, einst

weiß gewesener, aber jetzt in jede mögliche, wie unmögliche Form hineingedrückter Filzhut, der in besseren Tagen vielleicht einmal den pomadisirten Kopf eines Dandy im lustigen alten England geziert, jetzt aber verdammt war, seine Tage in Cocosnußölqualm und Guiavenholzrauch in einer Tahitischen Hütte zu verträumen.

So kahl übrigens die Wände dreinschauten, so toll und wild stand alles mögliche Geschirr und Geräth in den Ecken herum. Kalebassen, die auf diesen Inseln den Bewohnern gewöhnlich zu Kommoden, Koffern, Hutschachteln, Arbeitskörben, Speisekammern, Toiletten und Gott weiß was sonst noch dienten, waren in Masse vorhanden, und hie und da eine über die andere geschichtet; dabei lehnte, zwischen ein paar Besen, einer Harpune und einem Ruder, eine alte rostige Flinte mit Feuerschloß, und darüber, aber so versteckt hinter den Matten, daß es nur von einzelnen Theilen der Hütte aus gesehen werden konnte, war ein schmales kleines Bret befestigt, auf dem ein paar Bücher, und oben auf eine dickleibige abgegriffene Bibel lagen.

Interessanter und mannichfaltiger erwiesen sich aber jedenfalls die Bewohner wie gegenwärtigen Insassen dieses abgelegenen Platzes, den viele der Indianer sogar in abergläubischer Furcht mieden, weil sie »Mütterchen Tot«, wie die Eigenthümerin von den Matrosen gewöhnlich nur schlichtweg genannt wurde, in dem Besitz übernatürlicher Kräfte glaubten, und allerdings rechtfertigte ihr Ansehen eine solche Vermuthung, wenn überhaupt auf irgend ein menschliches Wesen anzuwenden, vollkommen.

»Mütterchen Tot« war ein Charakter, und Nie mand betrat ihr Heiligthum zum ersten Mal, ohne eine gewisse Scheu und Ehrfurcht zu empfinden, die selbst den Rohsten beschlich — aber ihr ehrwürdiges Aussehen trug wahrlich nicht die Schuld dabei.

Mütterchen Tot war übrigens — ehe ich den Leser mit ihrem äußerlichen Menschen, dem Anzug, bekannt mache — in Europa und zwar in dem Reiche ihrer Großbritannischen Majestät vor langen, langen Jahren geboren, Niemand aber konnte mehr an ihrem Dialekt erkennen ob in dem bevorzugten England selber, dem »bonnie« Schottland oder der »grünen Insel«, wie Irland von seinen poetischen Kindern genannt wird. Sie mischte Alles durcheinander und ihre Sprache hatte dabei, durch den langen Aufenthalt auf den Inseln, fast eben so viel Worte von diesen angenommen, daß, wer nicht Tahitisch oder wenigstens eine der Polynesischen Sprachen verstand, den Schlüssel zu all' den wunderlichen Ausdrücken zu haben, kaum im Stande gewesen wäre Sinn oder Verstand in ihre Rede zu bringen. Die Indianer und Fremden kamen noch am leichtesten darüber hin, die ersteren glaubten sie spräche Englisch, die anderen hielten es für Indianisch.

In ihrer Jugend nun aus ihrem Vaterland, wie die böse Welt behaupten wollte, nach Sydney deportirt, war sie von dort auf einem Englischen Wall fischfänger entwichen, oder eigentlich von dem Capitain desselben, den ihre Reize bestrickt haben mochten (denn Leute die Jahrelang draußen in See herumfahren sind nicht immer wählerisch) entführt worden. Der Capitain riskirte damals Zuchthaus, aber was riskirt die Liebe nicht, und setzte später die junge Dame, als er heimwärts fuhr und in solcher Begleitung doch nicht in einen Englischen Hafen wieder einzulaufen wünschte, auf den Sandwichs-Inseln ab, dort ihr Fortkommen, was ihr auch vollkommen gelang, weiter zu suchen.

Mütterchen Tot's Memoiren würden jedenfalls höchst interessante Daten liefern, könnte sie nur eben veranlaßt werden näher auf sie einzugehn; sie sprach aber nie über ihre Vergangenheit, und das einzige Individuum, das vielleicht noch darüber, wenigstens über einen Theil derselben, Auskunft hätte geben können, und auf das ich gleich nachher zurückkommen werde, durfte nicht.

Soviel ist gewiß, in der Gruppe der Sandwichs-Inseln hatte sie sich lange Zeit aufgehalten, und bald auf Oahu bald auf Hawai, gehaust, war dann mit einem Sandelholzfahrzeug nach den Freundlichen und Navigators-Inseln gegangen, und hatte dort zuerst angefangen eine kleine Wirthschaft zu gründen, in der sie besonders Matrosen beherbergte, und ihnen berau schende Getränke verkaufte, um die sie, wie um manches Andere, bei ihr würfeln konnten. Von dort streifte sie nach Neu-Seeland hinüber, wo sie wieder lange Jahre blieb, sich aber von hier eine »Stütze ihres Alters«, wie sie einen kleinen einäugigen Irischen Schuhflicker nannte, der von jetzt ab bei ihr blieb, mitbrachte.

In Neu-Seeland hatten sie die Missionaire vertrieben und auf ein Schiff gepackt, das sie Beide in der Samoagruppe landete, und hier bewogen die Missionaire ebenfalls wieder einen Capitain das, ihnen keineswegs freundlich gesinnte Wesen an Bord zu nehmen und dießmal, aus ihrem Bereich ganz und gar hinaus, den Gambiers-Inseln zuzuführen, wo sich die Katholiken schon seit längeren Jahren festgesetzt hatten. Ein Typhoon aber, der das Schiff faßte und entmastete, strandete es an Raivavai, und Mütterchen Tot fand wieder mit ihrem getreuen Begleiter den Weg nach Tahiti, das ihr, als Mittelpunkt aller Europäer fast in der Südsee, die besten Geschäfte und durch den Zwiespalt der Protestantischen Missionaire mit den Katholiken, auch jedenfalls eher eine sichere Ruhestätte wie irgend eine andere Insel versprach, wo nur eine oder die andere Sekte allein gehaust, und dann auch geherrscht hätte.

Dem kleinen Irischen Schuster war das Alles gleichgültig; auch er hatte übrigens eine Vergangenheit, die in Sydney ihren Culminationspunkt, den Felsen gefunden, zu dem hingetrieben das Bächlein seines Lebens wild und toll genug gesprudelt hatte, bis es mit dem gewaltigen Sturz in die Tiefe, die ersten Convulsionen nur einmal vorüber, wieder seine völlige Ruhe, wenn auch nicht Klarheit erlangt hatte.

Murphy — er wußte selber nicht ob er je noch einen anderen Namen gehabt — war ebenfalls Einer jener wahren Patrioten die »had left their country for their country's good« (zum Besten der Heimath, die Heimath gemieden). Wie er damals seine Freiheit wieder erlangt blieb sein Geheimniß, soviel aber ist gewiß, daß er in dieser Zeit gerade aufhörte ein Katholik zu sein, und das Studium der Bibel mit einem Eifer begann, der ihm die Bewunderung der Protestantischen Geistlichen, in deren Wirkungskreis er kam, hätte sichern müssen, hätten diese nur eben zu ihm gelangen können, Zeuge seiner wirklich angestrengten Thätigkeit zu sein. Wunderbarer Weise benahm er sich aber bei diesem Studium fortwährend als ob er irgend ein entsetzliches Verbrechen beginge, und in steter Furcht und Todesangst lebe dabei ertappt zu werden. Witterte er einen Geistlichen in seiner Nähe (und die frommen Männer machten sich manchmal die Freude ihn und seine Gefährtin auf zusuchen, obgleich sie Beide lieber gehen als kommen sahen, denn sie verzehrten nicht allein Nichts, sondern suchten nur umher, Grund zur Anklage zu finden) so konnte Mütterchen Tot nicht rascher bei der Hand sein eine vereinzelte Branntweinflasche zu verbergen, die sich vielleicht in zu unerlaubter Nähe bei einem Eingeborenen befand, als Murphy auch mit seiner Bibel in die nächste Kalebasse hineinfuhr, und Alles darüber deckte, was ihm gerade unter die Hände kam. Wenn er dabei die ganze Woche nicht an Arbeit gedacht, faßte er jetzt gewiß den ersten besten Schuh auf, der ihm unter die Hände kam, und fing an daran herum zu schneiden und zu stechen und zu nähen, als ob sein Leben an seiner Eile hinge.

197

Mütterchen Tot behandelte ihn dabei auf das Herabwürdigenste, und kein Schimpfwort gab es auf Englisch, Irisch, Gälisch oder Schottisch, wie in irgend einer der bekannten Polynesischen Sprachen und Dialekte, das sie nicht schon an ihm abgestumpft, kein Geräth in ihrem ganzen Haus, das sie nicht schon, bei irgend einer feierlichen oder unfeierlichen Gelegenheit, nach seinem Kopf geschleudert hätte. Vor allen andern aber war es die heilige Schrift selber auf die sie es in ihrem schlimmsten und gefährlichsten Zorn abgesehen, und die sie dann im Fall eines Streites mit ihrem höchst sanftmüthigen Gatten (wenn ich diesen ungerechtfertigten Namen überhaupt gebrauchen darf) häufig aus der Hand riß und an den Kopf warf. Ja sie hatte schon mehrmals gedroht das ganze heilige Buch bei der nächsten passenden Gelegenheit — und die Gelegenheit war eigentlich immer passend — zu verbrennen; wunderbarer Weise hielt sie aber immer eine eigene Scheu, die sie sich aber nie selber eingestehen mochte, und jedenfalls mehr in einer abergläubischen Furcht wie irgend einem religiösen Sinn wurzelte, davon ab ihre Drohung auszuführen, während Murphy, der ihr doch nicht so recht trauen mochte, seinerseits Alles that ihr das Buch, wenn er ja einmal die Hütte verließ, aus den Augen zu bringen, und Kalebassen und Ecken unaufhörlich damit wechselte. Nur bei vollkommenem Waffenstillstand lag es, wenn nicht gebraucht, auf dem kleinen Bücherbret auf einem Haufen verschiedener Traktätchen von Mäßigkeits- und Bibelverbreitungsvereinen in Tahitischer Sprache, und Murphy hatte seinen Sitz so gestellt, daß er das Buch fortwährend dabei im Auge behielt.

Ich sagte vorhin daß Mütterchen Tots Aeußeres gerade nicht dazu dienen konnte besondere Ehrfurcht einzuflößen, und allerdings war sie, was ihre äußere Erscheinung betraf, nichts weniger als eitel. Zwischen 50 und 70 Jahren, denn wunderbarer Weise hielten Schmutz und Runzeln ihre Züge mit einem solchen Schleier überzogen, daß man sie bald dem einen, bald dem andern näher glaubte, hatte sie einen gewöhnlichen `pareu` von einst grellrothem aber jetzt verblichenen Kattun, mit breiten hochgelben Streifen, um die Hüften geschlagen, und am Tag trug sie ein dem ähnliches Obergewand, das ihre dürre Gestalt in weiten Falten umhing; Abends aber, wenn die kühle Seebrise über die Küste strich, obgleich sie die, von den Guiaven förmlich eingeschlossene Hütte doch nicht erreichen konnte, wurde es dem ein heißes Klima gewöhnten Mütterchen zu kühl, und sie zog einen alten erbsgelben schmutzigen Männer-Oberrock, der früher einmal lange Haare gehabt haben mochte, über ihr Kattunkleid, und knüpfte die zwei Knöpfe, die ihm noch geblieben, fest zu bis unter den Hals. Der Rock ging ihr dabei bis tief über die Knie nieder, und da seine Taschen ebenfalls tief saßen, in deren einer sie den einzigen Genuß aufbewahrte, den sie sich außer dem Brandy gönnte, ihre Schnupftabaksdose, so hatte sie nur mit dieser Unannehmlichkeit zu kämpfen, daß sie so tief nach der ihr unter den Händen fortweichenden Tasche niedertauchen mußte, und sich gewöhnlich endlich gezwungen sah, ihre andere Hand auch noch mit zu Hülfe zu nehmen, das scheue Taschenfutter zurückzuhalten.

Den Hals trug sie blos, und auf dem Kopf einen alten Strohhut, wie er in ihrer Jugend wahrscheinlich einmal das Ziel ihrer Wünsche gewesen — das Alter hatte sich daran festgeklammert, und unter den breiten, wunderlich geformten und mit ein paar künstlichen, aber selbst in der Kunst verblichenen und zerdrückten Blumen geschmückten Seitenwänden desselben hingen die grauen langen Haare wirr hervor.

Der Hut diente ihr gegen Sonnenbrand und Zugluft, am Tag wie Abends, bis sie ihr Mattenlager in einem Winkel der

Hütte suchte, über das sie jedoch ein weites und gut in Stand gehaltenes Mosquitonetz gespannt ließ; der Rock jedoch war unstreitig nicht ihr Eigenthum, oder wenn doch, jedenfalls nur getheiltes, und Murphy, der wahrscheinlich frühere Besitzer schien seine Ansprüche daran keineswegs aufgegeben zu haben. Abends oder in Zeit der Kühle, bei Regenwetter oder sonstigen Witterungsfällen, wo überhaupt das Tragen eines solchen Rocks unter dieser Breite eine Entschuldigung fand, und nur den geringsten Grad von Befriedigung gewähren konnte, hatte sich freilich Mütterchen Tot darin eingeknöpft, und wollte Murphy dem Rechte des Besitzes nicht ganz entsagen, so mußte er den Sonnenschein benutzen — und das that er auch. — Jeden Tag wenigstens einmal, machte er den verzweifelten Versuch in den Rock einzufahren, und darin auszuhalten, und blieb darin zum Erstaunen aller, etwa in der Zeit eintreffenden Gäste, bis ihm das Wasser am ganzen Körper herunter lief, und er das nutzlose Kleidungsstück von den Schultern riß, aufpackte, zusammenrollte und versuchte in eine Kalebasse zu zwingen, was er nach einer Weile ebenfalls wieder aufgab, und sich dann seufzend an seine Bibel setzte — und der Rock blieb in der Ecke so lange liegen bis es Abends kühl wurde und ihn Mütterchen Tot wieder brauchte.

Außerdem trug Murphy ein paar sehr abgenutzte Sommerhosen, von irgend einem farblosen dünnen Stoff, ein baumwollenes Hemd, eine gelbgestreifte Weste, statt der fehlenden Knöpfe an den betreffenden Stellen mit Bast zugebunden, und eine durch den Jahrelangen Gebrauch schon total schwarz gebrannte Thonpfeife, die aber gewissermaßen mit zu seinem Anzug gehörte, und ohne die er eben so leicht erschienen wäre, wie ohne die Hosen oder die Weste. Nur der alte Filzhut schien zum Staat an der Bambuswand zu hängen, und obgleich er ihn regelmäßig abwischte, den Staub davon zu entfernen, erinnerte sich noch Niemand ihn je darunter gesehen zu haben. Bei Murphy waren die Kleidungsstücke alle in der Mitte, an Kopf und Beinen ging er barfuß.

Murphy war Schuhmacher, aber natürlich nur für Europäer, denen er altes Schuhwerk ausbesserte oder, wenn sie ihm das Leder dazu lieferten, auch Neues fertigte, und wenn die Missionaire ihn und seine Begleiterin schon gewiß lange, des unerlaubten Verkaufs spirituoser Getränke wegen, weiter geschickt, es wenigstens nicht so unter ihren Augen geduldet hätten, so erwies sich der kleine einäugige Irländer doch auch wieder so nützlich, ja manchmal sogar unentbehrlich in dieser Hinsicht, daß sie das andere Auge zudrückten und ihn lieber duldeten als sich in den Fall gesetzt sehen wollten ihre Kundschaft einem dort kürzlich hingezogenen katholischen Schuhmacher zuzuwenden. Murphy fühlte auch eine gewisse Verehrung für diese Männer, die ihm, weniger vielleicht durch ihr sonstiges Wesen und ihre Predigten, als durch ihre fabelhafte Kenntniß der Bibel imponirten, und bediente sie stets auf das prompteste. Da aber geschah es — wie überhaupt bei vielen anderen Gelegenheiten — wo er mit Mütterchen Tot auf das bösartigste zusammenkam, denn wenn sie irgend etwas haßte auf der Welt, so war es, ihren eigenen Worten nach, ein »schwarzröckiger Missionair«. Oeffentlich durfte sie aber freilich Nichts gegen sie unternehmen, als höchstens schimpfen wenn sie sich unter ihren Freunden befand, aber heimlich ließ sie auch dafür keine Gelegenheit verstreichen ihnen irgend einen Schabernak zu spielen, und die zerbrochenen Brandyflaschen welche die frommen Männer nicht selten Morgens in ihrem Garten fanden, waren Kleinigkeit gegen die scharfen Zwecken die sie ihnen sicher irgendwo in die Sohlen trieb, wenn Murphy nur die Augen von einem fertigen Schuh verwandte. Nur der alleinige Mangel an Concurrenz war im Stande gewesen, dem kleinen

Iren die Kundschaft bis jetzt zu erhalten.

Mütterchen Tot's Hauptgeschäft war eigentlich der verbotene Brandyverkauf an die Indianer, den sie, trotz Consuln und Missionairen, trotz Spioniren und Wachen der »Kirchenvorstände« in vollem ununterbrochenen Gang zu halten wußte, und dabei eine Menge Geld verdiente, von dem kein Mensch wußte wohin es kam, und dessen Versteck aufzufinden selbst Murphys Scharfsinn bis jetzt entgangen war. Von den Indianern bekam sie nur theilweise baar Geld, das jene von den Europäern für Produkte gelöst, aber sie nahm auch alles Andere, Cocosnüsse und Früchte, süße Kartoffeln, Hühner, Ferkel, Matten, Tapa, Cocosöl, Perlmutterschaalen, Perlen; was ihr gebracht wurde, es war einerlei, und sie wußte es wieder zu den höchsten Preisen an die Schiffe, von denen sie ihre Spirituosen bezog, abzusetzen. Auch zu dem Schmuggeln derselben hatte sie wieder ihre besonderen Leute, großentheils unter den Europäern, und diese gerade waren wiederum mit ihre beste Kundschaft. Doch wir finden noch eine hübsche Gesellschaft in »Mütterchen Tot's Hotel«, wie die Bambushütte von ihren Gästen sowohl wie ganz Papetee genannt wurde, versammelt, und die alte Dame selber in bester Laune, denn gerade heute war ihr wieder ein guter Wurf gelungen, und eine ganze Parthie neu eingeführten Rum und Brandys glücklich in ihrem »Versteck« geborgen worden, was sie auch wohl mit der klug benutzten politischen Aufregung zu danken hatte, die beide Partheien zu viel beschäftigte ihre Aufmerksamkeit so vollkommen dem sonst scharf genug bewachten Strande zuzuwenden.

In der Mitte des Hauses stand auf einem leichten Bambusgestell eine ziemlich tiefe kleine eiserne Pfanne in der, aus dem flüssigen Cocosnußöl heraus, ein riesiger Docht flammte; auf dem nackten Boden aber umher waren verschiedene kleine Feuer angemacht und mit faulem Holz oder feuchtem Laub beworfen, nur um Qualm zu erzeugen und die Abends ziemlich lästigen Mosquitos fern zu halten. In diesem Rauch, und bei dem ungewissen Licht des flackernden Dochts saßen, oder kauerten vielmehr auf den niederen Sesseln, zehn oder zwölf Männer, Weiße und Indianer, mit drei oder vier Indianischen Mäd chen zwischen sich, in buntem Gemisch zusammen, während im Kreis zwischen ihnen eine noch halb volle Flasche herumging, aus der sich Jeder, wenn er Bedarf fühlte, die vor ihm stehende Cocosschale füllte und die Flasche dann weiter schickte. Mrs. Tot saß unfern davon, wieder in Murphys weißen Rock eingeknöpft, auf einem ordentlichen Rohrstuhl, der sie den ganzen Kreis bequem überschauen ließ, und Murphy selber lehnte in seinem gewöhnlichen Winkel, wo er ein besonderes Licht in einer Cocosnußschale brennen hatte, drückte den Kopf an die Wand und schlief — in wiefern das Schlaf genannt werden konnte, wenn sich Jemand mit geschlossenen Augen, nur blindlings, aber ununterbrochen, der auf ihn einstürmenden Mosquitos zu erwehren suchte.

Die Unterhaltung war indessen lebendig genug geführt worden, hatte aber meist gleichgültigen Gegenständen gegolten, in die die Mädchen hinein lachten und tollten, den Männern die Flasche wegnahmen und sie versteckten, und sogar Murphy in seiner Ecke mit einer Feder unter der Nase kitzelten, was ihn zwang entsetzliche Gesichter zu schneiden und mit den Händen, zu ihrem unbeschreiblichen Ergötzen, rasch und heftig nach dem angegriffenen Theil zu fahren. Sie blieben dabei immer »zu windwärts von ihm«, wie sie's in ihrer Sprache nannten, d. h. an seiner blinden Seite, an der sie am wenigsten eine rasche Entdeckung zu fürchten hatten, und trieben es so arg mit ihm, bis er zuletzt, ohne jedoch seine listigen wie boshaften Quälerinnen zu entdecken, munter wurde, sich die Augen (selbst das blinde dieser Operation unterwerfend) ausrieb, und mit einem halblaut gemurmelten Fluch auf die Mosquitos seine Lampe wieder ein wenig auffrischte, daß sie heller brannte.

»Und Ihr, O'Flannagan, mein Juwel,« mischte sich jetzt die Alte hinein, die auf dem Stuhl zusammengekauert, die Füße halb heraufgezogen und die zusammengeschlagenen Arme gegen die Knie gelehnt, dem Gespräch theils behaglich zugehört, theils das Kreisen der Flasche beobachtet, auch wohl einmal aufmerksam über den Lärm hinübergehorcht hatte, ob sie draußen kein verdächtiges Geräusch vernehme — »Ihr wollt jetzt wieder eine Zeitlang auf der süßen Insel bleiben? — segne Euere Augen Kind, Ihr hättet zu keiner gelegneren Zeit herüber kommen können, im ganzen gebenedeiten Kalenderjahr — laßt mir jetzt den Narren da drüben zufrieden, Ihr Dirnen, oder ich hetze ihn über Euch, g'rad wenn er aufwacht — Wespenzeug.«

»Hallo Mutter Tot ist heute Abend böser Laune,« rief Eine der Mädchen trotzig — »sollen wohl ruhig hier sitzen im qualmigen Nest — ehrbar wie in der Predigt? Kommt Waihines, draußen im Freien ist's besser, laßt sich die Schildkröte am Feuer räuchern.« Und lachend, die Melodie ihres Tanzes trällernd, zu dem sie mit den Füßen den Takt schlug, sprang sie, von den übrigen begleitet, denen der größte Theil der Matrosen ebenfalls, theils fluchend theils lachend folgte, hinaus in's Freie.

»Das glaub' ich, Mütterchen;« brummte indeß unser alter Bekannter vom Strande, ohne sich weiter um den Lärm der Fortspringenden zu kehren, »natürlich, um gleich wieder die paar kaum verdienten Schillinge, und wer weiß was sonst noch, zu riskiren, Dir Deinen Wintervorrath an »Bergthau« einzulegen?«

»Bah, Mann, es war keine Kunst den Branntwein an Land

zu schaffen,« brummte aber die Alte kopfschüttelnd, »und das Geld dießmal mit Sünden verdient — kein Mensch schaute danach, und ich hätte ihn selber wollen im Canoe an Land und hier herauf bringen, wenn der Narr von einem Schuster da in der Ecke nur für irgend was anderes noch, als auseinandergegangenes Leder zu flicken, gut wäre.«

Murphy, der munter genug geworden war die letzten Worte wie ihre schmerzhafte Anspielung zu verstehen, knurrte nur etwas in den Bart, erwiederte aber Nichts, und fing sich an seine Pfeife zu stopfen, mit der er von da an langsam aber sicher der Nähe der Flasche zu arbeitete, vor allen Dingen einmal in Armes Länge von ihr zu kommen, und das Weitere dann seinem guten Glück zu überlassen, denn die Alte gönnte ihm keinen Tropfen ihres Getränks, daß sie als ihre Privatspeculation betrachtete, wenn er nicht eben so gut wie jeder Andere dafür bezahlte.

»Haha Mütterchen,« lachte aber sein Landsmann, ohne sich die Mühe zu nehmen nach dem bezeichneten Individuum umzuschauen — »nun die Arbeit gethan ist wollt Ihr sie herunter setzen, ich sage Euch aber daß Ihr Euch bald die Zeit wieder herbeiwünschen werdet wo sie Euch aufpassen bis unter Euer Mosquitonetz, denn wenn die Franzosen hier doch noch die Ueberhand kriegen, wird der Branntwein so billig wie der Limonensaft, und der Kanaka kann ihn am Strand trinken, im offenen Tageslicht.«

»Wenn die Wi-Wis nur der Henker holen wollte,« knurrte die Alte, die heimlich diese Besorgniß schon lange theilte, »aber die Englischen »Eisenseiten« halten ihnen den Daumen auf's Auge, und ich werde ja den Tag noch erleben, wo wir sie hinaustreiben sehen aus der Bai, wie eine Schaar räudiger Hunde.«

»Puh,« lachte Einer der schon halb angetrunkenen Indianer, indem er von seinem Sitz hinunterrutschte, und sich, den

Schemel unter den Kopf schie bend, lang ausstreckte und dehnte zwischen die Trinker — »puh, die Beretanis nehmen den Mund voll — sie sind lauter Worte und kein Brandy — morgen früh kein Schießcanoe mehr im Hafen.«

»Unsinn, Du Saufaus,« schimpfte aber die Alte, einen mürrischen Blick nach ihm hinüberwerfend, »was weißt Du von den Schießcanoes, daß Du Deine Zunge mit hineinhängst wenn vernünftige Leute reden.«

»Was ich von den Schießcanoes weiß?« lallte aber der Insulaner — »bin d'ran vorbeigefahren heut Abend — Toatiti ist nicht blind.«

»Der Bursche hat am Ende nicht so ganz Unrecht,« meinte O'Flannagan kopfschüttelnd — »der ehrwürdige Mr. Pritchard muß gar nicht so vortreffliche Nachrichten mitgebracht haben, sonst hätten seine Kameraden hier, schon einen ganz anderen Lärm geschlagen, und bestätigt sich jetzt das, daß die Engländer segeln, dann haben wir auch in acht Tagen die Franzosen wieder über dem Hals. Ich weiß nur jetzt nicht recht was man sich wünschen soll.«

»Daß sie Beide der Teufel hole!« knurrte die Alte mürrisch in ihrem wunderlichen Dialekt, »Einer ist so sehr darauf versessen einer armen alten Frau das Bischen Lebensunterhalt zu entziehen, wie der Andere, und wo die Einen Alles verbieten, erlauben die Andern Alles — sie geben sich ordentlich die größte Mühe die Inseln nur so schnell wie möglich zu ruiniren. Aber hab' ich die Wahl, will ich doch noch lieber die Franzosen als Herren wissen, denn Handel treiben die Missionaire auch, und wer von ihnen ungeschoren bleiben will, muß ihnen dann ihre Kattune und Bibeln abkaufen für gutes Cocosnußöl und Perlmutterschaale; anstatt solch Eigenthum hier ansässigen Leuten zu gönnen, klappert's in ihren eigenen Geldsäcken weiter.«

»Oh laßt Euer nichtsnutziges Indianisches Gewäsch, und redet daß es ein anderer ordentlicher Mensch auch verstehen kann,« rief aber hier Einer der Englischen Matrosen, der Zimmermann der Kitty Clover dazwischen, der mit der größten Aufmerksamkeit Mütterchen Tots Rede gefolgt war, und um's Leben nicht herausbekommen konnte was sie eigentlich gesprochen — »wer ist todt und wo brennt's?«

»Laßt's gut sein, Mütterchen,« beschwichtigte diese O'Flannagan, des Engländers Einrede jedoch soweit beachtend, daß er in seiner Muttersprache die Unterhaltung weiter führte, »durch ihr Verbot des Brandy wiegen sie das Alles wieder auf, und Ihr bleibt noch immer in ihrer Schuld. — Wie viel rechnet Ihr etwa, daß Ihr jährlich an heimlichem Grogverkauf verdient?«

»Zählt einer armen Wittwe die Bissen die sie in den Mund steckt, heh?« fuhr ihn aber die Alte an — »daß ich zu leben habe an Brodfrucht und Cocoswasser ist's eben genug, gönnt Ihr mir das etwa auch nicht? — Ihr verdient in einer Nacht mehr durch mich, wie ich durch Euch das ganze Jahr.«

»Haha Mütterchen,« lachte aber der Ire — »Ihr lernt das Prahlen wohl von den Franzosen, und dabei riskirt Ihr ohnedieß auch nicht Euere Haut, und sitzt wohl und sicher hier in Euerem behaglichen Haus, während sie unsereinem, wenn sie ihn faßten, vielleicht kurzen Proceß machten, statt aller Weitläufigkeit.«

»Bah, was riskirt Ihr,« brummte die Alte verächtlich — »daß sie Euch einstecken für ein paar Wochen, oder von der Insel verweisen dann schifft Ihr Euch in Papetee ein, und steigt in Papara wieder an Land — es ist ordentlich erstaunlich, daß Ihr es unter den Umständen wirklich wagt, einmal nach Dunkelwerden noch eine halbe Stunde für funfzig schwere silberne Dollar zu arbeiten.«

»Ihr redet wie Ihr's versteht,« brummte Jim finster in den Bart — »und ich habe auch gerade keine besondere Lust Euch das Ganze hier weitläufig aus einander zu setzen; soviel aber kann ich Euch versichern, ich wollte lieber zehntausendmal mit Eueren glattrasirten Methodisten zusammenrennen, wie mit den großmäuligen Burschen, den Franzosen, und — habe dazu meine ganz absonderlichen Gründe, die eben Niemand weiter etwas angehen, wie mich selber. Wenn das übrigens wahr wird, was Taotiti da vermuthet, und die Engländer hier wieder klar Fahrwasser machen, in das die Franzmänner nachher mit fliegenden Fahnen einziehen, dann weiß meiner Mutter Sohn was er zu thun hat, und jede andere Insel ist dann für mich bequemer wie Tahiti — Ihr könnt mir vielleicht eine Empfehlung nach Neu-Seeland mitgeben Mütterchen, wie?«

Murphy verzog bei diesen Worten das Gesicht zu einem breiten Grinsen, Mütterchen Tot wurde aber böse, und begann eben mit einer vollen Ladung Schimpfwörter gegen den heimlichen, aber desto boshafteren Angriff des Iren, als draußen ein leises Pfeifen gehört wurde, und Mrs. Tot sowohl, wie Jim alles Andere in dem einen Gefühl größter Wachsamkeit vergaßen.

»Hallo was ist das,« sagte Jim, stand auf von seinem Sitz, und zog sich langsam nach einem entlegeneren Theil der Hütte hin, während Toatiti die gerade vor ihm stehende Flasche zustöpselte, und unter sich schob, von wo sie Murphy, der jetzt recht gut den passendsten Zeitpunkt wußte, eben so rasch wieder entfernte, und damit auf seinen Platz zurückglitt — »da kommt Jemand.«

»Das war To-to's Zeichen,« flüsterte die Alte, vorsichtig die Hand vor die Flamme haltend, darüber hinwegschauen und den gleich erkennen zu können der ihre Hütte noch zu dieser späten Stunde betreten würde — »Toatiti, wahr' Deine

Flasche.«

»Wahr meine Flasche?« knurrte der Indianer, auf dem Platz herumfühlend wo er sie verborgen — »das haben Andere gethan — Oro's Zorn über sie.«

In diesem Augenblick öffnete sich aber die niedere Bambusthür, und von dem auf Wacht draußen postirten Insulaner dicht gefolgt, betrat, den Hut tief in die Augen gedrückt, ein Matrose den inneren Raum, blieb in der Thüre stehen, sich erst zu orientiren in was für Gesellschaft er eigentlich kam, und schritt dann, wie mit einem Blick um sich her vollkommen zufriedengestellt, zur Flamme. Hier warf er den Hut ab, setzte sich auf einen der leeren Schemel nieder, und fing an seine Thonpfeife so ruhig zu stopfen, als ob er von klein auf hierher gehört hätte, und gar nicht beabsichtigte je wieder einen so angenehmen Platz zu verlassen.

Niemand in der Hütte war übrigens mit größerem Erstaunen diesen Bewegungen des Besuchs — der für ihn kein fremder schien — gefolgt, als Mr. O'Flannagan, der in dem späten Wanderer mit einer keineswegs freudigen Ueberraschung seinen früheren alten Spießgesellen, Jack, von der Jeanne d'Arc, erkannte, und sich dabei recht gut bewußt war, daß er ihn halb und halb selber eingeladen, an Land zu kommen.

»Well Jim,« begann dieser würdige Mann, nachdem er sich die Pfeife angebrannt, während die Anderen ihm schweigend, und durch seine Kaltblütigkeit wirklich überrascht, zuschauten — »wie geht's heut' Abend, was stehst Du denn dahinten in der Ecke? — habt Ihr Nichts zu trinken hier?«

»Hol mich dieser und Jener« brummte aber Jim, der jetzt langsam vorkam, und seinen alten Platz wieder einnahm,

»wenn das nicht Jack ist von der Jeanne, nun mein Junge, hast Du den Platz hier wirklich aufgefunden, und wo willst Du hin?«

»Freundlicher Empfang das, bei Jingo,« lachte Jack — »hallo Mate da drüben, wenn Du mit der Flasche fertig bist, lang' sie mir einmal herüber.«

Die Anrede galt Murphy, der sich in diesem Augenblick unbeobachtet genug geglaubt, einen heimlichen Angriff auf die erbeutete Flasche wagen zu dürfen, und jetzt erschreckt absetzte und eine fast unwillkürliche Bewegung machte das corpus delicti rasch wieder, und bis zu geeigneterer Zeit zu verbergen, Toatiti war aber indessen auch aufmerksam geworden, und in die Höh springend und mit dem Rufe: »Hallo, weißer Mann — hat meine Flasche,« holte er sich sein Eigenthum wieder, mit dem er jedoch die gefährliche Nachbarschaft des neugekommenen Fremden ebenfalls mied, und sich seinen Platz am anderen Ende der Hütte suchte. Jim reichte Jack indessen eine andere Flasche hinüber.

»Und wer seid Ihr, wenn man fragen darf, mein feiner Herr?« sagte aber jetzt Mütterchen Tot, mit noch immer etwas vorsichtig gedämpfter Stimme, als ob sie nicht recht traue daß nicht vielleicht noch eine andere Gesellschaft draußen an der Hütte stehen könne — »Ihr kommt hier gerade so breitbeinig herein, als ob Ihr mit zum Haus gehörtet, und müßt doch wissen daß ich, den streng gehaltenen Gesetzen der Insel nach, keinen Fremden über Nacht bei mir beherbergen darf, selbst wenn ich ihn kenne, was bei Euch aber nicht einmal der Fall ist.«

»Wer ich bin? — hm, Jim da drüben wird Euch das am besten erzählen können, wenn er sonst Lust dazu hat,« lachte der Matrose, zum ersten Mal wieder absetzend mit der Flasche, und sich das Naß aus dem Bart streichend.

»Aber wo kommst Du noch her so spät in der Nacht,« frug jetzt Jim selber, »und wie in der Welt hast Du den schmalen Pfad durch die Guiaven verfolgen können?«

»Verdammt wenig hab' ich überhaupt von einem Pfad gespürt,« lachte der Seemann, »nein Kamerad, einen nichtswürdigen Kreuzzug habe ich durch das niederträchtige Buschwerk hier gemacht nach allen Strichen und Himmelsgegenden zu, und bin auf und ab lavirt, bis ich mich eben bereit machte die Nacht unter Gottes freiem Himmel zuzubringen, als ich noch zum guten Glück Euer freundliches Licht durch die Büsche schimmern sah, und nun vor dem Wind Cours halten konnte, bis ich das leise Pfeifen des Burschen da hörte, der mich noch immer so verstört und mißtrauisch ansieht, als ob ich ihm alle Augenblicke wieder davon laufen wolle. Hab' keine Angst, mein Junge, der Brandy ist vortrefflich, und hier sucht mich doch kein Teufel, wenigstens nicht bis es Tag wird, und man sich nicht mehr in den stachlichen Orangengebüschen die Fetzen vom Leib, ja die Haut von den Knochen reißt.«

»Du bist desertirt?« frug O'Flannagan rasch.

»Desertirt?« schrie die Alte, von ihrem Sitz aufspringend — »und halt' ich ein Versteck hier, für entlaufene Matrosen? was wollt Ihr da hier? — weshalb seid Ihr hierhergekommen?«

»Pst, pst Alte,« suchte sie Jack aber wieder zu beruhigen, und die Flasche vorher noch einmal gegen das Licht haltend, that er einen zweiten Zug, der eben nicht viel für einen dritten übrig ließ — »nur nicht solchen Lärm einer Kleinigkeit wegen; das haben bessere Männer vor mir gethan — Wetter noch einmal, der Brandy ist famos, und ich wollte die Flasche hier hätte eine Schwester.«

»Aber sie haben Dich noch nicht vermißt?« sagte Jim, ihn

211

über das Licht aufmerksam betrachtend, »denn ich will doch nicht hoffen daß Du eben, von den Spürhunden gehetzt, hier nur so zu Bau gekrochen bist.«

»Der Vergleich könnte passen,« schmunzelte Jack, wie mit sich selber zufrieden; »erst mit Dunkelwerden haben sie meine Spur in den Guiaven verloren, und ich kann's ihnen nicht übel nehmen, denn ich wußte selber nicht mehr wo ich war — wie sollten sie's.«

»Da haben wir's!« rief aber die Alte in Zorn und Grimm mit der rechten Faust in ihre linke offene Hand schlagend; »wegen dem fortgelaufenen Lump soll ich mir hier das Dach über dem Kopf niederreißen und mich wieder hinaus in alle Welt jagen lassen? weiter fehlte mir Nichts — hinaus mit Dir mein Bursche, hinaus so schnell Du gekommen bist, oder ich lasse Dich binden und knebeln und selber wieder auf Dein Schiff zurückliefern, wohin Du ge hörst, und das Du im Leben nicht hättest verlassen sollen.

»Herrliche Gastfreundschaft hier auf der Insel,« lachte Jack, ohne aber auch nur die mindeste Bewegung zu machen, als ob er dem Befehl Folge leisten wolle — »patriarchalische Freundschaft das, hol' mich der Böse — sie sagen's Einem doch erst ganz höflich, ehe sie Einen wieder hinauswerfen. Nun Jim, wie ist's? — willst Du mich nicht lieber wieder an Bord zurückschicken lassen? — Du weißt, ich könnte nachher gar keine Geschichte erzählen, Gott bewahre, nicht die mindeste.«

»Unsinn,« knurrte der Ire, »es wäre mir verdammt egal was Du, einmal erst wieder an Bord, erzählen oder erfinden könntest — na, ich weiß schon was Du sagen willst; die Alte hat aber in einer Hinsicht recht, hier kannst Du nicht bleiben, und ich auch nicht, wenn sie Dich wirklich bis an die Guiaven verfolgt haben, denn dann stöbern sie auch, von ein oder dem andern frommen Indianer geführt, die dabei ein gutes Werk zu thun glauben, diese Hütte noch vor Tagesanbruch auf, und könnten uns dabei im besten Schlaf erwischen.«

»Hol sie der Teufel!« rief Jack finster — »sie mögen thun was sie nicht lassen können, aber meiner Mutter Sohn geht heute Nacht nicht wieder allein in die Guiaven hinaus, und wenn ich die ganze Mannschaft der Jeanne d'Arc hinter mir wüßte. — Wenn Ihr mich aus dem Weg haben wollt, versteckt mich hier irgendwo, ich bin müde wie ein gehetzter Wolf und will schlafen; kommen die Monsieurs nachher wirklich noch hierher, was ich aber doch stark bezweifeln möchte, so kann sie die alte würdige Dame da, mit dem allerliebsten Hut auf und dem gewiß höchst modernen Anzug, leicht genug auf eine falsche Fährte bringen — so, jetzt wißt Ihr das Kurze und Lange davon.«

Mütterchen Tot, der vielleicht in ihrer ganzen jahrzehnte langen Praxis ein solches Beispiel von keckem Trotz, ihr gegenüber noch nicht vorgekommen war, stand im ersten Augenblick wirklich starr vor Ueberraschung — jedenfalls sprachlos, dann aber war sie eben im Begriff wie Gottes Zorn über den Unverschämten hereinzubrechen, der ihr hier in ihrer eigenen Hütte zu trotzen, ja sie zu verhöhnen wagte, als Jim dazwischen trat, und sie zurückhaltend den Arm des Matrosen faßte und diesen bei Seite zog.

»Was will der Mensch hier?« kreischte jetzt aber das gereizte Weib mit lauter, gellender Stimme, ziemlich unbekümmert wie es schien, wie viel Specktakel sie mache — »was thut er hier, was sucht er bei mir, daß er — «

»Halt Mütterchen,« rief aber Jim rasch und heftig sie unterbrechend, und den Arm drohend gegen sie aufgehoben — »halt, oder Du schreist Dich selber um den Hals — der hier ist ein alter Kamerad von mir, und ich werde ihn nicht in der Patsche sitzen lassen.«

»Aber hier in meinem Hause — «

»Ruhig Mütterchen — hier im Haus soll und kann er auch nicht bleiben — Du brauchst Dir deshalb keine Sorge zu machen; und Du, Jack,« wandte sich Jim jetzt gegen diesen, der ziemlich geduldig das Ende der Unterhaltung zu erwarten schien — »Du stehst hier auf gefährlicherem Boden als Du wahrscheinlich vermuthest, und je eher Du aus dem Schein dieses Lichts kommst, desto besser für Dich — vielleicht für uns alle Beide.«

»Aber wie zum Teufel k a n n ich fort?« rief der Matrose ärgerlich, »das Dickicht draußen ist ordentlich zugewachsen, und mit dem Licht schon in Sicht, habe ich meinen Weg noch gewiß eine halbe Stunde förmlich durcharbeiten müssen, nur den Platz hier zu erreichen.«

»Du sollst auch nicht allein gehen,« unterbrach ihn Jim, »denn wir müssen Dich eine ganze Strecke weit inland bringen, wenn Du es nicht lieber vorziehst in der Nähe vom Strand zu bleiben und mit erster Gelegenheit in einem Canoe nach irgend einer anderen Insel überzusetzen.«

»Nein nein — danke,« sagte Jack nach kurzem Ueberlegen — »draußen in See ist langsames und unsicheres Fortkommen, und der Henker traue den verschiedenen Fregatten die jetzt im Ein- oder Auslaufen sind; sie könnten Einem jeden Augenblick über den Hals kommen, und — neugierig sind sie alle. Nein, ich will's jedenfalls erst einmal eine kurze Zeit hier in den Bergen versuchen — auf Salzwasser komme ich noch immer zeitig genug.«

»Gut, dann soll Dich Toatiti in die Berge bringen,« sagte Jim nach einigem Nachdenken, und zwar in Tahitischer Sprache, mehr zu dem Indianer selber, als zu Jack gewandt.

»Toatiti wird sich hüten,« knurrte aber dieser, seine Stellung beibehaltend und sich nur etwas mehr auf die Seite hinüberdrehend, »Toatiti liegt hier ausgezeichnet und ist sehr durstig.«

»Schwamm!« zischte der Ire zwischen den zusammengebissenen Zähnen durch, aber er wußte auch daß mit den Insulanern, wenn sie einmal keine Lust hatten, Nichts zu machen war, weder in Gutem noch Bösen, und deshalb den anderen jungen Burschen zu sich winkend, flüsterte er ihm etwas in's Ohr — irgend ein Versprechen, seine Faulheit zu beschwören, und mußte ihm dabei so dringend zugeredet haben, daß er wirklich seine Tapa fester um sich her zog, die Haare aus dem Gesicht schüttelte und sich bereit zeigte den Weißen »aus dem Weg« zu führen.

Der Insulaner der Südsee ist eigentlich nicht faul — wir haben wenigstens kein Recht für ihn, dem die Natur Alles gegeben was er braucht, wenn er nur die Hand danach ausstreckt, eine eben solche Thätigkeit zu verlangen, wie sie unser ganzes Klima, unser Boden, unser übervölkerter Staat schon zur Bedingung unserer Existenz gemacht, und uns also auch damit jedes Verdienst genommen hat, sie uns angeeignet zu haben — wir können einmal nicht ohne sie leben, und deshalb auch nicht mit ihr prahlen. Es würde ebenso wenig Einem unserer reichen Leute, unserer Rentiers und Capitalisten einfallen Holz zu hacken oder Straßen zu bauen mit Schaufel und Spitzhacke — »wir brauchen es nicht« sagen sie achselzuckend, »dafür haben wir unsere Leute.« Dasselbe sagt der Insulaner — »ich brauche es nicht«, oder wenn er's nicht sagt liegt es in jeder Muskel seines Gesichts, in jedem Nerv seines Körpers. Der Brodfruchtbaum ernährt ihn, und tausend andere Fruchtbäume schütteln ihm selber das luxuriöseste Mahl auf den Boden nieder; nur die Kleidung wurde früher von den Frauen und Mädchen aus der Rinde gewisser Bäume herausgeschlagen, und dieser einzig nöthigen Beschäftigung widmete wenigstens der weibliche Theil der Bevölkerung einige Zeit; aber selbst das ist jetzt, sehr zum Schaden der Insulaner, durch die erst von den Missionairen und später von anderen Europäern eingeführten Cattune unnöthig gemacht und aufgehoben, und die Missionaire selber verkauften ihnen die Europäischen Stoffe, die ihnen durch ihre bunten Farben gefielen, um einen Tauschartikel zu haben, für den sie ihren eigenen Lebensunterhalt, wie anderes was sie zur Bequemlichkeit ihrer Existenz gebrauchten, bekommen konnten. Den Frauen wurde damit die letzte nützliche Beschäftigung genommen, und Bibellesen, das ihnen dafür Ersatz geben sollte, konnte sie natürlich nur so lange fesseln, als es eben den Reiz der Neuheit für sie hatte. Was kümmerten sie die Sagen eines Volks von dem sie nicht einmal einen Begriff hatten wo und wann es existirt, und jetzt gerade, wo das Glauben an die Wunder ihrer eigenen Götter durch die fremden Männer erschüttert, ja über den Haufen geworfen worden, sollten sie da gleich gläubig und vertrauungsvoll zu noch viel wunderbareren Sachen aufschauen? —

Ach was — die Sonne reifte ihre Früchte noch wie je — im Schatten ihrer wundervollen Wälder ruhte sich's so kühl wie sonst, und der Zukunft träumte es sich viel eher, wenigstens viel leichter entgegen, als daß sie die Hand hätten »an den Pflug« legen sollen, wie es die Missionaire fortwährend von ihnen verlangten. Wer etwas von ihnen haben wollte mußte es gut bezahlen — dann thaten sie es vielleicht; aber gezwungen wollten sie noch immer nicht dazu werden.

»Und wo führt er mich hin?« sagte Jack mit einem leisen Anflug von Mißtrauen als er sah, wie sich der Indianer fertig machte ihn zu begleiten, »hab ich weit zu gehen?«

»Zu einem Haus in den Bergen,« erwiederte Jim, ihm die Worte leise zuflüsternd — »selbst Mütterchen Tot braucht den Ort nicht zu wissen, obgleich sie Keinen verrathen würde, von dem sie nicht selber gleichen Liebesdienst fürchten müßte — der Platz liegt kaum eine halbe Meile von hier entfernt, aber sicher versteckt, und ist wenigstens nicht, wie der hier, als heimlicher Schlupfwinkel entlaufener Matrosen in ganz Papetee, ja auf der ganzen Insel, berüchtigt — bist Du fertig?«

»Brauch' ich etwa andere Vorbereitungen,« lachte Jack, »als meine Jacke wieder zuzuknöpfen? — aber die Flasche hier nehme ich mit, es ist immer noch ein Tropfen darin, und der Nebel liegt dicht auf den Bergen. Und nun ade, Mütterchen, und vergelt' Dir Gott die freundliche Bewirthung — bis ich's vielleicht einmal im Stande bin. Und Du, Kamerad?« wandte er sich plötzlich noch gegen den Mann von der Kitty Clover, der die ganze Zeit, seit Jack die Hütte betreten, keine Sylbe gesprochen, und den fremden Gesellen nur manchmal, wenn das unbemerkt geschehen konnte, unter seinem Hutrand vor beobachtet hatte, »hast Du nicht vielleicht Lust einen Abendspaziergang mitzumachen? — s'ist verdammt langweilige Arbeit so allein mit einer Rothhaut draußen in den Büschen herumzukriechen.«

»Danke,« brummte aber der Matrose ohne aufzusehen — »befinde mich g'rade hier wohl wo ich bin.«

»Auch gut,« brummte der Andere finster — »besser keine Gesellschaft wie schlechte,« und mit einem kurzen Gruß nach Jim hinüber, winkte er seinem Führer und verließ rasch und mürrisch das Haus.

Nicht ein Wort wurde gesprochen, als sich die leichte Bambusthür wieder hinter den Beiden schloß, und die Zurückbleibenden horchten viele Minuten lang lautlos und aufmerksam den, bald in der Ferne verhallenden Schritten. Der Mann von der Kitty Clover, Bob mit Namen, brach zuerst das Schweigen wieder, und sich mit finster zusammengezogenen Brauen den Hut aus der Stirn rückend brummte er, mehr mit sich selbst als zu den Anderen redend, und die letzten Worte des wunderlichen Burschen wiederholend, der hier so plötzlich zwischen ihnen aufgetaucht und verschwunden war:

»Besser keine Gesellschaft wie schlechte? — Wetter Kamerad, Du würdest weit in der Welt herumsuchen müssen, wenn Du schlechtere finden wolltest wie Dein eigenes süßes Ich.«

»Kennt Ihr ihn?« frug Jim rasch, sich zugleich nach dem Sprecher umdrehend.

»Vielleicht nicht so gut wie Ihr,« lachte dieser trocken, »aber immer doch gut genug froh zu sein, daß ihm mein Gesicht nicht gerade alte Scenen in's Gedächtniß zurückrief. Wir waren vor gar nicht so langen Jahren Schiffskameraden, ja Vortopgäste zusammen, und er wurde gepeitscht und später in Ketten an Land geschafft, weil er das M. und D. nicht von einander zu unterscheiden wußte.«

»Das M. und D.?« sagte Jim erstaunt.

»Nun das Mein und Dein,« lachte der Wallfischfänger, »aber noch schlimmere Sachen wurden ihm zur Last gelegt, und ein halbes Wunder nur rettete ihn damals von der Raanocke — verdient hatte er sie schon zehnmal.«

»Aufgepaßt!« flüsterte da die Stimme der Alten rasch und vorsichtig dazwischen — »aufgepaßt, draußen sind wieder Schritte die da nicht hingehören — und der faule Gauch von einem Schuster kauert da wahrhaftig wieder hinter seiner dickleibigen Bibel und schmiert die Seiten voll Cocosöl — hinaus mit Dir, Menschenkind, wohin Du gehörst, und daß doch der Böse mit Dir und dem Buch davonflöge.«

Murphy schien allerdings vollständig ausgeschlafen zu

haben, und hatte sich, da ihm die Flasche wieder abhanden gekommen, seinen allnächtlichen Tröster, die Bibel, vom Gesims geholt, über der er bei dem matten Licht der unsteten Flamme brütete. Mütterchen Tot's Zornrede störte ihn nun allerdings etwas in dieser löblichen Beschäftigung, aber theils ärgerlich gemacht durch den Verlust des Brandy, theils durch die unermüdlichen Angriffe der Mosquiten, derer er sich heute Abend kaum erwehren konnte, war ein sonst an ihm kaum denkbarer Geist, der Geist des Widerspruchs, in ihn gefahren, und mürrisch über das Buch und das Licht wegsehend rief er mit seiner feinen, jetzt ärgerlich erregten Stimme:

»Ach zum Henker, ich habe draußen Nichts zu suchen, und wenn man Einen wie einen Menschen behandelte, könnte man auch wie ein Mensch existiren. Laß die aufpassen die sich vor was zu fürchten haben; Murphy hat ein gutes Gewissen und sitzt hier lange gut.«

»Nun das hat mir noch gefehlt!« schrie Mütterchen Tot, von ihrem Sitz empor und auf den Rebellen zufahrend, der nur eben Zeit genug behielt das Gestell mit der Lampe zwischen sich und die Megäre zu bringen. Mütterchen Tot schien aber seine Taktik schon zu kennen, und mit einem Griff ihrer langen Arme um die Flamme herumgreifend erwischte sie das Buch, hob es mit beiden Armen auf und schleuderte es blitzesschnell und mit einem ingrimmigen Fluch nach dem Kopf des kleinen Schusters, der nur durch rasches Untertauchen dem nicht unbeträchtlichen Gewicht des Bandes entgehen konnte. »Da,« schrie sie dabei, kirschroth vor Wuth — »da Du Lump, da nimm das und studier's, und nun hinaus mit Dir, oder so wahr da oben der Mond am Himmel steht, ich gieße Dir das heiße Cocosöl über den Leib, und brühe Dich wie ein unreines Schwein das Du bist — Du — Du Lederstecher Du.«

»Zum Teufel noch einmal, Mütterchen,« rief aber Jim jetzt dazwischen, der sich indessen ebenfalls zum Fortgehen bereit gemacht, und seine Jacke zugeknöpft, seinen Hut aufgesetzt hatte — »laßt den Lärm hier, Ihr macht ja einen Skandal, daß die Hunde am Strand an zu bellen fangen. Mir wird's unheimlich hier drin, und ich suche mir lieber ein stilleres Quartier. Komm Kamerad, ich will Dich noch in gute Gesellschaft bringen, heut' Abend, und morgen früh dann — Teufel!« unterbrach er sich aber rasch und erschreckt, denn draußen rasselten plötzlich, wie auf ein gegebenes Kommando, eine Anzahl Gewehrkolben auf den Boden, dicht an dem Eingang der Hütte nieder, und die Stimme eines Befehlenden in Französischer Sprache wurde laut:

»Zwei von Euch um das Haus herum, ob es noch einen anderen Eingang hat, und Ihr hier bleibt an der Thür; was mit Gewalt hindurch will den stoßt Ihr nieder — Feuer auf jeden Flüchtling.«

»Alle Wetter,« brummte Bob, jetzt ebenfalls aufspringend, und seine Segeltuch-Hosen nach Art der Seeleute in die Höhe zerrend — »Jack ist ihnen zur rechten Zeit aus den Klauen gerutscht.«

Es blieb ihm keine Zeit zu weiteren Bemerkungen, denn die Thür wurde in diesem Augenblick aufgerissen, und sich bückend trat ein Französischer See-Officier ein, dem eine Anzahl Marinesoldaten mit aufgepflanztem Bajonett folgten, und somit ein Verlassen der Hütte, die keine Fenster hatte, unmöglich machte.

Der Officier, dessen Blick den inneren Raum, soweit das nämlich das ungewisse Licht der Cocosflamme erlaubte, überflog, haftete zuerst auf Murphy selber der, sich wenig um die Patrouille oder Haussuchung kümmernd, an die er durch eine lange Reihe von Jahren auch wohl schon gewöhnt sein mochte, nur rasch und bestürzt seine Bibel aufgegriffen hatte, und mit dem dicken Buch jetzt gar nicht schnell genug in seine Hülfskalebasse hineinfahren konnte.

»Hallo Sir — was habt Ihr da so Kostbares zu verstecken he?« rief er in Englischer Sprache, und ging langsam auf den kleinen Mann zu, der fast instinktartig das erst halb hineingezwängte Buch bei Seite und in den Schatten drückte, und nach einem angefangenen Schuh griff, als ob er mitten in der Nacht seine mit Dunkelwerden aufgegebene Arbeit wieder beginnen wolle.

»Und seid Ihr hierhergekommen, Sirrah, unsere Taschen zu visitiren?« knurrte aber unwirsch der kleine Ire, der schon einen tückischen Seitenblick nach der ihm verhaßten Uniform warf, und seinen ganzen trotzköpfigen Muth oder eher Widerspruchsgeist zurückbekommen hatte, als er fand daß der nächtliche Besuch nur Soldaten und keine Missionaire waren, »wenn's mir Vergnügen macht, kann ich meine Kalebassen und Taschen so voll stopfen wie und mit was ich will — was geht's Euch an?«

»Langsam mein Bursche, langsam,« lachte der Officier, unser alter Bekannter Bertrand, durch die mürrische Antwort keineswegs böse gemacht — »wenn ich nachher neugierig werden sollte, wirst Du mir's doch noch zeigen müssen, jetzt aber vor allen Dingen wollen wir Deine Wohnung einmal etwas genauer besehen, ob wir nicht einen alten Freund und Schiffskameraden darin entdecken können, der sich wahrscheinlich von Bord verlaufen hat, und in der dunklen Nacht nicht wieder dorthin zurückfinden kann. Die Guiaven stehen gar zu dicht um Euer Haus — Ihr solltet sie ein wenig lichten.«

»Wie ich merke stehen sie doch noch immer nicht dicht genug;« brummte Murphy halblaut vor sich hin, Mütterchen Tot nahm aber für ihn die Unterhaltung auf, und mit ihrer schrillen Stimme kreischte sie dem Officier entgegen:

»Deine Wohnung, Deine Wohnung? wessen Wohnung habt Ihr hier anders als meine? und glaubt Ihr daß der schmutzige Schuster da eine Wohnung für sich selber hat? — Ist das auch eine Manier einer armen alleinstehenden Frau bei Nacht und Nebel in's Haus zu fallen, und sie zu erschrecken, daß sie den Tod davon haben könnte? was wollt Ihr? wer seid Ihr? wen sucht Ihr? nun, habt Ihr die Sprache verloren daß Ihr dasteht wie von Gott verlassen?«

»Alle Wetter,« lachte Bertrand, der sich erst jetzt von seinem Staunen über die wunderbare, vor ihm aufsteigende und von der Flamme phantastisch genug beschienene Gestalt erholen konnte — »das ist eine Dame; bei Allem was da schwimmt, ich hatte keine Ahnung daß sich das schöne Geschlecht auch in solch alte Ueberröcke zurückziehen könnte.«

»Ach was schöne Geschlecht — Dame,« knurrte die Megäre, »was wollt Ihr, wen sucht Ihr? und ein Bischen rasch, denn es ist Schlafenszeit, und ich möchte meine Ruhe haben wie ich's verlangen kann.«

Der Officier hörte schon kaum mehr auf sie, sondern näher zum Licht tretend, und seine Augen mit der linken ausgestreckten Hand dagegen schützend suchte er vor allen Dingen herauszubekommen, ob außer den, neben der Lampe sitzenden Individuen noch Andere vielleicht in der Hütte befindlich, oder gar versteckt wären, einer eben nur oberflächlichen Untersuchung auf bequeme Art auszuweichen.

Jim hatte erst wirklich, und wie er das erste Niederstoßen der Gewehrkolben hörte, eine Bewegung gemacht, als ob er sich in den hinteren und dunkleren Theil der Hütte zurückziehen wolle, als aber sein scharfes Ohr auch dort draußen Schritte hörte, blieb er ruhig stehen und ließ sich dann sogar, als eben der Officier die Hütte betrat, wieder auf seinen alten Platz nieder, wo er, den Kopf in die Hände gestützt, und den breiträndigen Wachstuchhut nur etwas tiefer in die Augen gezogen, ruhig sitzen blieb, und das Ganze mit vollkommen gutem Gewissen schien abwarten zu wollen. Nur der mißtrauische und finstere Blick, den er heimlich, unter dem Schatten seiner Hutkrempe vor, nach dem Officier hinüberschoß, wie die fest zusammengebissenen Zähne hätten können ahnen lassen, daß doch nicht Alles mit ihm so gut und richtig sei, und er vielleicht gegenwärtig lieber den von Mosquitos am meisten heimgesuchten Guiavensumpf, als gerade diesen behaglichen Platz auf dem er sich befand, inne haben möchte.

»Was oder wen ich suche, Madame?« wiederholte Bertrand langsam und fast wie mit sich selber redend — »hm, Jack scheint sich richtig aus dem Staub gemacht oder doch einen sichereren Platz aufgefunden zu haben. Ihr, da, zwei von Euch« wandte er sich dann in französischer Sprache an die Soldaten, »sucht einmal an der Wand hin, ob Ihr nicht irgendwo noch Jemand entdeckt, und wenn so, bringt ihn her zum Licht; vielleicht können mir indessen diese beiden Burschen, die da so schweigsam sitzen, etwas nähere Auskunft über den Gesuchten geben. Heda Gentlemen,« wandte er sich jetzt an die beiden Leute, von denen Bob nicht als Matrose zu verkennen war, während selbst Jim einen ziemlich seemännischen Anstrich hatte, und hier auf Tahiti, wo man kaum Leute anderen Berufs vermuthen konnte, recht gut für zu Salzwasser gehörig gelten konnte — »ich suche einen entsprungenen Mann von der Jeanne d'Arc, der auf den Namen Jack hört, und sonst ein so durchtriebener nichtsnutziger Schuft ist, wie nur je Einer Schuhleder zertreten oder das Deck eines Schiffes gewaschen

223

hat. Kann mich Einer von Euch auf die Spur bringen?«

»Spur bringen?« brummte aber Bob dagegen — »wenn's auf See wäre, aber hier an Land bin ich immer froh wenn ich das Ufer selber wiederfinde, mich nicht zwischen den verdammten Bäumen zu verlaufen — da müßt Ihr Euch schon einen Anderen suchen.«

»Aber hast Du den Burschen nicht irgendwo gesichtet, Kamerad?« frug der Officier wieder, der aus dem ganzen Wesen der Alten etwas Aehnliches fast vermuthen wollte. »Er heißt Jack.«

»So heißen wir ziemlich Alle,« knurrte der Seemann — »wenn man Eines Namen nicht weiß auf Englischen Schiffen, nennt man ihn Jack — jeder Matrose ist eigentlich ein geborener Jack, und kriegt den anderen Namen, wie das Frauensvolk bei der Heirath, mit dem ersten Salzwasser-Grog ohne Zucker und Rum, den sie ihm über den Schädel gießen.«

Bertrand hatte, während Bob sprach, zuerst Jim oberflächlich betrachtet, und sich dann wieder in der Hütte umgesehen, in seiner Erinnerung wurden aber andere Bilder wach, und wieder und wieder kehrte sein Blick zu den halbbeschatteten Zügen des Mannes zurück, der am Feuer mit zusammengezogenen Brauen saß und jetzt anfing in seiner Tasche nach Tabak zu suchen, sich eine Pfeife zu stopfen.

»Hallo Kamerad,« sagte er endlich, als die beiden Soldaten zurückgekommen waren und gemeldet hatten daß sich Niemand weiter in der Hütte befinde, »wo haben wir Beide denn schon einmal unser Fahrwasser gekreuzt? — Du bist ein Engländer?«

»Wenigstens nicht weit davon,« brummte Jim, sich noch mehr in seine Pfeife vertiefend, und jetzt halb vom Lichte abgewandt — »habe aber nicht die Ehre — Menschen gleichen sich wie Blätter und Eier — tragen Alle die Nase mitten im Gesichte.«

Bertrand barg einen Augenblick die Augen in der Hand, wie um durch keine äußeren Eindrücke sein Gedächtniß zu beirren — ein thatenreiches Leben flog ihm in wirren Bildern vor dem inneren Geist vorüber; aber zu viel der Scenen, zu viel der Gestalten wechselten und schwammen da durcheinander, als ihm so rasch zu gestatten daß er sich den einen, verlangten herausgriffe aus der Masse, und nur den Kopf schüttelnd, schritt er mit verschränkten Armen ein paar Mal auf und ab in der Hütte, ohne, wie es schien, auf die Inwohner viel zu achten, ja fast vergessend, weshalb er eigentlich hierhergekommen.

Jim war dabei diese höchst unnöthige Aufmerksamkeit, die der Officier, den er selber recht gut wiedererkannte, auf ihn wandte, nichts weniger als angenehm, und er fing an sich eben nicht mehr so sicher auf seinem Platz zu fühlen. Er stand langsam auf und zog sich dem Hintergrund der Hütte zu.

Bertrand stampfte ungeduldig mit dem Fuß.

»Weiß der Teufel,« murmelte er dabei leise vor sich hin, »wo mir die Galgenphysionomie schon einmal vorgekommen, aber nichts Unbedeutendes war's das ist sicher — nun vielleicht fällt's mir wieder ein — ha — « sagte er, emporsehend, als er den Seemann nicht mehr auf seinem Sitz erblickte — »ah, der Herr schläft wohl hier, und will sich sein Lager zurechtmachen? — habt Ihr Erlaubniß an Lande zu bleiben, und auf welches Schiff gehört Ihr?«

»Ich gehöre auf gar kein's,« entgegnete Jim finster aus dem Halbdunkel der Hütte vor — »die Insel hier ist meine Heimath, und ich werde d'rauf schlafen können, denk' ich.«

»Und Du, mein Bursche, auf welches Schiff gehörst Du?«
wandte er sich jetzt zu Bob — »oder rechnest Du Dich etwa
auch zu den Eingeborenen, mit Deiner Furcht vor den
Bäumen?«

»Verdamm es, nein,« brummte der Seemann, »ich gehöre zur
Kitty Clover.«

»Dem Wallfischfänger?«

»Ja.«

»Und weshalb bist Du da nicht an Bord, Sirrah?« frug der
Officier scharf — »die Kitty Clover steht überhaupt in dem
Verdacht andere Ladung als Thran an Bord zu führen, und
wenn ich nicht irre haben die Missionaire schon Klage
eingereicht, daß Ihr den ganzen Ort mit Brandy
überschwemmt.«

»Die Missionaire können zu Grase gehen,« erwiederte Bob
gleichgültig, »die schwatzen viel wenn der Tag lang ist. Was
übrigens die Kitty Clover thut geht mich nichts an — die
Kitty Clover ist ein ganz selbstständiges Frauenzimmer.«

Bertrand lachte. »Doch apropos,« rief er plötzlich, sich zu
Murphy wendend, der noch immer auf seinem niederen
Schemel saß, und den in der Eile aufgegriffenen Schuh wie
mißtrauisch betrachtete, »was war's denn was der Bursche
da vorhin versteckte? seh doch einmal Einer von Euch nach
— in der Kalebasse da drüben muß es sein, vielleicht daß
uns das auf Jacks Spur bringt.«

»Und was habt Ihr Euch um anderer Leute Kalebassen zu
bekümmern?« rief aber die Frau jetzt, zum ersten Mal des
Schusters Parthei ergreifend, der nur mit finster trotzigem
Blick vor sein Eigenthum trat, und nicht übel Willens
schien es zum Aeußersten zu vertheidigen — »hab ich Euch
nicht gesagt daß ich Nichts von Euerem ganzen Gesindel

weiß, und mir noch weniger daraus mache, und überhaupt wünsche die gottvergessenen Wi-Wis in meinem ganzen Leben nicht gesehen zu haben? — ist das jetzt Zeit, mitten in der Nacht bei einer armen alten Frau einzubrechen, das Unterste zu oberst zu kehren, und unschuldige Leute mit geladenen Gewehren und Bajonetten zu erschrecken? Fort mit Euch wohin Ihr selber gehört, was wollt Ihr von uns? — was steht Ihr noch da?«

»Komm hier Mütterchen,« lachte aber der eine Soldat, ein riesiger Bursche, sie und Murphy zu gleicher Zeit aber sanft bei Seite schiebend, während der Andere, unter Murphys Armen fort, die fragliche Kalebasse mit dem Bajonnet anspießte und nach vorn zog, wo das allerdings höchst unverdächtige Buch zu Lichte rollte.

»Eine Bibel,« lachte der Officier, »und weshalb versteckst Du die vor mir? — hab' keine Furcht mein frommer Bursche, ich wäre der Letzte der Dich in Deiner Andacht störte — laßt sie los.«

»Gottes Fluch über Euch!« schrie aber jetzt die Alte, durch das ruhige Verhalten der Leute nur noch mehr in Wuth gebracht. »Pest und Gift in Euere Knochen, und faulende Krankheit, daß Ihr eine arme Frau mißhandelt und drückt in ihrem eigenen Haus!« und zufällig vielleicht, oder auch mit Absicht das heiße Cocosöl über die Eindringlinge auszuschütten, stieß sie zu gleicher Zeit das hohe und leichte Bambusgestell, auf dem Murphys Cocosschale mit dem darin brennenden Docht stand, um, und die Soldaten konnten auch wirklich eben nur unter laut ausgestoßenen Flüchen zur Seite springen, dem drohenden Oel, das sich jetzt entzündete, zu entgehen. Auf dem Boden aber schlug es in heller Flamme empor, den Platz mit seinem Lichte übergießend.

»Alle Wetter Madonna,« rief Bertrand, der lachend

zurücksprang, »Du wirst Dir selber das Haus über dem Kopf anzünden, und da hinten — « sein Blick fiel in diesem Moment auf das, ihm fast unwillkürlich zugewandte Antlitz des Iren, der sich überrascht nach der hellen Flamme umschaute, und wie ein zündender Blitz sprang zu gleicher Zeit die Erinnerung an jene Nacht in ihm auf, die Jack schon früher gegen Jim erwähnt, seinem Gedächtniß mit Zauberschnelle das Wo und Wie jener Züge in die Seele rufend.

»Sapristi,« schrie er, den Degen mit dem Wort aus der Scheide reißend und gegen den Iren an springend — »hab' ich Dich, Kamerad — ergieb Dich Schuft! hierher Ihr Leute!«

»Verdammt!« knirrschte Jim zwischen den Zähnen durch, »aber noch habt Ihr mich nicht!« und einen Sessel der dort stand aufgreifend, und dem Franzosen vor die Füße schleudernd, daß dieser auf die Seite springen mußte nicht darüber zu fallen, warf er sich, ehe die Soldaten herbeieilen oder selbst Bertrand ihn erreichen konnte, mit aller Gewalt gegen einen der Bambusstäbe an, der, jedenfalls schon zu einem heimlichen Ausgang, einer Art Nothröhre benutzt, seinem Gewicht nachgab und sich nach außen bog. Der Körper des Flüchtigen war im Nu dahinter verschwunden, und als der Officier vorspringend mit seinem Degen einen Stoß nach dem Entsprungenen führte, traf der zurückschnellende Bambus die Klinge, und brach sie in der Mitte, wie Glas entzwei.

»Feuer! beim Teufel — Feuer!« schrie Bertrand, wüthend gemacht, und dem Knacken der Hähne folgte mit Blitzesschnelle eine Salve, mit wenig mehr Erfolg aber wohl, als den Bambus an einigen Stellen zu zersplittern und die Hütte mit Pulverrauch zu füllen.

Der einzige Ruhige während der ganzen wilden Scene schien Bob, der regungslos auf seinem Platz sitzen geblieben war, und nur nach dem Verschwinden Jims und der rasch gefeuerten Salven wie spöttisch mit dem Kopf schüttelte. »Hm, möchte wissen was da im Winde ist — verteufelter Kerl, wie fix er durch die Wand war,« murmelte er vor sich hin; »sein Hals kann auch seinen Beinen dankbar sein, mein' ich, denn auf einen bloßen Deserteur wird doch nicht gleich geschossen — hab's mir aber etwa gedacht, daß der Bursche wohl was erzählen könnte — wenn er nur wollte.«

Ein paar Soldaten wollten jetzt rasch zur Thür hinaus, dem Flüchtigen nachzusetzen, Bertrand rief sie aber zurück.

»Laßt ihn heute, in dem Unterholz ist er schon lange in Sicherheit,« sagte er seine Klinge vom Boden aufhebend und den Sprung, mit einem leise gemurmelten Fluch wieder zusammenpassend — »wart' aber Canaille; also hier nach Tahiti her hast Du Dich gefunden? — nun hoffentlich war das nicht das letzte Mal daß wir einander begegnet sind, und das nächste Mal kenn' ich Dich, darauf kannst Du Dich verlassen. Und Du Mütterchen,« wandte er sich plötzlich an die alte Frau, die knurrend und keifend neben dem qualmenden brennenden Oele stand, und giftige Blicke bald nach der Ursache dieser Ueberstürzung ihres Hausstandes, bald nach dem unglücklichen Schuster hinüber warf, an dem sie nur noch nicht recht wußte, wie sie einen Halt bekommen sollte, ihren Grimm auszulassen — »Du kannst mir vielleicht sagen wie der Bursche, der da eben durch Deine Wand sprang, heißt, was er treibt und wo er wohnt.«

Mütterchen Tot war aber keineswegs in der Laune irgend eine Auskunft zu geben, und ihren vollen Grimm gegen den Frager kehrend, überhäufte sie ihn mit einer wahren Fluth von Schimpfreden und Zornesworten, daß er verlange sie solle alles Gesindel kennen, das sich auf der Insel herumtriebe, und die Wohnung von Leuten angeben die zu ihr in's Haus kämen einen Dollar zu verzehren, wovon sie leben müsse in ihren alten Tagen.

Bob wollte ebenfalls von Nichts wissen, und Bertrand sah wohl ein daß er hier nur seine, jetzt weit kostbarere Zeit vergeuden würde, aus den hier Anwesenden durch Drohungen oder Bitten etwas herauszulocken. Vielleicht aber vermochte ihm ihr Eigennutz, dieser gewaltige Hebel der Menschheit mehr zu nützen, und sich an die Alte wendend da der Matrose wohl schwerlich einen Kameraden verrathen würde, sagte er ruhig:

»Frieden Mütterchen, eben weil Ihr eine arme verlassene Wittwe seid, red' ich zu Euerem Besten, und wollt Ihr einen Haufen Geld mit einem Schlag verdienen, so habt Ihr weiter Nichts zu thun als Ja zu sagen.«

»Haufen Geld,« mumpelte die Alte mürrisch, aber auf einmal merkwürdig besänftigt, in ihrem zahnlosen Mund — »Haufen Geld, ja mit der Zunge, da versprecht Ihr Wi-Wis das Blaue vom Himmel herunter — Haufen Geld — wie soll eine arme verlassene Wittwe einen Haufen Geld verdienen in dieser schweren, drückenden Zeit? — fort mit Euch, ich kenne Euch schon von alten Zeiten her.«

»Schon gut, Madonna, also Du weißt nicht wo jener Bursche, der da eben durch die Bambuswand sprang, und mit der Gelegenheit dieses Hauses außerordentlich vertraut scheint, sich über Tag aufhält, und wo er wohnt?«

»Nein — Nichts,« brummte die Alte mürrisch.

»Weißt auch nicht wie er heißt?«

Die Alte zögerte und sah halb unschlüssig Bob an, der aber sog ruhig an seiner Pfeife und schaute still und heimlich lächelnd vor sich nieder — sie schüttelte trotzig mit dem Kopf.

»Gut,« sagte Bertrand, sich die Lippen beißend, »vielleicht fällt Dir's später ein; frischt sich aber Dein Gedächtniß, so kannst Du 500 Frank — verstehst Du? — 500 Frank verdienen, wenn Du mir Gelegenheit giebst des Schuftes habhaft zu werden.«

»Fünfhundert Frank?« sagte die Alte ungläubig.

»Auf der Stelle ausgezahlt, sobald wir den Burschen in unsere Gewalt bekommen — und selbst für den Anderen sollst Du zweihundert haben, wenn Du uns zu seiner Ergreifung behülflich bist.«

Bob hob jetzt zum ersten Mal den Blick vom Boden auf, und sah die Alte lauernd an — Mütterchen Tot schien aber in der That in tiefem Nachdenken verloren über den Vorschlag, und es bedurfte einiger Minuten, ehe sie die Versuchung von sich abschütteln konnte — wenn sie sich nicht etwa gar vor den Zeugen genirte.

»Ich will Nichts mit der Sache zu thun haben,« brummte sie kopfschüttelnd — »hat O'Flannagan sich — «

»O'Flannagan?« frug Bertrand rasch.

»Ach zum Teufel!« rief die Alte, jetzt selber ärgerlich werdend — »lauert Einem nicht das Wort von den Lippen, eh' es gesprochen ist — was weiß ich wie Einer heißt der bei mir aus und ein geht, und sich so oder so nennen kann — wen kümmerts. Es ist Nachtschlafenszeit, und ich will meine Ruhe haben in meinem eigenen Haus — versteht Ihr das?«

»Ich versteh' Euch, Mütterchen,« lachte aber Bertrand — »danke übrigens für den Wink, und — vergeßt die 500

Frank nicht. — Doch jetzt: Achtung. Ihr Leute rechts umkehrt und vorwärts marsch!« und den Soldaten voran schreitend, die ihm durch die niedere Thür mit gebückten Köpfen folgten, verließ er rasch das Haus, und bald verklang der letzte Schritt der bewaffneten Männer in der Ferne.

Bob war aufgestanden und lauschte dem weiter und weiter verschwimmenden Geräusch der ihm genug verhaßten Franzosen. Dann sich den Hosengürtel nach Seemannsart in die Höhe rückend und den Hut etwas weiter aus dem Gesicht schiebend, drückte er beide Hände neben den Hüften in den Bund und drehte sich ab, ohne weiteres Wort oder Gruß das Haus zu verlassen.

Die Alte sah ihm finster und schweigend nach, ohne ihn aufzuhalten, in der Thür aber blieb er plötzlich noch einmal stehen, drehte sich um, nahm mit der linken Hand die Pfeife aus dem Munde, und sagte:

»Mein Name ist Bob Candy,« und sich dann auf dem Absatz herumschwingend, verschwand er durch die noch offene Thür.

Mütterchen Tot aber löschte die Lichter aus, ohne auf Murphy oder den jetzt wieder zum Feuer nieder gekauerten Indianer irgend eine Rücksicht zu nehmen, und drückte sich mürrisch und knurrend auf ihr Lager in der Ecke nieder. Sie hatte den Kopf voll, und selbst der kleine Schuster konnte sich heut Abend unbelästigt auf sein Lager werfen, den Mosquitos ein paar Stunden Schlaf abzuringen.

www.ingramcontent.com/pod-product-compliance
Lightning Source LLC
Chambersburg PA
CBHW030104030726
47498CB00007B/2249